DARK PLACES

Ron Corbett

Mission Road

Aus dem kanadischen Englisch von Karen Witthuhn
Herausgegeben von Jürgen Ruckh

Polar Verlag

Originaltitel: Mission Road
MISSION ROAD by Ron Corbett. Copyright: © Ron Corbett, 2020
By arrangement with the author. All rights reserved

Deutsche Erstausgabe, 1. Auflage 2025
Aus dem kanadischen Englisch von Karen Witthuhn
Mit einem Nachwort von Günther Grosser © 2024

© 2025 Polar Verlag e. K., Rippoldsauer Str. 2, 70372 Stuttgart
kontakt@polar-verlag.de

Bei Fragen zur Produktsicherheit wenden Sie sich bitte an unsere Adresse oder
www.polar-verlag.de

Lektorat: Tobias Schumacher-Hernandéz
Korrektorat: Andreas März
Umschlaggestaltung: Britta Kuhlmann
Coverfoto: © Richard / Adobe Stock
Autorenfoto: © Julie Oliver
Satz/Layout: Martina Stolzmann
Gesetzt aus Adobe Garamond PostScript, InDesign

Druck und Bindung: Nørhaven, Agerlandsvej 3,
DK 8800 Viborg, info@norhaven.com
Printed in Denmark 2025

ISBN: 978-3-910918-16-0

Für Millie Patten
Auf die kommenden Abenteuer

Anmerkung des Verfassers:

Dieses Buch ist ein Roman. Alle Figuren und Orte sind frei erfunden. Obwohl die Geschichte in der Region der Northern Divide spielt, sind die hier erwähnten Städte und Siedlungen nicht mit realen zu verwechseln.

I
GELD

1

Frank Yakabuski musterte den Mann, der ihm am Küchentisch gegenübersaß, und wusste nicht, was er von ihm halten sollte. Calvin Jayne. Er trug eine graue Trainingshose und ein hochgerutschtes geripptes T-Shirt, dazwischen waren drei winterbleiche Speckrollen und einige feuchte schwarze Haarbüschel sichtbar. Die Wohnung war völlig überheizt. Jayne hatte die Heizung bis zum Anschlag aufgedreht, und damit war er nicht allein. Der Winter war spät eingezogen, hatte aber sofort unerbittlichen Frost an die Northern Divide gebracht. Selbst die Streufahrzeuge konnten bei der klirrenden Kälte kaum noch fahren, weswegen überall schwarzes Eis lag und es auf dem Highway häufig zu tödlichen Unfällen kam. Genauso häufig wurden morgens auf den Feldern Wildtiere in den Nebelschwaden gesichtet – staksige Elche oder hagere Schwarzbären, aus dem Winterschlaf erwacht und ratlos, was sie tun sollten.

Der Winter stand unter einem schlechten Stern. Der erste Glücksjäger war in der zweiten Februarwoche eingetroffen. Er hieß Jason McAllister, war Masterstudent in Mathematik an der Syracuse University, kam mit einem Direktflug aus Toronto und checkte im Grainger Hotel ein. Weil er in Springfield offensichtlich nichts verloren hatte – weder hatte er die Ausrüstung eines Arbeiters in der Wasserkraftindustrie oder eines Holzfällers bei sich, noch schien er in einem der Sägewerke oder bei einer Spedition Arbeit zu suchen –, fiel er auf.

In den folgenden beiden Tagen wurde McAllister bei Murphy's Sporting Goods gesehen, wo er Pakete mit Trockennahrung und ein paar Propangasflaschen kaufte, sowie in Stedman's Department

Store, wo er Wollsocken, lange Unterwäsche und mehrere Mützen erstand. Wiederholt nutzte er in der Business Suite im zweiten Stock des Grainger das frei zugängliche WLAN. Die Hotelangestellten erinnerten sich, dass er am Laptop gearbeitet hatte.

Am dritten Tag checkte er aus dem Hotel aus und nahm ein Taxi zur Mission Road, einem westlich der Stadt gelegenen Wanderpfad. Zwei Tage später meldete seine Mutter ihn als vermisst.

Calvin Jayne – achtundvierzig Jahre alt, Fahrer bei Shamrock Taxi, früher in einem Sägewerk beschäftigt – erinnerte sich gut an seinen Fahrgast, und nicht nur, weil McAllister ihm zwanzig Dollar Trinkgeld gegeben hatte. »Ich hab dem Jungen gesagt, dass er verrückt ist, niemand wandert mitten im Winter die Mission Road ab, erst recht nicht in einem Winter wie diesem. Aber der Junge meinte, er hätte letztes Jahr den Mount Robson bestiegen und wüsste, was er tut. Hat er gesagt. Dass er den Robson bestiegen hat.«

»Haben Sie gesehen, wie er sich auf den Weg gemacht hat?«

»Ja. Ich fand das Ganze so verrückt, dass ich gewartet hab, ob er wieder umdreht. An dem Morgen waren mit Windchill minus vierzig oder so.«

»Haben Sie ihn noch lange beobachtet?«

»Bis er nicht mehr zu sehen war.«

»Und dann sind Sie nach Hause gefahren und haben nicht mehr an ihn gedacht?«

»Nein. Ich habe weitergearbeitet.«

Yakabuski sah sich um. Jayne wohnte in einem Wohnblock ohne Fahrstuhl in einer Zweizimmerwohnung. Frau oder Kinder schien er nicht zu haben. Neben der Tür stapelten sich Bierkisten mit Old Milwaukee.

»Meinen Sie nicht, Sie hätten jemanden über den Jungen informieren sollen? Schließlich hatten wir minus vierzig, wie Sie selber sagen.«

»Der Junge wusste ja, wie kalt es war.«

»Er war allein. Er war nicht von hier. Wäre schön gewesen, wenn jemand gewusst hätte, dass er da draußen unterwegs ist. Der Gedanke ist Ihnen nicht gekommen?«

»Wäre schön gewesen? Wollen Sie meine Liste von Wäre-schön-gewesen hören, Detective? Es tut mir echt leid, dass der Junge vermisst wird, aber ist das irgendwie meine Schuld? Hab ich was falsch gemacht?«

Yakabuski dachte nach. »Strafbare Fahrlässigkeit? Ich weiß, dass man bei solchem Wetter niemandem dem Strom abstellen darf. Vielleicht darf man auch niemanden einfach so in der Wildnis aussetzen. Hat McAllister Ihnen erzählt, was er bei minus vierzig Grad auf der Mission Road wollte?«

Die Frage schien den Taxifahrer zu überraschen. Seine Augen wurden schmal. »Nein. Er hat nichts erzählt.«

»Was glauben Sie denn, was er dort wollte?«

»Tja … ich hab nicht groß darüber nachgedacht. Er war einfach irgendein Fahrgast, wissen Sie?«

»Sie haben nicht nachgedacht?«

»Damals nicht, nein. Gibt ja Leute, die auf Wintercampen stehen. Was weiß ich denn?«

»Und was denken Sie jetzt?«

Der Taxifahrer warf Yakabuski einen etwas zu langen Blick zu, den Blick eines Mannes, der nicht clever genug war, um seine Absichten zu verbergen. Und der überlegte, wie viel von der Wahrheit er preisgeben wollte. »Tja, nach allem, was ich heute weiß, kann ich's mir vorstellen, klar.«

»Und was stellen Sie sich vor, Calvin?«

»Der Junge wollte wahrscheinlich nach den verschwundenen Diamanten suchen.«

»Na, sehen Sie. Und haben Sie irgendwem erzählt, was Jason McAllister vielleicht vorhaben könnte?«

Der Taxifahrer wollte etwas sagen, aber Yakabuski brachte ihn mit erhobener Hand zum Schweigen. Er hielt die Hand noch einige Sekunden länger hoch, dann sagte er: »Ich werde die Kneipen abklappern. Bei Ihnen tippe ich auf O'Keefe's, also fange ich dort an. Sie müssten letzten Dienstagabend da gewesen sein. Vielleicht Mittwoch … obwohl ich vermute, dass Sie ganz heiß darauf waren, jemandem davon zu berichten, also Dienstag.«

Dem Taxifahrer war sichtlich unwohl. Er hielt den Kopf in den Händen und gab leise Töne von sich, die vielleicht ein Stöhnen waren, vielleicht sprach er ein Gebet, Yakabuski war nicht sicher. Wenn nicht irgendwo in Springfield verschwundene Diamanten im Wert von über einer Milliarde Dollar versteckt gewesen wären, Calvin Jayne wäre niemals ins Visier der Polizei geraten. Ein Mann, der nie ganz ehrlich war. Nicht kriminell genug, um aufzufallen. Für Menschen wie Jayne waren die Diamanten wie eine Fliegenfalle, allerdings galt das vermutlich für fast jede Art von Gier und hieß nicht viel.

»Holen Sie Ihre Jacke«, sagte Yakabuski, als er einen Entschluss gefasst hatte. »Wir setzen das Gespräch auf dem Revier fort.«

»Sie nehmen mich fest? Aus welchem Grund?«

»Bestimmt nicht dem richtigen, aber mir fällt schon was ein. Haben Sie eine Jacke, Calvin, oder wollen Sie im T-Shirt rausgehen?«

2

Sechs Wochen zuvor hatte in Springfield der größte bewaffnete Raubüberfall aller Zeiten stattgefunden – Rohdiamanten im Wert von eins Komma zwei Milliarden Dollar, aus einem am Springfield International Airport auf der Rollbahn stehenden Frachtflugzeug der De Kirk Mines gestohlen.

Das war eine Woche vor Weihnachten gewesen, und vielen Menschen kam es immer noch wie ein Traum vor. Oder wie ein Ereignis, das gleichzeitig real und irreal war. Für die meisten war Diamantendiebstahl so etwas wie ein Datum in ferner Zukunft. Real – aber so weit weg, dass es schwer vorstellbar war.

Die allgemeine Ungläubigkeit hielt bis in das neue Jahr hinein an. Eine seltsame Ruhe lag über der Stadt, als würden die Menschen abwarten, ob der Juwelenraub sich als eine Art Wintermärchen herausstellen würde, ein glitzernder Stern im Osten, der nicht länger am Himmel stand.

Wann sich das änderte, ließ sich schwer sagen. Als der Groschen fiel und die Menschen verblüfft feststellten, dass die Geschichte wahr war. Dass in Springfield Rohdiamanten im Wert von eins Komma zwei Milliarden Dollar spurlos verschwunden waren, einfach geklaut, und dass die Polizei keine Ahnung hatte, was aus ihnen geworden war.

»Sobald Weihnachten vorbei ist, werden die Leute sich Gedanken über die Diamanten machen, und zwar keine guten«, hatte George Yakabuski seinen Sohn gewarnt.

»Ich weiß.«

»Wenn ihr sie nicht findet, dreht diesen Winter noch die ganze Stadt durch.«

»Wir suchen danach, Dad.«

Yakabuski, Senior Detective bei der Springfield Regional Police, war zu dem Schluss gekommen, dass Diamanten eine Raubermittlung in jeder Hinsicht schwieriger machten. Hätte die Beute aus einem Dutzend van Goghs bestanden, wäre jemand wie McAllister wohl kaum nach Springfield gereist, um danach zu suchen, weil, was sollte man mit einem Dutzend van Goghs auch anfangen? Eine Privatgalerie im Hobbykeller eröffnen? Sie an enge Freunde und Verwandte verschenken?

Das Gleiche galt für Bargeld. Die meisten Menschen würden davon ausgehen, dass die Geldscheine markiert wären und man sie bei dem Versuch, sie auszugeben, erwischen würde, warum also überhaupt danach suchen? Und sie hatten recht. Abgesehen davon würde das schiere Volumen von eins Komma zwei Milliarden Dollar in Scheinen ein logistisches Problem darstellen. Selbst Saddam Hussein hatte nicht so viel Geld mitnehmen können, als sein Sohn am Tag vor Beginn des zweiten Golfkriegs mit einer Panzerbrigade vor die Irakische Zentralbank gerollt war, um in letzter Minute Geld abzuheben.

Aber eine Milliarde Dollar in Diamanten? Das war etwas anderes. Die konnte man in den Kofferraum eines Cadillacs werfen und sich aus dem Staub machen. Man konnte sie im Gartenschuppen lagern. Sie in ein paar FedEx-Kartons an Freunde verschicken. Außerdem waren diese Diamanten nicht geschliffen, und Yakabuski ahnte, dass auch das einen Unterschied machte. Das waren keine Geldscheine oder unschätzbare Kunstwerke. Keine registrierten Goldbarren. Es waren Steine, die jeder hätte finden können, der zur richtigen Zeit am richtigen Ort gewesen wäre und sich am richtigen Felsen den Zeh gestoßen hätte.

In diesem Fall war Eigentumsrecht etwas anderes. Weniger eindeutig. Anfechtbar. »Warum sollten die Diamanten nicht mir gehören? Verdammt, ich habe hart genug gearbeitet.« Bei vielen

Menschen reichten ein wenig Vernunftbiegerei und Selbstbetrug aus, um sich diese Frage zu stellen.

Und so war vor etwa zwei Wochen der Groschen gefallen. Da hatte Yakabuski gemerkt, dass die Menschen in der Stadt irgendwie anders wirkten. Ein bisschen verträumter. Gedankenverloren. Das war mitten im Winter nicht ungewöhnlich, aber es fehlte die in dieser Jahreszeit übliche Lethargie. Alle wirkten lebhafter. Aufgedreht. Seit Anfang Februar hatte sich in Cork's Town ohne erkennbaren Anlass die Zahl der Passanten gut verzehnfacht. Die Leute trieben sich in Scharen im Gebiet der Shiners herum, wohl in der Hoffnung, irgendwas aufzuschnappen, irgendwie Glück zu haben. Bald würde ihnen das nicht mehr reichen.

Er schaute Calvin Jayne an, der hinten in Yakabuskis Jeep hockte und trübselig seine mit Handschellen gefesselten Hände betrachtete.

Vielleicht war es schon jetzt so weit.

3

Yakabuski brachte Jayne in eine Verwahrzelle im Keller des Centretown-Polizeireviers und trug dem Diensthabenden auf, ihn dort sitzen zu lassen, bis er wiederkam und den Papierkram erledigen konnte.

»Wie lautet die Anklage?«, fragte der Sergeant.

»Das sage ich dir, wenn ich wieder da bin.«

»Ich muss irgendwas in den Aufnahmebericht schreiben, Yak. Kannst du mir nicht was sagen?«

»Wie wäre es mit Beihilfe in einem Vermisstenfall?«

»Gibt's das?«

»Sollte es. Schreib es einfach hin, Barry. Ich kümmere mich heute Nachmittag um den Papierkram.«

Der Sergeant nickte und sparte sich weitere Fragen.

Yakabuski nahm den Aufzug in den zweiten Stock, wo eine Sonderbesprechung in Anwesenheit von zwei Strafvollzugsbeamten stattfand, um das zu diskutieren, was auf dem Revier im Augenblick nur »der Fall« genannt wurde, und alle wussten, was gemeint war. Als Yakabuski eintrat, richtete gerade Inspector Mick Lawrence, Leiter der Ermittlungsabteilung, das Wort an die Anwesenden.

»Wir haben heute Morgen noch mehr zu besprechen als sonst, außerdem haben wir Gäste aus dem Strafvollzug, also fasst euch kurz, wenn ich bitten darf. Wir wollen nicht den ganzen Tag hier rumhocken.«

Auf Lawrences Zeichen hin wurde das Licht gedimmt, und auf der Videoleinwand am Ende des Besprechungsraums erschien ein Schwarz-Weiß-Bild der Frachttür eines Flugzeugs. Lautes Stöhnen ertönte.

»Genau das meine ich, Leute«, sagte Lawrence. »Ich weiß, dass ihr das alles schon kennt. Aber wir fangen noch mal ganz von vorn an. Vielleicht ist heute der Tag, an dem wir den Scheißfall knacken.«

Gelächter erklang, und diesmal mahnte Lawrence nicht zur Ruhe. Yakabuski nahm an, es lag an der Art der Reaktion. Mick Lawrence war Ende fünfzig und hatte blondes Haar, das er lang, aber nicht zu lang trug. Er trug eine Brille mit Drahtgestell, dessen Farbe sich mehrmals die Woche änderte.

»Was Sie hier sehen, ist die Frachttür des De-Kirk-Flugzeugs, aus dem am 17. Dezember, während es auf dem Rollfeld des Springfield International Airports stand, Diamanten im Wert von eins Komma zwei Milliarden Dollar gestohlen wurden.«

Lawrence richtete seine Erklärungen direkt an die beiden Fremden im Raum, die mit ihren grauen Uniformen des Strafvollzugs unter den in Zivil gekleideten Polizisten deutlich herausstachen. Auf der Leinwand öffneten sich die Frachttüren und ein Pilot erschien, einen Rollcontainer vor sich herschiebend. Ein schwarzer Econoline-Van mit abgedeckten Nummernschildern fuhr neben das Flugzeug. Zwei Männer mit Fischermützen und schwarzen Sturmhauben stiegen aus, die Gesichter komplett verborgen. Einer der beiden, dessen lange Haare unter der Sturmhaube hervorhingen, verschwand zusammen mit dem Piloten im Flugzeug. Der andere schob den Container in den Laderaum des Vans.

Der Langhaarige tauchte mit zwei weiteren Containern auf und rollte sie an die Frachttür. Die Männer luden sie in den Van und fuhren davon. Es waren genau zwei Minuten und sechsundfünfzig Sekunden vergangen. Der Pilot war nicht wieder zu sehen.

»Wegen all dem anderen, das in Springfield zum Zeitpunkt des Raubs gerade los war«, sagte Lawrence, der das Video anhielt und ein Zeichen gab, wieder Licht zu machen, »glauben wir, dass die

Shiners hinter dem Raubüberfall stecken. Wie Sie wissen, ist diese irische Verbrecherbande schon seit dem neunzehnten Jahrhundert eine Schande für die Stadt, als sie damit anfing, die Siedlercamps am Springfield River zu überfallen. Wir gehen davon aus, dass es sich bei dem Fahrer des Wagens um Sean Morrissey handelt, den Boss der Shiners. Die Identität des zweiten Diebs haben wir bisher nicht ermitteln können. Wir vermuten, dass Morrissey gemeinsame Sache gemacht hat mit Gabriel Dumont, einem Métis-Anführer, der in der Nähe von Cape Diamond wohnte, wo De Kirk eine Mine betreibt. Er gehörte zu einer Gruppe, die sich Travellers nennt. Der Pilot war einer von Dumonts Männern, er wurde im Flugzeug getötet und Dumont in der Nacht des Überfalls zu Hause ermordet. Morrissey wurde einen Tag später festgenommen und als Tatzeuge in dreitägigen Gewahrsam genommen. In der Nacht vor seiner geplanten Entlassung hat er in der Zelle den diensthabenden Sergeanten verprügelt und wurde zu achtzehn Monaten Haft verknackt. Bei doppelter Anrechnung der Tage in Gewahrsam und der üblichen Zweidrittel-Reduzierung, die wir in diesem Land Verbrechern schon dafür geben, dass sie überhaupt vor Gericht erscheinen, wird er in zehn Wochen auf Bewährung entlassen. Ist das korrekt, Mr. Gallagher?«

»Ja«, sagte der Ältere der beiden grau Uniformierten. »Das Entlassungsdatum ist der dreißigste April. Dann hat er vier Monate abgesessen.«

»Wie verhält sich Mr. Morrissey in Wentworth bisher?«, fragte Lawrence.

»Er ist erst ein paar Wochen da, bisher gab es keine Zwischenfälle. Das Strafmaß ist so gering, dass er nicht in unsere Programme eingegliedert wird. Ich tippe darauf, dass er die Zeit in aller Ruhe absitzen wird.«

»Besucher?«

»Sein Anwalt Tyler Lawson war zweimal da. Sonst niemand.«

»Darf ich etwas fragen?« Das kam von dem zweiten Vollzugsbeamten, einem viel jüngeren Mann. Er hatte die Hand gehoben.

»Nur zu«, sagte Lawrence.

»Der Angriff auf den Sergeanten in Gewahrsam wirkt beabsichtigt. Morrissey schien dafür sorgen zu wollen, dass er in Haft bleibt. Sehen Sie das auch so?«

»Ja. Wir wissen nicht, ob er improvisiert oder das Ganze schon länger geplant hatte. Und wir wissen auch nicht, warum er es getan hat.«

»Aber Sie glauben, dass Morrissey Dumont ermordet hat?«

»Wir denken, er hat den Mord in Auftrag gegeben. Der Täter heißt Cambino Cortez, er hat sowohl mit Dumont als auch mit Morrissey Geschäfte gemacht. Er stammt aus Mexiko, aus einem kleinen Dorf namens Heroica, nicht weit weg vom Grenzübergang Brownsville in Texas. Das letzte Mal wurde Cortez am Morgen des Raubs in Sioux Falls gesehen.«

»Ist er noch in der Gegend?«

»Wir gehen davon aus.«

Der Vollzugsbeamte lehnte sich mit einem zufriedenen Lächeln zurück. Ein cleverer Bursche, der ein paar clevere Fragen gestellt hatte. Yakabuski wusste, dass weitere folgen würden.

»Und was die Frage angeht, was Morrissey nach dem Raub mit den Diamanten gemacht haben könnte«, fuhr Lawrence fort, »gibt es wohl keine Theorie, die ich noch nicht gehört habe. Heute Morgen kam ein Anruf von einem Journalisten aus Florida, der mit mir über eine mögliche Beteiligung von Außerirdischen reden wollte.«

Alle lachten. Lawrence ließ es auch jetzt wieder durchgehen.

»Ich möchte das Ganze einfacher angehen. Bei jedem Raub folgt man immer der Spur des Geldes, in unserem Fall also dem Econoline Van. Ich übergebe das Wort an Constable Donna Griffin.«

Donna Griffin, eigentlich Streifenpolizistin, war nach dem Diamantencoup ins Ermittlungsteam abgestellt worden. Yakabuski hatte sie gebeten, Computerrecherchen zu erledigen, und sie hatte die bisher besten Hinweise zur Ermittlung beigetragen.

»Für die Kollegen vom Strafvollzug fange ich am Flughafen an«, sagte sie, und wieder wurde es dunkel im Raum. Auf der Leinwand erschien ein Standbild, auf dem der Econoline Van durch das Tor des Frachthangars am Flughafen fuhr. Sie drückte *Play*, und der Van begann zu rollen.

»Wir haben das Video aus allen Sicherheits-, Überwachungs- und Verkehrskameras zusammengeschnitten, die den Econoline Van in jener Nacht irgendwo in Springfield aufgenommen haben. Er verließ den Flughafen um null Uhr sechsundvierzig, die nächsten acht Minuten und siebenunddreißig Sekunden können wir lückenlos nachvollziehen. Dann fährt er in der Doucet Street in ein Parkhaus. Das hat drei Stockwerke, die nicht einsehbar sind; der Van befindet sich elf Minuten und vierzehn Sekunden lang dort. Hier fährt er weiter.« Sie hielt das Video an, zu sehen war ein Econoline Van von anderer Farbe und mit der Aufschrift für einen Klempnerdienst beim Verlassen des Parkhauses.

»Der Van wurde also blitzschnell umlackiert«, sagte der junge Vollzugsbeamte, diesmal ohne erst die Hand zu heben. »Warum klauen sie nicht einfach einen zweiten und platzieren ihn im Parkhaus?«

»Wir denken, die Diebe wollten das Risiko vermeiden, zufällig in eine Verkehrskontrolle zu geraten«, sagte Griffin. »Der Van war nicht gestohlen. Er war auf einen Mann zugelassen, der vor zwanzig Jahren in Cork's Town gestorben ist.«

»Super Trick.«

»Genau.«

Griffin drückte *Play*, und der Van fuhr die Doucet Street entlang. »Die nächsten sechzehn Minuten und dreiundzwanzig Sekunden lang haben wir ihn immer im Blick. Keine einzige Sekunde fehlt. Der Van verlässt das Parkhaus und nimmt den

Highway 7 in Richtung Osten. Um ein Uhr zwanzig fährt er an der Ausfahrt Mission Road ab und wird drei Minuten später von einer Überwachungskamera an einer Irving-Tankstelle eingefangen. Das ist dann für die nächsten siebenundvierzig Minuten die letzte Sichtung.«

Sie spulte das Video vor und stoppte es bei einer Aufnahme des Vans in Flammen. Sie drückte *Play* und sagte: »Um zwei Uhr zehn wurde der brennende Van von einer Kellnerin im O'Keefe's in einer Seitengasse der Belfast Street entdeckt. Sie hat das Video mit ihrem Handy gemacht. Keine Spur der Diamanten im Van. Keine Spur von Morrissey oder dem zweiten Dieb. Die Forensik hat rein gar nichts gefunden, und das wird sich so bald auch nicht ändern.«

Sie drehte sich um und sah den jungen Vollzugsbeamten an. Es war Zeit für seine nächste clevere Frage.

»Siebenundvierzig Minuten«, sagte er wie auf Stichwort. »In der Zeit kann man in Springfield quasi von einem Ende bis ans andere fahren. Die Diamanten könnten überall sein.«

»Nicht ganz«, sagte Griffin lächelnd. Erst vor ein paar Tagen war sie für das, was gleich auf der Leinwand zu sehen sein würde, mit einem Schulterklopfen belohnt worden.

»Überwachungskameras sagen uns nicht nur, wo sich etwas befindet, sondern auch, wo es sich *nicht* befindet.« Während sie sprach, erschien auf der Leinwand ein Stadtplan von Springfield. »Wenn man die Orte ausklammert, an denen der Van in den siebenundvierzig Minuten nicht gesehen wurde, und ausrechnet, welche Strecke er gefahren sein könnte, um um zehn nach zwei wieder in der Belfast Street zu sein, bleibt das hier übrig.«

Der Stadtplan verfärbte sich, als würde Tinte durch die Straßen laufen, die Parks und Flüsse füllen, durch Cork's Town und das French Quarter rinnen und die ganze North Shore auslöschen, bis Sekunden später nur noch dünne weiße Adern sichtbar waren.

»Das sind die Orte, an denen der Van in den fraglichen sieben-undvierzig Minuten gewesen sein könnte. Wie Sie sehen, bleiben die untere Hälfte der Albert Street, ein Schotterweg am Springfield River und der größte Teil der Mission Road.«

»Cork's Town konnten Sie ausschließen?«, fragte der junge Voll-zugsbeamte.

»In Cork's Town gibt es mehr Kameras als in jedem anderen Teil der Stadt.«

»Trotzdem bleibt noch eine Menge übrig.«

»Stimmt«, sagte Lawrence. »Ich übergebe an Senior Detective Frank Yakabuski. Danke, Donna.«

Yakabuski wartete, bis sie sich gesetzt hatte, und beugte sich dann vor, blieb aber sitzen. Er hatte keine Bilder oder Videos. Er sah den jungen Vollzugsbeamten direkt an und sagte: »Wir haben diese Übersicht seit etwa zwei Wochen. Aus verschiedenen ermitt-lungstaktischen Gründen konzentrieren wir die Suche inzwischen auf die Mission Road.«

»Wieso das?«

»Weil die Suche im Umfeld der Albert Street und des Schotter-wegs zu nichts geführt hat. Und weil die Shiners sich an der Mis-sion Road gut auskennen.«

»Wieso glauben Sie, dass Morrissey in den siebenundvierzig Mi-nuten nicht irgendwelche Tricks abgezogen hat? Vielleicht hat er die Diamanten einem Dritten übergeben. Vielleicht sind sie nicht mal mehr in Springfield.«

Yakabuski sah sich den Vollzugsbeamten genau an. Er schätzte ihn auf knapp über dreißig. Vielleicht nicht mal das. An beiden Handgelenken hatte er Stacheldraht tätowiert. Das Haar war so kurz rasiert, dass die Schädelform sichtbar war.

»Weil wir keine weiteren Leichen gefunden haben«, sagte er.

Der Vollzugsbeamte sagte nichts. Yakabuskis Stimme hatte einen anderen Unterton als die von Mick Lawrence, daher fürchtete er sich, eine dumme Frage zu stellen, aber nach einer unbehaglich langen Stille ging ihm auf, dass Yakabuski ihm keine Wahl ließ. Er fragte: »Was meinen Sie damit, Sie haben keine weiteren Leichen gefunden?«

»Ich meine damit, dass nur fünf Leute von dem Raubüberfall wussten. Das ist der innere Kreis des größten bewaffneten Überfalls, den es je gegeben hat. Zwei davon sind tot, zwei weitere verschollen, der fünfte sitzt in der Justizvollzugsanstalt Wentworth. Sonst wusste niemand Bescheid, weil Sean Morrissey nicht gewollt haben würde, dass noch jemand Bescheid wusste.«

»Wie sehr sollen wir Mr. Morrissey im Auge behalten, Detective?«

Das kam von Officer Gallagher. Die erste gute Frage der Strafvollzugsbeamten. Die des Jüngeren waren nur Angeberei gewesen. Diese hier war praktischer Natur: Was bedeutet das für meinen Arbeitstag?

»Höchstwahrscheinlich haben Sie recht, dass Morrissey seine Strafe in aller Ruhe absitzen will«, sagte Yakabuski. »Wenn er rauskommt, stehen wir bereit. Wir tun alles, was bei seiner Entlassung nötig sein sollte, bis hin zum Einsatz von Spezialkräften. Sie müssten sich in der Woche davor mit uns absprechen. Und bitte informieren Sie uns sofort, falls es zu irgendwelchen Zwischenfällen oder Drohungen gegen Mr. Morrissey kommt. Bisher war das nicht der Fall, wenn ich Sie richtig verstanden habe?«

»Stimmt.«

»Er ist im normalen Vollzug?«

»Genau.«

»Und keine Zwischenfälle. Das kann ein gutes Zeichen sein. Kommt uns entgegen. Ist derzeit ungefähr so rar wie Diamanten.«

Diesmal bekam Yakabuski die Lacher, die ein wenig lauter ausfielen als bei Lawrence, was dem Inspector sicher nicht gefiel. Yakabuski war nicht überrascht, dass die Besprechung kurz danach beendet wurde. Lawrence bedankte sich bei allen Anwesenden, »und jetzt los, knackt den Scheißfall«. Lawrence spie den Kraftausdruck aus wie jemand, der nur selten pöbelt, es aber hin und wieder für geraten hält, um als einer der Jungs zu gelten. Das aufgesetzte Fluchen, das man oft von Vorgesetzten hört.

Auf dem Weg nach draußen kam Yakabuski an dem jungen Vollzugsbeamten vorbei, der noch immer den Stadtplan anstarrte. Er stellte sich neben ihn und sagte: »Ja, eine richtige Schatzkarte.«

»Das habe ich nicht gedacht.«

»Klar haben Sie das. Das denkt jeder, der sie zum ersten Mal sieht.«

4

Die Mission Road war eine alte Straße, die entlang des Südhangs der Northern Divide verlief, etwa eine Meile vom Springfield River entfernt. Ihren Namen hatte sie von evangelikalen Mormonen aus Salt Lake City erhalten, die um 1880 in den Norden gezogen waren, mit dem Traum, ein bäuerliches Utopia aufzubauen. Die Provinzregierung überließ ihnen eintausend Acres Land, auf denen sich die ersten zehn Familien niederließen, etwas über einhundert Menschen.

Sowohl die Siedlung als auch die von den Mormonen angelegte Straße erhielten den Namen Mission. Der Springfield River lag so weit entfernt, dass das Klonkern und Zischen der Sägewerke nur in der Ferne zu hören waren, die Schwefeldämpfe der Papiermühlen nur an Tagen mit Ostwind zu riechen waren. Jahrzehntelang gab es zwischen Springfield und der Mormonensiedlung kaum Kontakte.

Das Erste, was die Siedler bauten, war ein Tabernakel aus Scheitholz. Danach kamen Scheunen und Silos, Holzhäuser mit vielen Seitenflügeln, wurde auf hundert Acres für den Verkauf bestimmtes Getreide angebaut – Weizen, Heu, Hanf –, auf weiteren zwanzig Kartoffeln, Rüben und Karotten, die als Wintervorrat in Erdkellern eingelagert wurden. Dank ihrer harten Arbeit, ihres Glaubens und des aus Utah mitgebrachten Vermögens dauerte es mehrere Jahre, bis den Mormonen aufging, dass sie nicht genug ernteten, um überleben zu können.

Sie waren hereingelegt worden, genau wie die anderen Farmer, die sich durch die Aussicht auf staatliche Landzuteilung an die Northern Divide hatten locken lassen. Entsetzt begriffen sie, dass das Land, das sie für so fruchtbar, für ein Gottesgeschenk gehalten hatten, nichts als Täuschung war. Unter einer dünnen Schicht fruchtbarer schwarzer Erde lag felsiger Untergrund aus Granit und Gneis, sodass sich der Boden nach einigen Jahren der Beackerung in feinen Sand verwandelte und davonwehte.

Yakabuski hatte die Farmer nie verstanden, die trotzdem nicht aufgaben. Die Dickköpfe, die über Generationen hinweg weitermachten und sich nie eingestanden, dass man sie an der Nase herumgeführt hatte. Die, die am längsten durchhielten, galten jetzt als Gründerfamilien aller möglichen kleinen Dörfer entlang der Northern Divide. Straßen waren nach ihnen benannt, Messingtafeln erinnerten an sie. Einige waren in Volksbüchern verewigt worden, die man manchmal als Sonderposten vor Hockeystadien oder an Tankstellen finden konnte. In Yakabuskis Augen eine schlechte Entschädigung dafür, dass in den Familien über fünf Generationen nichts als Armut und Mühsal weitervererbt worden waren. Er wusste, dass manche das anders sahen.

Die Mormonen gehörten zu den Dickköpfen. Obwohl ihnen klar war, dass man sie aufs Kreuz gelegt hatte, hielten sie weitere dreißig Jahre durch. Sie beteten im Tabernakel um Regen, Sonne, Torf, was immer sie retten konnte. Und wenn sie nicht beteten, schufteten sie auf ihren Steinfeldern. Am Ende hatten sie das Schlafen und Essen aufgegeben, wälzten sich im Dreck und sprachen in Zungen, lebten in einer Welt aus Fieberwahn und Gottesglauben, aber nicht einmal das konnte sie retten.

1919 kam der Sheriff von Springfield County und zwang sie, das Land zu räumen, wegen Steuerschulden. Da ihnen das Geld fehlte, um die Divide zu verlassen, suchten sich die Männer Jobs in den Sägewerken, wo sie wegen ihrer seltsamen Kleidung verprügelt wurden; die Frauen fanden Arbeit als Küchenmädchen oder Tellerwäscherinnen oder als Huren in Bordellen, die den Shiners gehörten.

Yakabuski fragte sich, warum die Mormonen es trotz all ihrer Gebete nie verstanden hatten. Schlechtes Land bleibt schlechtes Land. Gott überlegt es sich nicht anders.

• • •

Inspector Fraser Newton erwartete Yakabuski auf dem Parkplatz am Startpunkt der Mission Road. In der Nacht war Schnee gefallen, die Fichten waren weiß bestäubt. Leichter Nebel strich über die oberen Zweige, vermischte sich mit den kalten Abgasen der Polizeiwagen im Leerlauf und dem Atem der Menschen, die die Gegend um den Pfad absuchten.

»Hab gehört, ein Junge wird vermisst«, sagte Newton, als sich Yakabuski zu ihm gesellte. Beide stapften mit den Füßen und rieben die behandschuhten Hände.

»Jason McAllister«, erwiderte Yakabuski. »Zweiundzwanzig Jahre alt. Studiert an der Syracuse. Er ist vor einer Woche hergekommen und seitdem nicht mehr gesehen worden.«

»Wir sind seit fünf Tagen hier.«

»Wie weit seid ihr vorangekommen?«

»Noch keine Meile.«

»Habt ihr menschliche Spuren auf dem Pfad gesehen?«

»Jede Menge. Der Pfad wird das ganze Jahr hindurch benutzt. Wenn du mich fragst, muss man verrückt sein, um sich bei solchem Wetter hier rumzutreiben.«

»Habt ihr schon von Anfang an Flatterband gespannt?«

»Ja. Mittlerweile sind die ersten Gaffer da.«

»Was erzählt ihr denen?«

»Seit heute Morgen, dass wir nach deinem vermissten Jungen suchen. Davor, dass wir in einem Mordfall ermitteln.«

»Ganz schön erfinderisch, Newt.«

»Findest du? Meinst du nicht, dass an der Mission Road mit Sicherheit ein paar Leichen rumliegen, Yak?«

Yakabuski gab keine Antwort, aber er verstand Newton. Der Wald hatte sich die alte Bauernsiedlung Mission nicht wieder einverleibt, sie lag etwa zwanzig Meilen vom Beginn des Pfads entfernt und war heutzutage eine Gated Community, hinter deren Zäunen einige der teuersten Villen von Springfield lagen.

Die alte Siedlerstraße selbst, hoch in den Hügeln mit Blick auf Springfield gelegen, hatte sich im Lauf der Zeit noch in mehrfacher Hinsicht als nützlich erwiesen. Die Shiners hatten entlang der Mission Road jahrzehntelang Schnapsbrennereien und Spelunken betrieben. Während beider Weltkriege hatten sich dort Kriegsdienstverweigerer versteckt. Und in den Dreißigerjahren hatten in den Höhlen unweit der Straße Mitglieder der Ma-Racine-Gang gehaust, die von den Mounties gejagt wurden.

Gegen Ende des letzten Jahrtausends hatte man zwanzig Meilen der alten Straße in einen Wander- und Mountainbike-Pfad umgewandelt, doch Newton hatte recht. Wenn die Polizei behauptete, auf dem Pfad einen alten Mord untersuchen zu wollen, belog sie niemanden.

»Und da jetzt tatsächlich jemand vermisst wird, lässt sich die Geschichte noch leichter verkaufen«, fuhr Newton fort, »aber ich rechne trotzdem jederzeit damit, dass bald ein paar Fernsehfritzen auftauchen und nach den Diamanten fragen.«

»Und wie läuft die Suche danach?«

»Nicht gut, Yak. Leider. Die Shiners kennen diese Hügel besser als jeder andere, es gibt also unzählige Stellen, an denen Morrissey die Dinger versteckt haben könnte.«

»Hat Griffin Berechnungen angestellt?«

»Hat sie. Danach hat Morrissey hier oben zwischen vierzehn und sechzehn Minuten Zeit gehabt, höchstens.«

»Und was bleibt dann?«

»Drei Meilen den Pfad runter, wenn die Diamanten direkt am Weg versteckt wurden. Wenn man Zeit und Entfernung zusammennimmt, ergibt das vom Beginn des Pfads aus in jede Richtung eintausendeinhundert Yards.«

Yakabuski blinzelte, als würde er versuchen, das Gebiet vor sich zu sehen. »Also drei Meilen in der Länge, angefangen bei zweitausendzweihundert Yards und endend bei null.«

»Willst du das etwa im Kopf ausrechnen?«

»Zwei Komma drei Quadratmeilen.«

»Manchmal bist du echt ein Freak, weißt du das, Yak? Aber, ja, das ist korrekt.«

Yakabuski hatte immer ein Faible für Zahlen gehabt. Manchmal betrachtete er Mordermittlungen wie ein geometrisches Muster, das es zusammenzufügen galt. Suchte nach der fehlenden Variable. Die sich irgendwo auf dem Pfad da befand.

»Großes Suchgebiet«, sagte er.

»Mit vielen Fragezeichen. Wie sicher sind wir, dass Morrissey überhaupt hier hochgekommen ist?«

»Du willst Sicherheit? In deinem Alter?«

»Das erfüllt mich nicht gerade mit Zuversicht.«

»Was soll ich sagen? Wenn man sich auf der Karte ansieht, wo Morrissey in der Nacht gewesen sein könnte, und auf einen Ort tippen müsste, würde man den hier nehmen. Und jetzt ist ein Junge verschwunden, der das Gleiche gedacht zu haben scheint. Deutet alles darauf hin, dass wir richtigliegen.«

»Tja, vielleicht haben wir ja Glück«, sagte der Inspector, klang aber wenig überzeugt. »Schickst du ein Major-Crimes-Team her, um nach dem Jungen zu suchen?«

»Scheint mir überflüssig. Ihr seid ja schon da. Ich schicke nachher eine Hundestaffel vorbei, das reicht.«

Einen Moment lang schweigen sie. Es war erst Nachmittag, fühlte sich aber wie früher Abend an; die bleiche Wintersonne versteckte sich hinter dicken Wolken, die Temperatur sank, Auspuffqualm und Atemluft wirbelten in den Waldsaum hinein.

»Also nur die Hunde?«
»Denke schon.«
»Ich wünschte, Diamanten würden riechen.«
»Das tun wir alle, Newt.«

5

Als Yakabuski wieder am Revier ankam, war die Sonne bereits untergegangen. Springfield war am Treffpunkt dreier Flüsse gegründet worden, am Rand des nördlichen Nadelwalds gelegen, und Mitte Februar ging hier die Sonne spät auf und umso früher wieder unter. An den kältesten und trübsten Wintertagen war sie wenig mehr als eine mysteriöse Ahnung. Schummerlicht sorgte dafür, dass die Welt nicht komplett im Dunkel versank.

Die Verwahrzellen befanden sich im Keller des Hauptreviers von Centretown. Anders als der Name vermuten ließ, lag dieser Stadtteil nicht einmal in der Nähe des eigentlichen Stadtzentrums. Die Wohlhabenden von Springfield, die sich vor über einhundertfünfzig Jahren hier angesiedelt hatten, hatten ihn gewählt. Die englischen Holzbarone und schottischen Kaufleute wollten nichts mit den Sägewerken am Fluss zu tun haben und sich nicht mit den dort schuftenden französischen und irischen Arbeitern abgeben müssen, deswegen zogen sie ins Landesinnere und errichteten einen Stadtteil mit hübschen Backsteinhäusern und edlen Läden und gaben ihm einen fiktiven Namen. Wem die Stadt gehört, der kann sich so etwas leisten.

Die Zellen waren zur gleichen Zeit wie Centretown entstanden, das Gebäude darüber war allerdings modern und erst vor zwanzig Jahren errichtet worden. Die Strafverteidiger hatten auf die Baupläne zunächst mit Missmut reagiert, aber als im Erdgeschoss ein Vernehmungsraum angebaut wurde, in dem sie warten konnten, während man ihre Mandanten aus den Zellen holte, beschwerten sie sich nicht länger.

Die Verwahrzellen hatten immer noch nackte Steinwände und

Metallgitter und rochen nach einhundertfünfzig Jahren Elend und Verzweiflung, wie Yakabuski fand. Ein schaler Gestank, überwältigend und doch subtil, als wären tausend schlechte kleine Gerüche in irgendeine Ecke gekrochen und verendet. Calvin Jayne saß auf seiner Metallpritsche, stützte den Kopf in die Hände und zwickte sich in die Nase.

»Harter Tag, Calvin?«

Der Taxifahrer ließ die Hände sinken und schaute Yakabuski an. Mit trauriger Stimme sagte er: »Diese Unterkunft kann mit dem Concorde Hotel problemlos mithalten, Detective.«

Yakabuski grinste. Kein schlechter Witz. Er wartete, während der Constable mit einem Schlüssel, der groß genug war, um damit Nägel in die Wand zu hämmern, die Zelle aufschloss, und trat beiseite, als die Gittertür sich quietschend öffnete.

Der Constable ließ sie allein, Yakabuski betrat die Zelle. Wie konnte ein Geruch gleichzeitig schal und überwältigend sein? Das Concorde Motel roch ähnlich, da hatte der Taxifahrer recht.

»In Dorset riecht es besser«, sagte Yakabuski, lehnte sich an die nackte Wand und musterte Jayne. »Aber ich würde einen Kurzbesuch in den Verwahrzellen von Springfield trotzdem vorziehen.«

»Wollen Sie sagen, dass das meine Optionen sind? Der Dorset-Knast oder das hier? Sie haben mir noch nicht mal gesagt, wieso Sie mich festgenommen haben.«

»Sie denken nicht klar. Hatten Sie dieses Problem schon immer?«

»Es gibt also keine Anklage. Sie lassen mich nur schmoren.«

»Calvin, wenn Sie letzten Dienstag an der Mission Road einen Welpen ausgesetzt hätten, könnte ich Sie festnehmen und wegen Tierquälerei und fahrlässiger Unterlassung anzeigen. Glauben Sie, ein Junge ist vor dem Gesetz weniger wert als ein Hund?«

Der Taxifahrer schwieg. Yakabuski schlug ein Bein über das andere, gab mehr Gewicht an die Steinwand ab und fragte sich, ob er irgendwo bequem stehen würde. Er war einen Meter dreiundneunzig groß und wog hundertfünfundzwanzig Kilo. Als junger Mann hatten ihm nackte Steinwände vermutlich nichts ausgemacht, aber damit war es spätestens seit seinem fünfzigsten Geburtstag vor zwei Monaten endgültig vorbei.

»Das ist nicht das Gleiche«, sagte der Taxifahrer schließlich. »Der Junge wusste, was er tat. Ein Junge ist kein Hund.«

»Für manche macht es das schlimmer. Sagen Sie mal, Calvin, halten Sie sich für einen Glückspilz?«

»Was meinen Sie damit?«

»Rein interessehalber.«

»Manchmal, ja.«

»Das ist gut. Weil Sie Glück brauchen werden. Es mag Menschen geben, die nichts dabei finden, dass Sie den Jungen schlechter als ein Tier behandelt haben, aber mit allen anderen werden Sie ganz bestimmt ein Problem bekommen.«

»Das ist unfair. Ich hab den Jungen zur Mission Road gefahren. Hab ihn auf seinen Wunsch hin da abgesetzt. Er hat bezahlt. Mehr war nicht.«

Jayne richtete sich auf und warf dem Detective einen harten Blick zu. Yakabuski wusste, wie er sich in der Verwahrzelle die Zeit vertrieben hatte. Indem er sich einredete, Yakabuski würde mit seinem Besuch im O'Keefe's bloß bluffen. Und dass der Barmann ihn decken würde. Schließlich hatte er dem im Laufe der Jahre genug Trinkgeld gegeben. In einem Moment halb hysterischer Euphorie hatte Jayne sich wahrscheinlich sogar eingeredet, das Ganze wäre nie passiert.

Aber die Härte verwelkte in Sekundenschnelle. Der Taxifahrer senkte den Blick und sagte mit leiser, resignierter Stimme: »Sie wissen nicht mal, was mit dem Jungen ist. Vielleicht hat er aufgegeben und ist in ein Motel gegangen. Er kann überall sein. Sie wissen es nicht.«

»Calvin, das ist der erste kluge Satz aus Ihrem Mund. Wir wissen es nicht.«

Er sah hoffnungsvoll auf. »Warum bin ich dann hier?«

»Damit ich Ihrem Glück ein bisschen auf die Sprünge helfen kann. Haben Sie nicht gesagt, dass Sie ein Glückspilz sind?«

Jayne sah noch hoffnungsvoller drein. Hoffnungsvoll und beleidigt zugleich. Was zu ihm passte, wie Yakabuski fand.

Er trat auf ihn zu. »Sie müssen Folgendes begreifen, Calvin: Wenn Jason McAllister tot aufgefunden wird und Sie mir nicht geholfen haben, ihn zu finden, stecken Sie in echten Schwierigkeiten. Falls der Junge ermordet wurde, bedeutet das Beihilfe. Falls er erfroren ist, strafbare Fahrlässigkeit. Beides ist ein Verbrechen. Für einen Glückspilz wie Sie dürfte es ein ziemlicher Schock sein, wenn Ihnen klar wird, wie gefickt Sie sind.«

Yakabuski fluchte nicht oft. Wenn er es doch tat, dann im Tonfall eines Mannes, der sich normalerweise im Griff hatte, aber langsam sauer wurde. Er warf dem Taxifahrer den dazu passenden spöttischen Blick zu und wartete ab. Sollte Jayne aus verletztem Stolz und unbedachter Wut heraus die gewünschte Information rausrücken, war ihm das recht. Als klar war, dass der Taxifahrer nichts sagen würde, fuhr er fort. »Aber wenn Sie unsere Ermittlung unterstützen und Jason McAllister tatsächlich in irgendeinem Motel auftauchen sollte, sind Sie ein echter Held, Calvin. Und selbst wenn McAllister tot ist, haben Sie zumindest das Richtige getan, also ist alles gut. Erkennen Sie den Unterschied?«

Jayne hob den Blick. Er nickte.

»Weil das ein großer Unterschied ist.«

»Das sehe ich.«

»Lokalheld oder zehn Jahre Dorset«, sagte Yakabuski. »Größer kann ein Unterschied kaum werden.«

»Was wollen Sie wissen?«

• • •

Yakabuski streckte sich und sah auf die Uhr. Sieben Minuten und zwölf Sekunden. Fast alles, was er dem Taxifahrer gerade erzählt hatte, war frei erfunden, aber solche Pechvögel gingen immer davon aus, dass alles Schlechte sich erfüllte. Und stellten es nicht einmal infrage. Einem Mann wie Calvin Jayne die Karotte der Hoffnung vor die Nase zu halten war so, als würde man einem Säufer die Whiskeyflasche reichen.

Doch als der Taxifahrer bereit war zu reden, wusste Yakabuski nicht recht, was er als Erstes fragen wollte. Jayne starrte immer noch seine Füße an, zwickte sich aber nicht mehr in die Nase. Er hatte sich an den Zellengestank gewöhnt.

»Wie viel haben die Shiners Ihnen für die Information mit dem Jungen gegeben?«

»Ich hab gar nichts bekommen.«

»Worauf hatten Sie denn gehofft?«

»Auf gar nichts.«

»Warum haben Sie es dann getan?«

Die Frage schien Jayne zu überraschen. Er schüttelte ein paarmal den Kopf, legte ihn schief, was wohl sorgfältiges Überlegen ausdrücken sollte, und sagte dann: »Ich wollte nicht abgehängt werden. Verstehen Sie das? Irgendwer wird die Diamanten finden und sehr reich werden. Wieso sollte ich nicht auch mal was abkriegen?« Nach diesen Worten zuckte er die Achseln, sah verlegen drein und senkte erneut den Blick.

Noch so ein Opfer unserer Zeit, dachte Yakabuski. Daran gewöhnt, Dinge zu begehren, die er niemals bekommen würde, sich deswegen immer ein wenig zurückgesetzt zu fühlen, irgendwie betrogen, und dann zu träumen und sich Tricks auszudenken, wie das zu ändern wäre, aber ohne große Anstrengung – so ging es vielen Menschen heutzutage. Erst als Calvin gezwungen wurde, seine Hoffnungen und Träume auszusprechen, begriff er, wie albern sie waren.

»Was haben Sie gedacht würden die Shiners tun, nachdem Sie ihnen von dem Jungen erzählt hatten?«

»Ich hab ganz bestimmt nicht gedacht, dass er verschwinden würde.«

»Das ist Ihnen nie in den Sinn gekommen?«

»Nein, ich schwör's Ihnen. Als ich ins O'Keefe's rein bin, hab ich gedacht, sie würden ihn vielleicht verscheuchen. Ihm Angst einjagen, mehr nicht. Und sich vielleicht irgendwann an mich erinnern, wenn Morrissey rauskommt. Mehr hab ich nicht gedacht.«

Yakabuski kreuzte wieder die Beine, streckte den Rücken und dachte darüber nach, was der Taxifahrer gerade gesagt hatte. Überlegte, was daran nicht stimmte. Als er es wusste, sagte er: »Das haben Sie gedacht, als Sie rein sind ins O'Keefe's. Und was haben Sie gedacht, als Sie wieder *raus* sind?«

Der Taxifahrer zögerte, und Yakabuski fluchte ein zweites Mal. Er stieß sich von der Wand ab und ging in die Hocke, um auf Augenhöhe mit Jayne zu sein. »Calvin, das ist Ihre letzte Chance. Warum haben Sie beim Verlassen des O'Keefe's gewusst, dass dem Jungen etwas Schlimmes zustoßen würde?«

»Das konnte ich nicht mit Sicherheit wissen, das war ...«

»Calvin!«

»Schon gut. Aber ich sag Ihnen die Wahrheit. Ich wusste nicht, was dem Jungen zustoßen würde. Ich weiß immer noch nicht, was ihm zugestoßen ist.«

»Warum haben Sie Angst?«

Der Taxifahrer öffnete den Mund, wollte sprechen, hielt inne, senkte den Kopf und sagte: »Wegen dem, was passiert ist, als wir das O'Keefe's verlassen haben. Der Shiner, zu dem ich da wollte ...«

»Name?«

»Billy O'Donnell. Er hängt immer im O'Keefe's ab. Ich hab öfter mal Billard mit ihm gespielt. Ich hab ihm ein Bier ausgegeben und ihm von dem Jungen erzählt. Er hat aufmerksam zugehört und gesagt, ich muss die Geschichte noch jemand anderem erzählen. Ich hab gefragt, warum, ich hatte sie doch schon ihm erzählt. Er meinte, das würde nicht reichen. Jemand anders müsste davon erfahren.«

»Hat er Sie irgendwohin mitgenommen?«

»Strathcona Park. Zum Springbrunnen.«

Yakabuski erhob sich. Das klang gar nicht gut. »Ein öffentlicher Ort, umgeben von Wald. Sagen Sie mir, dass Sie das gewundert hat.«

»Gewundert? Scheiße, ich hab gedacht, ich werd abgeknallt.«

»Haben Sie denn Waffen gesehen?«

»O'Donnell hatte eine. Die hat er mir gezeigt und gesagt, wir müssten einen kleinen Ausflug machen.«

»Wer hat im Park auf Sie gewartet?«

»Detective Yakabuski, hat sich an unserer Absprache irgendwas geändert, das ist doch noch mein Glückstag, oder?«

Yakabuski ließ nicht locker. »Wen haben Sie im Park getroffen, Calvin? Haben Sie einen Namen mitbekommen?«

»Das brauchte ich nicht.« Er lachte, und als er Yakabuski ansah, lag zum ersten Mal Trotz in seinem Blick. »Ich wusste sofort, wer das war, und für Sie wär's gut, wenn Sie ebenfalls ein Glückspilz sind. Es war Bobby Bangs.«

Yakabuski bemühte sich, keine Reaktion zu zeigen. *Bobby Bangs.* Als wäre es der Name eines seiner Nachbarn in den Queen Elizabeth Towers oder eine der Romanfiguren in dem Buch auf seinem Nachttisch. *Bobby Bangs.*

»Bobby Bangs ist in Springfield seit Jahren nicht mehr gesehen worden«, sagte er leise. »Sind Sie sicher, dass er es war?«

»Ganz sicher. Ich kenne die Geschichten. Ich kenne den Song. Der Mann im Park war Bobby Bangs.« Jayne lachte erneut. »Dann mal viel Glück.«

6

Yakabuski verließ die Zelle, ging in sein Büro und wartete darauf, dass der Drucker, der zwischen den Schreibtischen in der Major-Crimes-Abteilung stand, das achtzehnseitige Vorstrafenregister von Robert Allen Bangles ausspuckte. Zudem ließ er sich noch die aktuellsten Fotos von Bangles ausdrucken, aufgenommen vor zwei Jahren von einer Überwachungskamera in Manhattan, wo Bangles mit Billy Adams vor einem Nachtclub gestanden hatte. Das letzte Polizeifoto war zwei Jahre früher entstanden. Yakabuski nahm alles mit, verließ das Revier und machte sich auf den Weg zur North Shore.

Der Großteil der Akte war ihm bereits bekannt. Robert Allen Bangles war vor zweiunddreißig Jahren in Burk's Falls auf die Welt gekommen, einem kleinen Dorf etwa hundert Meilen flussaufwärts von Springfield, wo es noch Kiefernurwald, Holzdämme und unberührte Flüsse gab. Er wuchs in einer alten Siedlerhütte mit weißem Putz und einem einzigen Fenster auf, sodass man dort zu jeder Tageszeit in einer Schattenwelt der ewigen Dämmerung lebte. Als eins von dreizehn Kindern schlief er mit seinen sechs Brüdern hinter einem Vorhang im Wohnzimmer.

Fast alle Familien in Burk's Falls stammten ursprünglich aus Irland, und so gut wie jeder erwachsene Mann war für O'Hearn Forestry Products tätig. Ihre Arbeit bestand darin, in den teilweise gerodeten Wäldern das Restholz einzusammeln – Totholz und Dornengestrüpp, Kiefernstümpfe und von Blitzen zerstörte Baumgeripppe. Jeden Abend brachten sie ihre Ausbeute einem O'Hearn-Holzeinkäufer, der das Holz im Lager abwog.

Yakabuski war schon oft in Burk's Falls gewesen und wusste,

wie das Leben dieser Arbeiter aussah. Im Winter wurden sie von kalten Nebelschwaden eingehüllt, in ihren Bärten hingen Eiszapfen. Im Frühling wateten sie in kniehohem Schlamm durch kahle, verwüstete Wälder und zerrten ihre Karren hinter sich her. Im Sommer arbeiteten sie mit nacktem Oberkörper unter der glühenden Sonne und verließen den Wald abends mit aufgerissener, zerschrammter Haut, an den Armen und der Brust lief das Blut herunter.

Die Geschichte von Bobby Bangs war der Stoff von Liedern und Legenden, Polizeiberichten und betrunkenen Wetten, eine Mischung aus Wahrheit und Mythos, auch wenn es einige Fakten gab, über die mehr oder weniger Einigkeit herrschte. Mit acht Jahren hatte er begonnen, als Holzsammler zu arbeiten, damals war er so klein, dass die Äste, die Erwachsenen die Brust aufrissen, ihm ins Gesicht peitschten. Die Narben zeichneten ihn bis heute. Der Schlamm im Frühling verschluckte ihn bis zur Taille. Der Winternebel verschlang ihn gleich ganz, sodass der Junge blind arbeiten musste; er krabbelte über den Waldboden und zerrte an allem, das ihm in die Finger kam, immer in der Hoffnung, es verkaufen zu können.

An einem Wintertag Anfang Februar arbeitete Bangles in dichtem Nebel auf einem Feld am Südufer des Racine River. Er war inzwischen zwölf Jahre alt, lag mit ausgestreckten Armen auf dem Bauch und buddelte den Stumpf einer umgekippten Weißkiefer frei, als seine Finger etwas Kaltes, Metallisches berührten.

Er packte zu und zog den Gegenstand heraus. Und starrte verblüfft einen 45er Colt an. Eine Handfeuerwaffe sah er zum ersten Mal. Andere Waffen kannte er: 22-Kaliber-Jagdgewehre, Schrotflinten für die Entenjagd, noch andere, mit denen nicht auf Enten geschossen wurde, aber diese Waffe war etwas anderes. Sie war wunderschön, hatte einen Holzgriff und Perlmuttverzierungen, war weder abgegriffen noch mit Klebeband und Schnur zusammengehalten. Und sie lag gut in der Hand, sie machte Mut, ein großartiges Gefühl.

Diese Waffe war nicht für die Jagd auf Enten oder Rotwild gedacht, sondern dafür, auf einen Menschen zu schießen. Und dieser Gedanke explodierte im Kopf des Jungen wie ein geplatztes Aneurysma. Was er hier in der Hand hielt, konnte ein Schicksal verändern. Das Schicksal desjenigen, der vor der Waffe stand. Und desjenigen, der sie in der Hand hatte. Veränderung. Sie lag in seiner Hand.

Bangles nahm die Waffe mit nach Hause, verbarg sie aber vor seiner Familie. Er versteckte sie in einer Tasche, die er in das Futter seines Parkas hineinschnitt, dann wartete er, trug sie ganze drei Monate lang bei sich, ließ die Jacke nie aus den Augen. Wartete, bis der Frühling da und der Schnee im Wald geschmolzen war, bis die Straße nach Burk's Falls so fest war, wie sie je wurde, und er bald den Parka würde ausziehen müssen. Das alles trat am ersten Mai ein.

An jenem Tag arbeitete Bangles auf einem Feld in der Nähe von Burk's Falls. Aber er gab sich wenig Mühe und sorgte dafür, dass er als einer der Ersten am Lager ankam. Genauer gesagt, war er der Vierte in der Schlange. Sein Karren war nicht einmal zu einem Drittel gefüllt. Die Männer, die um den Jungen herumstanden, warfen ihm merkwürdige Blick zu, aber niemand sagte etwas.

Nachdem sie dreißig Minuten lang gewartet hatten, trat der Holzeinkäufer durch die Hintertür des Lagers und ging zur Holzwaage. Ein großer Mann mit einem langen Bibermantel, der nach Schweiß und Whisky roch. Als Bangles an die Reihe kam, zog der Junge den Karren an die Waage, ließ das Joch fallen und steckte die Hände in die Taschen. Der O'Hearn-Einkäufer starrte ihn an.

»Du musst ihn raufschieben, Junge.«

»Heute nicht.«

»Heute nicht? Bist du bescheuert? Ich schieb ihn ganz sicher nicht für dich drauf.«

»Sie brauchen nicht nachzuwiegen. Ich weiß, wie viel das wert ist.«

»Du weißt … hör zu, du kleines Pissgesicht, wenn du dein Holz nicht wiegen lassen willst, dann verpiss dich und geh nach Hause. Hinter dir warten noch andere.«

Es folgte verlegenes Schweigen. Die Männer in der Schlange blickten zu Boden. Der Einkäufer starrte so lange den Jungen an, bis ihm die Augen aus dem Kopf traten. Er wollte gerade auf ihn losgehen, als Bangles den Colt aus dem Parka zog.

»Ich glaube, heute ist das Holz so viel wert, wie ich es sage. Und ich sage, es ist jeden Dime wert, den Sie haben.«

Der Einkäufer erstarrte und sah den Jungen ungläubig an.

»Was zum Teufel machst du da?«

»Ich raube Sie aus, Sie Blödmann. Jetzt gehen Sie an die Kasse da und geben Sie mir alles, was drin ist.«

»Bist du irre?«

»Nein. Ich finde bloß, es ist höchste Zeit, Burk's Falls zu verlassen, und ich finde, Sie schulden mir was. Gehen Sie jetzt zur Kasse, oder muss ich Sie erschießen?«

Der Einkäufer gehorchte, und Bangles bekam eintausendeinhundertzweiundzwanzig Dollar. Bevor er abhaute, ließ der Junge den Einkäufer auf die Holzwaage steigen, und als der Messarm zur Ruhe kam, murmelte er: »Hundertzehn Kilo Scheiße«, und erschoss ihn. Als der Mann zu Boden fiel, feuerte Bangles noch zwei weitere Kugeln in ihn hinein.

Der Mord wurde nie aufgeklärt, weil die Polizei nie einen Zeugen ermitteln konnte. Jeder der befragten Waldarbeiter behauptete, gerade weggeschaut zu haben, als die Schüsse fielen. Ein älterer Mann meinte sogar, dass der Einkäufer vielleicht Selbstmord verübt habe. Der Cop fragte ihn, wie er darauf käme. Der Alte sagte, vielleicht hätte der Einkäufer ein schlechtes Gewissen bekommen, weil er auf dem Rücken und auf Kosten der irischen Waldarbeiter so reich geworden war, und sich deswegen umgebracht. Der Cop sagte, wenn das stimmte, wo wäre dann das Geld hin? Der Alte sagte, man müsse nicht jedes Detail jeder Geschichte kennen, um zu wissen, dass sie wahr war.

Bangles floh nach Springfield und lebte ein paar Jahre lang bei seinem Onkel Tommy, dann verlegte er sich auf Juwelendiebstähle und Banküberfälle im Norden von New York State. Mit neunzehn holte Billy Adams ihn nach Boston und steckte ihn in seine beste Crew. Es hieß, Bangles wäre 2012 ein paar Tage vor Weihnachten an einem Raubüberfall auf einen gepanzerten Geldtransporter vor dem Tiffany Flagship Store in Manhattan beteiligt gewesen, ebenso an einem Postzugüberfall in Nordirland, der fürchterlich schiefging und vier Polizisten das Leben kostete. Es gab weitere Sichtungen. Weitere Geschichten.

Ein paar Jahre, nachdem Bangles Burk's Falls verlassen hatte, schrieb ein Fiedelspieler aus der Upper Divide ein Lied über den Holzwaagenüberfall, der ein regionaler Hit wurde. Er wurde in den Kneipen immer noch gern gespielt und in Cork's Town praktisch jedes Wochenende zum Besten gegeben, wo immer irgendeine Band live spielte. Das Lied hieß »The Ballad of Bobby Bangs«.

7

Yakabuski war schon so oft in Rachel Dumonts Wohnung gewesen, dass ihm auch kleine Veränderungen auffielen. Ein neues Bild, gemalt von ihrer Tochter Grace, das am Kühlschrank klebte. Ein Usambaraveilchen auf der Fensterbank, schon verblüht. Der Duft von Vanille, letzte Woche war es noch Zimt gewesen.

Dumonts Vater war der Anführer der Travellers gewesen, eine Verbrecherbande, halb Métis, halb Gypsies, deren Wurzeln zurückreichten bis ins sechzehnte Jahrhundert, in die polnische Steppe und den französischen Hafen Brouage, von wo die Travellers in die Neue Welt aufgebrochen waren. Beim Diamantenraub hatte Gabriel Dumont mit den Shiners gemeinsame Sache gemacht und einen vorgetäuschten Bandenkrieg angezettelt, der dazu führte, dass sich in Springfield kaum noch jemand auf die Straße traute.

Der Höhepunkt dieses Krieges war die Entführung von Gabriel Dumonts Enkelin gewesen. Sie wurde drei Tage vor dem Diamantenraub verschleppt, brachte die Waage zum Kippen und die Stadt an den Rand dessen, was alle für einen echten Bandenkrieg hielten, sodass die Landung eines Frachtflugzeugs mit Diamanten im Wert von über einer Milliarde Dollar auf dem Flughafen von Springfield einfach unterging. Einen Tag nach dem Raub war Grace freigelassen worden und mit einem Diamanten in der Tasche nach Hause gekommen, der über hundertfünfzigtausend Dollar wert war.

Kaum jemand wusste von diesem Diamanten. Yakabuski hatte von Rachel Dumont davon erfahren und aus Angst um die Sicherheit des Mädchens dafür gesorgt, dass er in den Zeitungsartikeln und den meisten Polizeiberichten nicht erwähnt wurde. Nach

Jason McAllisters Verschwinden wünschte er sich, er hätte noch mehr getan und überhaupt niemandem von dem Diamanten erzählt.

Jetzt saß er am Küchentisch und trank süßen Zederntee. Rachel saß neben ihm, Grace ihnen gegenüber. Sie trug ihre Schuluniform, weiße Bluse unter grauem Sweatshirt, gebügelte Jeans, das lange schwarze Haar geflochten. Inzwischen war sie zwölf, ihr Foto aus der siebten Klasse hatte über eine Woche lang auf den Titelseiten der *Springfield Sun* geprangt. Immer noch zündeten ältere Damen Kerzen an und beteten für sie, eine lieb gewonnene Angewohnheit, die sie, obwohl sie wussten, dass Grace wohlbehalten wieder zu Hause war, gern beibehielten, vor allem, weil das Mädchen so hübsch war. Yakabuski zog das Foto von Bobby Bangs aus der Tasche und schob es über den Tisch.

»Hast du diesen Mann schon mal gesehen, Grace?«

Sie betrachtete das Foto ein paar Sekunden lang und schüttelte dann den Kopf. »Ich glaube nicht.«

»Du glaubst nicht?« Yakabuski nahm das Foto und schaute es an. Es war das vier Jahre alte Fahndungsfoto, das einen Mann mit langem blondem Haar und einem Gesicht zeigte, das man nicht vergessen würde. Die Narben auf dem Gesicht sahen aus, als hätte ihn ein kleines Tier angegriffen. Das Auffälligste waren jedoch nicht die Narben, sondern der komplett und größtenteils in Grün und Rot tätowierte Hals, über den Adamsapfel zogen sich Schlangen und Keltenkreuze.

»Du bist nicht sicher, ob du diesen Mann schon mal gesehen hast?«

»Nein.«

»Diesen Mann?«

»Tattoos haben viele, Mr. Yakabuski.«

Er zeigte das Foto Rachel Dumont. Sie betrachtete es und sagte nach einigen Sekunden: »Grace, Mr. Yakabuski denkt, dass das einer der Männer ist, die dich entführt haben. Er hat recht. An das Gesicht würdest du dich erinnern.«

»Tut mir leid, Mom, ich weiß nicht mehr.«

»Der Mann, der dich verschleppt hat und den du nur das eine Mal gesehen hast, ist dir zu dem noch irgendwas eingefallen?«, fragte Yakabuski.

»Nein. Nur, was ich Ihnen schon gesagt habe.«

»Großer Kerl, schwarze Haare, nach hinten gegelt, hat wie jemand aus Cork's Town geredet.«

»Ja.«

Yakabuski starrte das Mädchen einen Moment lang an, sagte aber nichts. Diese Beschreibung traf auf Sean Morrissey zu. Und auf gut die Hälfte aller Männer in Cork's Town. Was den zweiten Entführer anging, der sie drei Tage lang in irgendeiner Wohnung, die die Polizei nicht hatte ausfindig machen können, gefangen gehalten, ihr Essen gekocht und mit ihr ferngesehen hatte, wie sie freimütig zugab – zu ihm konnte sie gar nichts sagen.

Was war da los? Das fragte sich Yakabuski schon seit Graces erster Befragung, in der sie ganz offensichtlich nicht die ganze Wahrheit gesagt hatte. Jetzt schaute er sie schweigend an, weil man das manchmal tat, wenn einer einem eine Geschichte auftischte, die nicht nur unglaubwürdig, sondern regelrecht absurd klang. Man wartete. Um herauszufinden, was der andere als Nächstes sagen würde.

Aber Grace starrte einfach nur zurück, und ihm wurde klar, dass er selbst das Schweigen brechen würde.

»Nun, danke für deine Hilfe, Grace. Darf ich kurz mit deiner Mutter allein sprechen?«

Das Mädchen stand auf und verließ die Küche. Als die Tür des Kinderzimmers ins Schloss gefallen war, sagte Rachel Dumont: »Bobby Bangs? Ich dachte, das wäre bloß ein Lied.«

»Nein. Es gibt ihn wirklich.«

»Ich habe keine Ahnung, was mit ihr los ist, wirklich nicht.«

»Hat sie Angst?«

»Sieht nicht so aus. Sie schläft gut. Ihre Noten sind gut. Manchmal wünschte ich, sie würde verstörter wirken. Das wäre irgendwie normaler.«

»Sie ist ein toughes Mädchen. Verdrängt sie vielleicht irgendwas?«

»Ich glaube nicht. Wir reden über die Entführung. Sie weicht dem Thema nicht aus.« Dumont trank einen Schluck Tee und sah sich in der Küche um. In ihrem Blick lag Sorge, und Yakabuski war klar, dass sie genauso viel über die rätselhafte Gedächtnislücke ihrer Tochter nachdachte wie er. Nein, das stimmte nicht. Sie dachte noch mehr darüber nach.

»Sie spricht nie über die Kidnapper?«

»Nie.«

Yakabuski fragte sich erneut, was sich in jener Wohnung zugetragen haben mochte. Schließlich sah er Rachel Dumont an und sagte: »Wie ich gehört habe, haben die Travellers nach dem Tod Ihres Vaters einen neuen Anführer.«

»Das stimmt. Linus Desjardins.«

»Kennen Sie ihn?«

»Ich kannte ihn als Kind. Er ist viel älter als mein Vater. Bestimmt über siebzig.«

»Dreiundsiebzig. Hat er sich bei Ihnen gemeldet?«

»Er hat ein paarmal angerufen. Ich musste einige Dokumente unterschreiben. Anscheinend gehört mir ein Haus in Cape Diamond.«

»Können Sie ihm etwas ausrichten?«

»Ja.«

»Ich will wissen, was die Travellers vorhaben, wenn Sean Morrissey entlassen wird. Könnten Sie ein Treffen arrangieren?«

»Ich weiß nicht, wo er wohnt oder ob er je nach Springfield kommt, aber ich kann fragen.«

8

»Glaubst du dem Taxifahrer?« Yakabuski schaute seinen Vater an, der einen Pappteller auf den Knien balancierte. Durch das Erkerfenster dahinter war im Garten seiner Schwester eine Eislaufbahn zu sehen. Seit Calvin Jaynes Befragung war fast eine Woche vergangen, der Taxifahrer war am nächsten Morgen ohne Anklage entlassen worden und hatte sich beschwert, dass die Cops seine Zeit vergeudet hätten, und wo war eigentlich der große Mistkerl? Kommt er nicht mal, um sich zu entschuldigen?

Streifenpolizisten waren mit Robert Bangles' Fahndungsfoto durch die Kneipen und Nachtclubs von Cork's Town gezogen, hatten das Blue Bird Diner aufgesucht und den Gemeindesaal von St. Bridget's am Kartenspielabend, wenn er brechend voll war. Bisher ohne Ergebnisse. Allerdings hatten mehrere Befragte die Cops gebeten, das Fahndungsfoto abfotografieren zu dürfen, weil sie das Lied kannten, aber Bobby Bangs noch nie gesehen hatten.

Yakabuski war Gast auf der Geburtstagsfeier seines Neffen, der heute vierzehn wurde, und um die Eislaufbahn herum stand eine große Schar Menschen versammelt. Er sah seine Schwester Trish und ihren Mann, Tyler Lawson. Jason, das Geburtstagskind, schob den Puck über das Eis. Auch seine Schwester Julie befand sich irgendwo unter den Menschen, die die hin und her flitzenden Jungs anfeuerten.

»Ich weiß nicht, warum er sich so eine Geschichte ausdenken sollte«, sagte Yakabuski und wandte sich um. »Irgendwas hat ihm Angst gemacht. Und er hat immer noch Angst. Bobby Banks im Strathcona Park aus dem Schatten treten zu sehen könnte ein Grund sein.«

»Verdammt, das ist wahr. Wieso hast du nicht gewusst, dass er wieder in der Stadt ist?« Sein Vater war zwar alt, dachte aber immer noch wie ein Cop und stellte stets direkte Fragen.

»Er ist nie im Silver Dollar aufgetaucht, Dad. Ist weder in Cork's Town noch sonst wo in der Stadt gesehen worden, und wir hören uns jetzt schon seit mehreren Tagen um. Außerdem haben wir nie eine Warnung bekommen, weder vom FBI noch von Interpol.«

»Gibt es Haftbefehle?«

»Nein. Für den Holzwaagenmord wurde er nie angeklagt. In den USA gab es zwei Prozesse wegen Beihilfe zum Mord, aber er wurde in beiden Fällen freigesprochen.«

»Also muss er sich nicht verstecken, sondern tut es freiwillig. Er ist wegen der Diamanten hier.«

»Und wohl schon ziemlich lange, wie es aussieht.« Yakabuski zog ein Foto aus seinem Parka und gab es seinem Dad. George Yakabuski holte die Brille aus der Tasche seiner Strickjacke, betrachtete das Foto einige Sekunden lang und sagte: »Verdammt. Bobby Bangs ist dein zweiter Dieb.«

»Genau das glaube ich auch. Dem Neffen von Tommy Bangles würde Sean Morrissey vertrauen. Und das war bisher die große Frage, Dad. Bei jedem, den wir als zweiten Dieb in Verdacht hatten, haben wir uns gefragt: ›Würde Sean Morrissey dir den größten Coup seines Lebens anvertrauen?‹ Und immer war die Antwort Nein. Die Ident-Jungs waren sicher, dass er eine Perücke trug. Es wird mir eine Freude sein, ihnen das Foto hier zu zeigen.«

Sein Dad zog die Decke über seinen Knien zurecht und drehte seinen Rollstuhl in Richtung Fenster. George Yakabuski war über dreißig Jahre lang Cop in High River gewesen, bis zu dem Tag, als er die Stedman's-Filiale betreten hatte, um ein Moskitonetz für seine Jagdhütte zu kaufen, und nur eine Minute später ein Trio aus Montreal den Laden ausrauben wollte. Er bemerkte die drei, ging den beiden nach, die auf dem Weg zum Büro waren, und rief: »Polizei, heben Sie die Hände so, dass ich sie sehen kann!«

Und dachte, das würde reichen, wenn man Polizist war und jemanden auf frischer Tat ertappte. Alte Schule eben. Er hatte weder seinen Dienstrevolver bei sich noch Verstärkung angefordert und war völlig verblüfft, als die Räuber seiner Aufforderung nicht Folge leisteten, sondern sich umdrehten, abgesägte Schrotflinten unter ihren Mänteln hervorzogen und auf ihn schossen.

Die Räuber machten sich mit achtundsechzigtausend Dollar aus dem Staub und wurden noch am selben Abend in einer Montrealer Kneipe verhaftet. George Yakabuski kam nie wieder auf die Beine.

»Meinst du, Morrissey wusste, wie hoch die Beute ausfallen würde?«, fragte er.

»Nein. Ich glaube, es hat ihn überrascht.«

»Deswegen überwintert er lieber in Wentworth. Hält den Ball flach und schmiedet Pläne.«

»Vermutlich. Diebe wissen für gewöhnlich genau, wie Geld funktioniert. Sie machen sich nichts vor. Morrissey war klar, dass es Leute anlocken würde.« Yakabuski starrte das Eishockeyfeld vor dem Fenster an, hatte aber Mühe, dem Spiel zu folgen.

»Sonst wäre er auch ein Idiot«, sagte sein Vater. »Und Sean Morrissey ist vieles, aber ganz sicher kein Idiot. Was glaubst du, macht er sich Sorgen um diesen Mexikaner?«

»Ich an seiner Stelle würde mir große Sorgen machen.«

»Was gibt's Neues von dem?«

»Keine bestätigte Sichtung mehr seit der Aufnahme der Überwachungskamera am Algoma-Fähranleger am Abend vor dem Überfall. Wahrscheinlich war er am Morgen danach in Sioux Falls, und wahrscheinlich ist er derjenige, der am Abend darauf Gabriel Dumont ermordet hat, also war er in Cape Diamond. Seither nichts mehr.«

»Also seit zwei Monaten. Vielleicht ist er nach Hause gefahren.«

»Er kann überall und nirgends sein. Wir wissen es nicht, Dad. Aber ich tippe darauf, dass er immer noch in der Gegend ist.«

»Und auf Morrisseys Entlassung wartet.«

»Ja. Die müssen noch abrechnen.«

»Wie passt der verschwundene Junge zu alldem?«

»Er war auf der Suche nach den Diamanten. Griffin meint, er gehörte zu irgendeiner Facebook-Gruppe, die versucht hat, rauszufinden, wo sie sein könnten. Anscheinend gibt es fast zwanzig solcher Gruppen oder Webseiten.«

»Die nach den gestohlenen Diamanten suchen? Als wäre das ein Spiel?«

»Genau das. Pokémon Go, mit einem echten Preis.«

»Wie blöd kann man sein?«

»Da liegt Geld auf der Straße, Dad. Das hat mit Intelligenz nichts zu tun. Die Gruppe, in der McAllister war, hat nur Master-Studierende in Mathematik und den Naturwissenschaften der Top-Unis in Amerika zugelassen. Jeder konnte mitlesen, aber um etwas zu posten, musste man sich erst mit einer Matrikelnummer einloggen. Griffin nennt sie ›Vereinigte Klugscheißer‹.«

Frank Yakabuski schaute wieder aus dem Fenster. Jasons Geburtstagsfeier war ein gesellschaftliches Ereignis. Er erkannte zwei Stadträte und einen stellvertretenden Staatsanwalt. Den Mann, dem das Eishockey-Jugendteam gehörte. Mehrere bekannte Strafverteidiger. Sein Schwager war Rechtsanwalt, und wie die Ironie es wollte, war Sean Morrissey sein wichtigster Mandant. Tyler schob sich durch die Menge und schenkte aus großen Thermoskannen heißen Cider aus. Yakabuski fragte sich, wie viele der Anwesenden tatsächlich Kinder auf der Party hatten.

»Meinst du, ich könnte falschliegen, Dad?«, fragte er, während er seinen Schwager beobachtete. »Könnte Morrissey die Diamanten irgendwie aus Springfield rausgebracht haben? Wir suchen schon ziemlich lange, und ohne Ergebnis. Bloß eine Art Schatz-karte, das ist alles. Letzte Nacht habe ich geträumt, dass in hundert Jahren immer noch mit der Karte nach den Diamanten gesucht wird. Eine weltbekannte Schnitzeljagd. Wie Oak Island. Oder D.B. Cooper.«

»Du liegst nicht falsch, Frank. Morrissey ist ein Shiner, und die Shiners vergraben ihre Beute. Mir ist noch keiner begegnet, der sein Zeug weiter als eine Tagesfahrt von seinem Wohnort entfernt verbuddelt hätte.«

Genau. So war es immer gewesen. Yakabuski hatte es nur noch mal hören wollen.

Draußen wurde gejubelt und geklatscht. Dann wogte die Gäste-schar langsam in Richtung Haus. Das Hockeyspiel schien beendet zu sein.

»Kommen sie?«, fragte sein Vater, der den Rollstuhl umgedreht hatte und nach dem heißen Cider griff, den er auf dem Serviertisch hatte stehen lassen.

»Ja.«

»Ist jemand dabei, den du verhaften könntest? Ich langweile mich ein bisschen.«

»Ein paar Stadträte.«

»Das reicht.«

Yakabuskis Schwester stürmte mit einer Thermoskanne ins Zimmer. Trish trug eine schwarze Stretchhose und einen weißen Kaschmirpullover. Tyler folgte, den Kopf dem Stadtrat zugeneigt, der neben ihm ging. Das war seine typische Pose, ganz Ohr, die Augenbrauen konzentriert zusammengezogen. Der Anwalt bei der Arbeit. Aber der Stadtrat war als Riesenlangweiler bekannt, und nicht mal Tyler würde diese Pose noch lange durchhalten, vermu-tete Yakabuski.

»Frankie, da bist du«, rief Trish und rannte auf ihren Bruder zu. Als sie ihn umarmte, knallte ihm die Thermoskanne in den

Rücken. »Warum warst du nicht draußen beim Hockeyspiel? Möchtest du was trinken?«

»Ich habe schon Cider, danke, Trish. Ich wollte Dad Gesellschaft leisten.«

»Ach, du bist so ein guter Sohn.«

Sie beugte sich vor und gab ihrem Vater einen Kuss auf die Wange. George Yakabuski hob vorsorglich die Hände, falls sie stolpern sollte. In dem Moment klingelte Yakabuskis Handy. Ein Anruf vom Centretown-Polizeirevier.

»Da muss ich drangehen, Trish.«

»Ehrlich, Frankie, ich glaube, du hast das Ding so programmiert, dass es klingelt, sobald wir uns zwei Minuten gesehen haben.«

»Ganz kurz nur.«

Es war Bernard O'Toole, Chief der Springfield Regional Police. Nicht die Stimme, mit der Yakabuski gerechnet hatte.

»Yak, du kommst besser sofort her. Jason McAllister hat gerade was in seiner Facebook-Gruppe gepostet.«

»Gerade eben? Das heißt, er lebt.«

»Das wissen wir nicht. Griffin sagt, der Post war so programmiert, dass er heute veröffentlicht wurde. McAllister hat ihn vor zehn Tagen so eingerichtet, an dem Tag, als er sich auf den Weg zur Mission Road gemacht hat.«

»Was hat er gepostet?« Yakabuski wandte sich von den Gästen ab und drückte das Handy fester an sein Ohr.

»Unsere Schatzkarte.«

9

O'Toole war stinksauer. So hatte Yakabuski ihn noch nie erlebt, und immerhin hatte er einmal mitbekommen, wie O'Toole seine Faust in ein Fahrzeug der Spezialeinheit gerammt hatte. Er und Donna Griffin saßen ihm gegenüber. Es war Samstagnachmittag, sie waren die einzigen Menschen im vierten Stock des Reviers.

»Unsere Schatzkarte, Donna? Wie zum Teufel ist McAllister an unsere Schatzkarte rangekommen?« O'Toole brüllte, fluchte aber weniger, als Yakabuski erwartet hätte. Vermutlich wegen Griffin. Dennoch, O'Toole war sauer, und wenn ein lauter Mann mit dem Körperbau einer mittelgroßen Dampfwalze sauer ist, macht das Eindruck – auch ohne fluchen.

»Hat irgendwer bei Major Crimes sie etwa durchgestochen?«, fuhr er fort. »Ich schwöre bei Gott, wenn das der Fall ist, schmeiße ich den Mistkerl eigenhändig aus dem Fenster.«

»Ich glaube nicht, dass es ein Leck gegeben hat, Chief«, sagte Griffin. »Wenn man sich die Karte genau anschaut, sieht man, dass sie sich von unserer leicht unterscheidet. Die Ähnlichkeit ist groß, aber es gibt Abweichungen. Ich tippe darauf, dass er nicht alle Kameras gehabt hat.«

»Wie hat er das hingekriegt? Die Kameraaufzeichnungen gehackt?«

»Vermutlich. Die meisten Kameras gehören der Stadt, da hätte er mit einem Hack jede Menge Informationen bekommen.«

O'Toole hob die Pranke, mit der er eben noch auf den Tisch gehauen hatte, und strich sich übers Kinn. Die Möglichkeit, dass McAllisters Karte durch einen Fehler der Stadt – miese Firewalls in der IT-Abteilung – zustande gekommen sein könnte, schien ihn zu besänftigen. Dass die Stadt Fehler machte, war kein Geheimnis. Wie gut, dass sich McAllisters Karte nicht auf einen nachlässigen oder gierigen Cop in seiner Major-Crimes-Abteilung zurückführen ließ. Ein Problem weniger. Viele blieben.

»Verstehe ich das richtig, Donna?«, fragte er. »Obwohl dieser McAllister nicht alle Kameras hatte und nicht alle Variablen kannte, hat er trotzdem unser Suchgebiet errechnet?«

»Was soll ich sagen? Der Junge ist verdammt gut. Irgendwie hat er die zeitliche Lücke rausbekommen. Damit hatte er eine Variable – siebenundvierzig Minuten. Mit einer guten topografischen Karte konnte er die Distanz berechnen. Das sind schon zwei Variablen, und damit lässt sich etwas anfangen. Beeindruckende Arbeit, aber ich kann nachvollziehen, wie er es hinbekommen hat.«

»Die Karte muss sofort aus dem Netz genommen werden.«

»Zu spät, Chief. Seit sie heute Mittag gepostet wurde, hat die Facebook-Gruppe von McAllisters mehr als eine Million Klicks erhalten. Vor fünfundvierzig Minuten ist sie abgestürzt. Jetzt werden überall Screenshots gepostet.«

»Scheiße.«

»Ja.«

Sie saßen mehrere Sekunden lang schweigend da, ein stilles Büro in einem menschenleeren Stockwerk, niemand wusste, was er sagen sollte. Fast wie ein Green Room, in dem Schauspieler auf ihren Auftritt warteten.

Doch schon bald hörte Yakabuski das Pingen der Aufzüge, und unter O'Tooles Büro rollten Reifen über den harten Schnee auf dem Parkplatz. Die Nachricht von der auf Facebook geposteten Schatzkarte hatte die Runde gemacht. In der Chefetage mochte alles ruhig bleiben, aber die Schreibtische von Major Crimes würden bald besetzt sein.

• • •

Am Tag danach wurde Yakabuski von Piers Grund, Senior Vice President, Operations, bei De Kirk Mines zu einem Gespräch bestellt. Yakabuski parkte seinen Jeep in einer Nebenstraße unweit des Baton Rouge; als er das Restaurant betrat, erwartete Grund ihn schon an einem der hinteren Tische. Seine Miene war derart finster und böse, dass er anscheinend alle in die Flucht getrieben hatte, nur der Maître d' strich noch um seinen Tisch herum wie ein Hund, der jederzeit mit einem Tritt rechnete, und bot Yakabuski erleichtert einen Stuhl an.

»Detective Yakabuski, wie schön, Sie zu sehen«, sagte er, wandte sich um und eilte davon. Grund starrte ihm so wütend nach, als würde er vom Schlachtfeld fliehen.

»Kennt der Sie?«, fragte Grund.

»Sieht so aus. Ich kenne ihn nicht.«

»Wegen Ragged Lake.«

»Vermutlich.«

»Das will ein Maître d' sein. In Johannesburg dürfte er nicht mal Töpfe schrubben.«

»Gut, dass wir nicht in Johannesburg sind.«

»Soll das witzig sein, Detective? Ich finde es nicht im Geringsten witzig, wenn Leute ihre Jobs nicht richtig machen.«

»Was hat er denn falsch gemacht?«

»Er kam an und hat sich entschuldigt, nachdem ich meinen Manhattan hatte zurückgehen lassen. Der schlechteste Manhattan meines Lebens. Und ich habe keine Lust, meine Lebenszeit damit zu vergeuden, mir die Entschuldigungen eines verdammten Maître d' anzuhören.«

Grund war am Tag nach dem Diamantenraub mit einem Privatjet aus Johannesburg eingeflogen. Nach seiner Ankunft war er nicht ins Hotel, sondern direkt ins Centretown-Polizeirevier gefahren und hatte verlangt, O'Toole zu sprechen. Um ihn dann zu fragen, wieso er den Springfield Airport »so ungeschützt wie 'ne Nutte am Strand« gelassen hätte.

Yakabuski war bei diesem ersten Gespräch anwesend gewesen und hatte Grunds Verhalten auf Jetlag oder Angst geschoben, aber seitdem hatte sich nichts geändert. Grund stieg in jede Unterhaltung mit einer Drohung ein und beendete sie mit einem Ultimatum. Er war vulgär und aggressiv, etwa Mitte sechzig, ein hochgewachsener blonder Tyrann mit der Brust-raus-und-in-die-Eier-tretenden Pose aller Tyrannen.

Yakabuski hatte es geschafft, Grund und den anderen Managern von De Kirk, die noch folgten und ihrem Boss auf seltsame Weise ähnlich waren, meistens aus dem Weg zu gehen. Aber ganz ignorieren konnte er Grund nicht, schließlich war er Senior VP von einem der größten Arbeitgeber in der Region, dem gerade über eine Milliarde Dollar geklaut worden waren, daher konnte er ein Gespräch mit dem leitenden Ermittler einfordern und bekam es auch.

Yakabuski wartete, bis Grund nicht länger dem Maître d' nachstarrte. »Weshalb wollten Sie mich sprechen, Mr. Grund?«

»Damit Sie mir sagen können, wo die Scheißdiamanten sind. Weswegen sollte ich Sie sonst sehen wollen?«

»Ich hätte Sie telefonisch über den Stand der Ermittlungen informieren können.«

»Ich ziehe ein persönliches Treffen vor. Und ich würde es außerdem vorziehen, das Gespräch mit einem Manhattan in der Hand zu führen, wenn der Barmann hier das endlich mal hinkriegt. Also, wer zum Teufel ist dieser Junge, der da vor Kurzem verschwunden ist?«

Yakabuski hatte geahnt, dass er deswegen einbestellt worden war. »Er heißt Jason McAllister. Master-Student an der Syracuse University. Anscheinend ein ziemliches Mathegenie. Er wird jetzt seit fast zwei Wochen vermisst. Zuletzt wurde er auf der Mission Road gesehen.«

»Haben die Shiners ihn geholt?«

»Wir wissen nicht, was aus ihm geworden ist.«

»Dann können wir ihn wohl auch noch auf die Liste setzen.«

Grund schaute Yakabuski verächtlich an, bevor er fortfuhr. »Wenn es nicht die Shiners waren, wer zum Teufel dann? Denken Sie vielleicht an diesen verrückten Mexikaner, der Gabriel Dumont umgebracht hat? Oder vielleicht pennt der Junge auch nur irgendwo. Ist das eine mögliche Theorie, Detective?« Grund grinste höhnisch.

Leute mit Geld wissen, wie man höhnisch grinst, dachte Yakabuski. Offen zur Schau gestellter Hohn, nicht der, den man hinter der hohlen Hand verbirgt, wie die meisten Menschen es tun. Der Hohn der Reichen passte zu Leuten, die an Regentagen unter völliger Missachtung und Verachtung für andere durch die Stadt rasen, ein Charakterzug, der sich über Generationen bis zur Vollendung entwickelt haben musste.

»Nein, wir glauben nicht, dass er irgendwo liegt und schläft, Mr. Grund. Aber da wir jetzt von Ihrem Interesse wissen, werden wir Sie gern informieren, wenn wir Jason McAllister gefunden haben.«

»Der Junge ist mir scheißegal.« Grund zerknüllte die Cocktailserviette. »Seine Schatzkarte macht mir Sorgen. Die sieht aus wie Ihre Karte. Gibt es etwa ein Leck in Ihrer Scheißabteilung?«

»Nein. Es ist nicht genau unsere Karte. Er hat sie selbst entworfen.«

»Das wird Schatzjäger anziehen. Das ist Ihnen doch klar?«

»Ja, das ist mir klar.«

»Das wird noch zu einer gottverdammten Schnitzeljagd, und meine Scheißdiamanten sind der Preis.«

»Wir stellen zur Überwachung der Mission Road so viele Kollegen ab wie nötig, Mr. Grund.«

»Wie an Ihrem Flughafen.«

»Wie Sie an Ihrem Flugzeug.«

Grunds höhnisches Grinsen fror ein. Als seine Miene wieder

auftaute, verwandelte sie sich in eine Fratze der Wut. Das waren die einzigen beiden Gesichtsausdrücke, die Yakabuski an diesem Mann je gesehen hatte – Verachtung und Wut. Er fragte sich, ob Grund vielleicht den Dreh raushatte, beide zu kombinieren, damit er jemanden mit verächtlicher Wut oder aber wütender Verachtung anstarren konnte.

»Wenn Sie wissen, was gut für Sie ist, Detective Yakabuski, dann reden Sie lieber nicht von dem Flugzeug.«

»Wenn ich wüsste, was gut für mich wäre, würde ich wahrscheinlich nicht an der Northern Divide leben, Mr. Grund. Und wahrscheinlich wäre ich nicht Polizist. Und ganz sicher würde ich keinen sonnigen Winternachmittag damit vergeuden, im Baton Rouge zu hocken und mir Ihr Gemeckere über Manhattans anzuhören.«

Grund sagte etwas, das Yakabuski sich nicht die Mühe machte zu hören. Er wandte sich ab und schaute sich im Restaurant um. Das Baton Rouge war ein Steakhouse in Centretown, das von Managern der Holzindustrie und im Bergbau besucht wurde, von leitenden Regierungsbeamten aus dem Department of Northern Affairs und von jenen Springfieldern, die das Glück hatten, auf ein Spesenkonto zugreifen zu können. In der Mitte der Bar befand sich ein leise knisternder Kamin, an der Decke hingen Kronleuchter, die etwa so viel Licht verbreiteten wie Teekerzen. Wer tagsüber herkam, hatte das Gefühl, die Uhr zehn Stunden vorstellen zu müssen. Im Baton Rouge tauchte man ein in eine Nacht voller Rausch und Trunkenheit, egal wie spät es im Rest von Springfield war.

Grund hatte es bei einem gezischten »Seien Sie vorsichtig« belassen, was bedeutete, dass ihm das Flugzeug mehr Kopfschmerzen bereitete, als Yakabuski gedacht hatte. Unmittelbar nach dem Überfall hatten alle nur über die Shiners und Travellers, über den toten Piloten, die verschwundenen Diamanten geredet, nicht über das Flugzeug. Als er fand, dass genug Zeit verstrichen sei, wandte er sich wieder Grund zu und sagte: »Wieso sollte ich vorsichtig sein?«

»Weil dieser Raubüberfall nicht nur ein Verbrechen ist, Detective Yakabuski, sondern es um Wirtschaft und Politik geht. Der Warenpreis von Diamanten aus dem Norden, der Börsenkurs von De Kirk und anderen Minenbetreibern, die Zahl der Arbeitsplätze, die wir am Cape Diamond bieten – von dem Ergebnis Ihrer Ermittlungen hängt einiges ab. Ich wäre vorsichtig mit angedeuteten Unterstellungen.«

»Ich deute nichts an, Mr. Grund. Ich sage Ihnen ganz direkt, dass der Überfall nur aufgrund Ihrer mangelhaften Sicherheitsbestimmungen möglich war.«

»Wirklich? Mit Ihrem unbewachten Flughafen hatte das nichts zu tun? Und was ist mit dem Gangster, der meine Diamanten stehlen und sie irgendwo unter Ihrer Nase verstecken konnte, ohne dass Sie sie finden? Das ist alles unerheblich?«

»Ja. Es war Ihre Entscheidung, das Flugzeug nicht zu bewachen.«

Grund bedachte Yakabuski mit einem Blick verächtlicher Wut, und damit hatte er seine Antwort.

»Keine Security und nicht nachverfolgbare Diamanten im Wert von über einer Milliarde Dollar in einem vollgetankten Frachtflugzeug?«, fuhr Yakabuski fort. »Dass Sie nicht jeden Monat ausgeraubt werden, grenzt an ein Wunder, Mr. Grund.«

Die Augen des Südafrikaners waren jetzt so rot wie die Chilischoten in dem Glas auf der Theke. »Wenn ich irgendwas in der Richtung in den Scheißzeitungen lese«, spie er, »wenn irgendwas davon im Scheißfernsehen kommt, wenn ich ...«

»Werden Sie mich verklagen, schon klar.«

»Sie sollten diese Warnung ernst nehmen, Detective. Unser Schaden wäre real und leicht nachzuweisen. Unsere Aktionäre wären erschüttert über so eine wilde Geschichte. Wenn diese Welle bei Ihnen ankommt«, und hier beugte sich Grund über den Tisch, sodass er die letzten Worte zischen konnte, »ist sie ein Scheißtsunami.«

Grund lehnte sich gerade zurück, da wurde sein Zweitversuch-Manhattan gebracht. Er trank einen Schluck und knurrte, aber bevor er etwas sagen konnte, hatte der Maître d' ihm schon das Glas aus der Hand genommen und rannte zurück an die Bar. Die weißen Sohlen seiner Schuhe leuchteten im Halbdunkel. Yakabuski sah Menschen nicht gern rennen. Im Wald war Rennen der schnellste Weg in die Katastrophe. Er stand auf und nahm seinen Parka. Grund sah ihn überrascht an.

»Was? Bleiben Sie etwa nicht zum Essen? Geht auf mich.«

»Danke, nein. Und nur, damit Sie es wissen, ich bin an Stürme gewöhnt. Wie die meisten Leute hier. So eine Warnung wirkt schon fast albern. Wenn Sie noch mal mit mir reden wollen, greifen Sie zum Telefon.«

10

Yakabuski stand mehrere Minuten lang neben seinem Jeep, bevor er einstieg und losfuhr. Die Sonne stand tief und spiegelte sich so grell auf dem Schnee wider, dass ihm die Augen schmerzten. Aber nach dem verliesartigen Baton Rouge war ihm der Schmerz willkommen. Auch die Kälte machte ihm nichts aus.

Grund hatte recht. Es würden Schatzjäger nach Springfield kommen. Womit er nicht recht hatte, war, dass er glaubte, man könne etwas dagegen unternehmen. Das Ganze würde jetzt seinen natürlichen Gang gehen, eins würde zum anderen führen, unaufhaltsam, wie Benjamin Chee ihn gelehrt hatte, als Yakabuski noch ein Teenager gewesen war.

Chee war ein Ojibwa-Trapper, dessen Familie die Rechte für einen Fallensteig besaß, der etwa einhundert Meilen an der Northern Divide entlangführte. An den Wochenenden hatte Yakabuski dem alten Trapper oft mit den Fallen geholfen, in dem Jahr, als er sechzehn wurde, am Ende der Jagdsaison sogar ganze zwei Wochen lang. An einem Morgen war er aufgewacht und hatte Chee vor dem Zelt vorgefunden, wo er Vögel beobachtete, die in der Ferne eine Klippe umkreisten. Yakabuski war noch mehrere Minuten lang in seinem Schlafsack liegen geblieben und hatte erst dann gefragt: »Stimmt was nicht, Ben?«

Aber der Trapper hatte keine Antwort gegeben. Nur gesagt, dass sie losmüssten, also bauten sie an dem Tag ihr Lager früher als sonst ab und liefen den ganzen Morgen über durch einen dunkelgrünen Wald, in dem das Wasser von den Kiefernnadeln tropfte. Es roch herb nach Fichtenharz und Schierlingstanne. Als sie Lake Claire erreichten, sahen sie, dass das Eis auf dem See bereits aufgebrochen war, nur am Ufer hing noch eine dünne Schicht. Der Frühling war früh gekommen.

Als Chee das offene Wasser sah, hielt er inne, holte einen Feldstecher aus dem Rucksack und beobachtete die Klippe, die jetzt nicht mehr weit entfernt war. Es waren weitere Vögel hinzugekommen. Yakabuski erkannte Truthahngeier. Plötzlich stürzten sie sich in die Tiefe.

Als das passierte, begann Chee zu rennen. Obwohl er ein alter Mann war, konnte Yakabuski ihm nur mit Mühe folgen. Als Yakabuski die Klippe erreichte, war Chee bereits auf dem Pfad nach oben. Yakabuski hörte Tierlaute. Kreischen und Heulen. Das Schlagen großer Flügel.

Oben angekommen, sah er eine Weißwedelhirschkuh. Das Tier war in eine von Chees Fallen geraten und wurde von einem Rudel Wölfe umkreist, die abwechselnd nach den Hinterbeinen schnappten, nach dem langen, braun gefärbten Hals, nach dem Bauch, der bereits aufgerissen war. Innereien und Blut lagen auf dem Boden, und das war die Beute, auf die die Truthahngeier es abgesehen hatten.

Noch nie hatte Yakabuski ein solches Gemetzel erlebt, eine feige und widernatürliche Brutalität, die ihm nicht richtig erschien, die nicht in diese Wälder zu passen schien, die auf eine Weise, die der Junge nicht in Worte fassen konnte, eine Schande war.

Als die Hirschkuh endlich am Boden lag und die Wölfe sich näherten, um ihr den tödlichen Biss zu versetzen, sagte der Trapper, ohne Yakabuski anzusehen: »Das passiert nur, wenn der Lake Claire offen ist. Die Hirsche können dann nicht über den See und nehmen den Weg über diese Klippe. Die Falle tötet sie nicht. Manchmal findet sie ein Fischmarder. Manchmal kommen Seeadler. Das weiß man nie.«

»Aber es endet immer so?«

»Ja. Eins führt zum anderen, und der Hirsch stirbt.«

Yakabuski betrachtete die Wölfe, die die Hirschkuh in Stücke rissen. Ihre glasigen Augen wurden über den Schnee gezogen.

»Wenn du weißt, dass es so kommt, warum es dann nicht ändern?«

»Was würdest du vorschlagen, Frank?«

»Vielleicht hier keine Falle aufzustellen?«

»Lake Claire ist nicht immer offen. In einem anderen Jahr hätten wir vielleicht einen Fischmarder gefangen.«

Yakabuski dachte nach. »Vielleicht könntest du eine andere Falle nehmen?«

»Ich habe keine Falle, die diese Hirschkuh verschont hätte. Zu wissen, wie etwas endet, bedeutet nicht, dass man es ändern kann, Frank.«

Auch darüber dachte Yakabuski nach. So lange, bis er in seiner Frustration vorwurfsvoll schrie: »Verdammt noch mal, Ben, irgendwas *musst* du doch tun können!«, und es sogleich bereute.

»Ja«, sagte der Trapper und sah Yakabuski mit einer traurigen Zärtlichkeit an, die ihn damals verwirrt hatte. »Wenn der Lake Claire offen ist, halte ich nach Wölfen und kreisenden Vögeln Ausschau.«

· · ·

Pete Watkins saß in der Bar der Cornet Lounge und dachte zum ersten Mal seit Jahren an Springfield. Er hatte gerade in dem Fernseher hinter dem Tresen einen Bericht über einen eins Komma zwei Milliarden Dollar schweren Diamantenraub gesehen. Der war schon zwei Monate her, aber da Pete erst gestern aus dem Knast in Bolton gekommen war, wo er fünf Jahre einer zehnjährigen Haftstrafe wegen Totschlags an einer Kellnerin abgesessen hatte, erfuhr er jetzt erst davon.

Er war auf einer Farm zwanzig Meilen außerhalb von Malone, New York, aufgewachsen. Die Leute in Malone hatten sie die

Watkins-Farm genannt, denn das war sie einst gewesen, allerdings war bei Petes Geburt schon seit drei Generationen dort nichts mehr gewachsen. Nicht mal das Farmhaus gab es noch, es war in den frühen Neunzigern nach einer Meth-Labor-Explosion abgebrannt. Pete wuchs in einem Doppeltrailer auf, den sein Vater auf die giftige Asche des alten Hauses gestellt hatte.

Pete hatte neun Geschwister, die ältesten vier aber nie kennengelernt und mit den anderen nicht viel zu tun. Er war das jüngste und ab dem Alter von sechs Jahren einzige Kind, das noch mit Cecelia Patrick und Tom Watkins im Trailer wohnte. Sein Vater war ein ehemaliger PepsiCo-Fahrer aus Rochester, dessen Behindertenrente gerade dafür ausreichte, sich jeden Tag zu besaufen. Wenn er sich das Geld einteilte. Petes Vater trank meistens zu Hause, nur an dem Tag, an dem der Scheck kam, trank er in Malone. Manchmal auch noch am Tag danach.

Cecelia Patrick war in Petes Kindheit eher selten anwesend gewesen, immer wieder saß sie wegen Scheckbetrugs oder Prostitution im Knast oder machte mit Männern, die sie irgendwo kennengelernt hatte, lange Reisen. Die Reisen endeten immer damit, dass Tom Watkins weinend in der Küche des Trailers saß und ihr Busgeld schickte. Als Pete acht war, verschwand sie ganz. Danach waren nur noch Pete und sein Dad übrig.

Nachdem seine Frau weg war, soff Tom Watkins noch mehr, was Pete nicht für möglich gehalten hatte, aber so war es. Sein Vater fing an, ihn ohne Sinn und Verstand zu schlagen, sobald Pete in Reichweite kam. Er bekam Schläge für etwas, das er getan hatte. Oder was er bestimmt tun würde. Tom Watkins benötigte keine Anlässe oder Tatsachen, um seinen Sohn zu schlagen. Er schlug ihn, weil er überzeugt davon war, der Junge hätte es verdient. Und weil sich Tom Watkins dann – meistens – besser fühlte.

Mit zwölf machte sich Pete nach einer besonders brutalen Tracht Prügel auf die Suche nach seiner Mutter. Er wollte weglaufen und dachte, vielleicht könnte er für ein, zwei Nächte bei ihr unterkommen, bis er sich etwas überlegt hatte. Nicht lange. Höchstens ein paar Tage, dann wäre er weg. Sie war nicht weit gekommen. Lebte immer noch in Malone.

Er verließ die Watkins-Farm am frühen Morgen, die Sonne lugte gerade über die Wipfel der Zedern hinter dem Trailer hervor. Es war spät im Frühling, das Gehen fiel leicht. Die Kriebelmücken waren weg, ebenso der meiste Schlamm. Nach drei Meilen erreichte er den asphaltierten Teil der Straße zur Farm, was das Laufen erleichterte. Er versuchte nicht, per Anhalter zu fahren, weil er das noch nie gemacht hatte und nicht wusste, was er sagen sollte. Gegen Mittag zog er seine blaue Windjacke aus, aber es wurde nie so warm, dass er sein Hemd aus der Hose ziehen musste.

Gegen zwei Uhr nachmittags erreichte er Malone und spürte zwei Stunden später seine Mutter auf, als sie gerade aus der Cornet Lounge kam. Er hatte sie früher von diesem Nachtclub reden hören, deswegen hatte er über eine Stunde davorgestanden und gewartet. Sollte sich bis zur Dämmerung nichts tun, würde er es vor einer anderen Bar versuchen, so sein Plan.

Sie trat aus der Milchglastür der Cornet Lounge, gefolgt von einem Mann in einem zerknitterten braunen Anzug, und als Pete auf sie zuging, starrte sie ihn eine Sekunde lang an und ging weiter.

Sie hatte ihn nicht erkannt. Es waren fast vier Jahre vergangen, redete Pete sich ein, vielleicht war das nicht überraschend. Er rannte ihr nach, und sie und der Mann drehten sich um und schauten ihn an. Pete hielt an und suchte die Worte zusammen, die er sich auf dem Marsch hierher zurechtgelegt hatte.

»Hallo ... ich bin's, Peter. Ich bin Peter. Ich wollte fragen, ob ... ob ich vielleicht ... also, wenn du nichts dagegen hast ...«

»Was ist los mit dir, Junge, bist du behindert?«, sagte seine Mutter lachend, beugte sich vor, um ihn genauer in Augenschein zu nehmen, und verlor das Gleichgewicht, sodass der Mann sie um die Taille fassen musste, damit sie nicht umfiel. Kurz sah Peter ihr in die Augen und meinte, einen Schimmer des Wiedererkennens zu sehen. Aber der war schnell verflogen, und vielleicht hatte er sich geirrt.

»Ich würde gern …«, hob er erneut an, aber seine Mutter lachte wieder, drehte ihm den Rücken zu und sagte: »Der Junge ist bekloppt. Komm, Süßer, hauen wir ab.«

Pete sah ihnen nach, als sie die Hastings Street hinunterwankten; seine Mutter kicherte und stolperte, wenn der Mann sie an sich drückte. Er schaute ihnen so lange nach, bis sie verschwunden waren. Dann ging er nach Hause.

Im folgenden Sommer hatte sein Vater kurzzeitig eine Freundin, eine Kellnerin aus der Legion Hall in Malone, die Pete hasste, und so wurde Pete nach Springfield geschickt. Sein Vater hatte einen Bruder – einer von acht –, der außerhalb von Springfield auf einer Farm lebte und Söhne in Petes Alter hatte. Es wäre gut für Pete, meinte sein Vater, ein bisschen Zeit mit seinen Vettern zu verbringen, allerdings wusste Pete, dass seinem Vater herzlich egal war, was gut für ihn war. Ihm war klar, dass sein Vater ihn über den Sommer aus dem Trailer raushaben wollte, damit die Kellnerin einziehen konnte.

Sein Vater hatte gesagt, dass Pete mit anpacken müsste, und bei seiner Ankunft erfuhr er, was darunter zu verstehen war: sechs Tage die Woche von morgens bis abends auf einer benachbarten Farm arbeiten. Sein Onkel hatte Pete als billige Arbeitskraft vermietet und behielt das Geld für sich. Als Pete in der zweiten Woche nach seinem Lohn fragte, wurde er so brutal verprügelt, dass zwei Vorderzähne angeschlagen und sein linkes Trommelfell permanent beschädigt wurden, zumindest nahm er das an, denn von da an hörte er auf dem Ohr nicht mehr gut.

»Glaubst du, Essen kostet nichts, du verdammter Rotzlöffel?«, brüllte sein Onkel, während er auf ihn eindrosch. »Du kannst froh sein, überhaupt was zu kriegen, und renn ja nicht heulend zu deinem Papa, dem bist du genauso scheißegal.«

Pete Watkins fragte nie wieder nach Geld. Trotzdem hatte er den Sommer in Springfield genossen. Er mochte seine Vettern. Sie waren ebenfalls als Arbeitskräfte verkauft worden und arbeiteten auf den Heuwiesen Seite an Seite mit ihm. Abends tranken die Jungen selbst gebrannten Whiskey, und an den Samstagabenden begaben sie sich nach Springfield, um auf katholischen Tanzveranstaltungen mit französischen Jungs zu raufen und die Mädchen zu überreden, mit ihnen in den Wald zu gehen. Als sich eins der Mädchen bei ihren Eltern beschwerte, tauchten am folgenden Samstag die Cops auf, um die Gebüschtechtelmechtel zu unterbinden. Aber es war leicht, den Cops davonzulaufen, es machte fast Spaß. Natürlich musste dem Mädchen, das sich beschwert hatte, eine Lektion erteilt werden, aber auch das hatte Spaß gemacht, ein schöner Moment in diesem Sommer, der Pete Watkins noch lange in Erinnerung blieb. Angeln. Trinken. Das Mädchen im Wald, das sich für sein Vergehen entschuldigte.

Und jetzt war da dieser Fernsehbericht über Springfield. *Verdammt.* Eigentlich ging es nicht direkt um den Raubüberfall, sondern um irgendein Collegekid, das auf der Suche nach den Diamanten verschwunden war. Es wurde ein Foto aus dem Jahrbuch gezeigt, und der Junge sah aus wie jemand, den Pete einfach nur schlagen wollte, mit seiner Tuntenstrickjacke und dem nach hinten gegelten Haar. Danach wurde ein an einem Flughafen stehendes Frachtflugzeug mit offener Ladetür gezeigt und ein aufgepumpter Paddy, der in Handschellen abgeführt wurde. Zum Schluss weinte eine blonde Frau in die Kamera, sah nicht schlecht aus, vermutlich die Mutter des Jungen.

Es war ein langer Bericht, und Pete lehnte sich nach der Hälfte über die Theke, um die Lautstärke hochzudrehen. Als der Barmann ihn aufforderte, sich wieder hinzusetzen, sagte Pete, ohne den Mann auch nur anzusehen: »Verpiss dich und schenk irgendwas ein.«

Pete Watkins maß fast eins neunzig und wog hundertzehn Kilo. Kein Gramm Fett an ihm. Sein gesamter Körper war mit Knasttattoos überzogen, das Haar so kurz geschoren, wie der Rasierer des Knastfriseurs es hinbekommen hatte. Der Barmann ging, um irgendwas einzuschenken.

Springfield, dachte Pete, als ein Screenshot einer Facebook-Seite auf dem Bildschirm erschien. *Das ist ja großartig.*

11

Die Große Diamantenjagd, wie die *Springfield Sun* die Ankunft der Besucherscharen im Spätfrühling nannte, begann am fünften März, sechs Tage, nachdem Jason McAllisters Schatzkarte online gegangen war. An diesem Tag waren die täglichen Flüge aus North Bay nach Springfield zum ersten Mal ausgebucht, was es bisher noch nie gegeben hatte.

Innerhalb einer Woche war in der ganzen Stadt kein einziges freies Hotelzimmer mehr zu finden. Also bauten die Leute an der Mission Road Zelte auf. Zwei Wochen später war entlang der ersten Meile der Mission Road eine Stadt aus farbenfrohen Nylonzelten entstanden; es sah aus, als hätte man bunte Kunstperlen in den Wald geworfen.

Dass die Diamanten, die sie suchten, Diebesgut waren, schien die Schatzjäger nicht zu kümmern. Viele nahmen sogar irrtümlich an, dass eine Belohnung in Aussicht stünde, den Gerüchten nach bis zu zehn Prozent des Diamantenwerts. Nichts davon entsprach der Wahrheit. Die Schatzsucher waren so verschieden wie die Formen ihrer Zelte. Es gab die einsamen Wölfe, meist Männer mittleren Alters mit grauen Bärten, die leise vor sich hin murmelten und beim Frühstück schützend eine Hand vor den Teller hielten. Es gab arbeitslose Öl- oder Waldarbeiter aus Fort Francis, entlassene Sägewerker aus Buckham's Bay und Collegestudenten aus den USA. Es gab Rentner mit Campervans und viele Familien, darunter eine aus Concord, New Hampshire, deren vier Teenagertöchter jeden Tag in Schnee und Matsch herumwühlten und abends am Lagerfeuer den Eltern Bericht erstatteten, als würden sie eine Seminarpräsentation halten.

Weil die Mission Road auf öffentlichem Land lag, konnten die Schatzsucher nicht vertrieben werden. Die Stadt zog vor Gericht, um eine einstweilige Verfügung zu erwirken, aber schnell fanden sich potenzielle Gegenkläger, die verkündeten, gegen eine solche Anordnung vorzugehen, darunter auch die einflussreiche und wohlhabende Northern Divide Fish and Game Association, die anscheinend bereit war, für das Recht, auf öffentlichem Grund zu campen, in den Tod zu gehen.

Es sah nicht so aus, als würde es schnell zu einer Entscheidung kommen.

Sollten noch ein paar Gegenkläger und ein paar mehr Anwälte hinzukommen, würde es wahrscheinlich nie zu einer Entscheidung kommen.

Yakabuski hatte sich angewöhnt, jeden Morgen einen Spaziergang durch die Zeltstadt zu machen. Er kam an Menschen vorbei, die an Lagerfeuern kauerten und deren Atem als dicke Wolke um ihre Köpfe wirbelte, an Menschen, die in Decken eingewickelt waren oder in großen verrußten Töpfen herumrührten. Am Zittern der Körper und der Farbe der Gesichter ließ sich ablesen, welche der Glückssucher dicke Schlafsäcke und gute Zelte mitgebracht hatten.

Er hörte das Klingeln und Scheppern von Metall auf Metall. Laute Befehle. Die Refrains von alten Popsongs, erst von einem, dann von mehreren Männern gesungen. Irgendwann verebbte der Lärm. Die Männer machten sich auf den Weg. *Genau wie ein Buschlager,* dachte Yakabuski. Ein absurdes, nach den von Sean Morrissey gestohlenen Diamanten suchendes Buschlager.

• • •

Zweiundzwanzig Meilen von der Mission Road entfernt, im Herzen des French Quarter von Springfield, lag die Ladoucer Street, eine gewundene Straße mit acht Wohnblocks. Täglich um kurz vor zehn sah man dort Henri Lepine entlangspazieren, auf dem Weg zum Clubhaus der Popeyes-Motorradgang, deren amtierender Präsident er war.

Dieses Amt hatte er inne, seit Papa Paquette vor fünf Jahren wegen Schutzgelderpressung ins Bundesgefängnis von Dorset eingefahren war. Während die meisten Vollmitglieder der Popeyes in den Clubhäusern wohnten, besaß Lepine ein Tudorhaus in den Mission Road Estates, wo er mit seiner Frau und zwei kleinen Töchtern lebte.

Und er sah auch nicht mehr wie ein Popeye aus. Zwar waren auch auf seinen Unterarmen Blitze tätowiert, aber die bekam kaum noch jemand zu sehen, weil er üblicherweise Manschetten mit edelsteinbesetzten Knöpfen und teure Anzüge unter noch teureren Winterjacken oder Trenchcoats trug. Seine Haare hingen nicht mehr frei über den Kragen und den Rücken, sondern waren modisch auf drei Zentimeter unterhalb des Kragens gekürzt.

Jeden Morgen fuhr er mit seinem BMW ins French Quarter, stellte ihn auf einem Parkplatz an der St. Jerome Street ab und ging die zehn Minuten zum Clubhaus in der Ladoucer Street im eher industriell geprägten Teil des French Quarter zu Fuß. Geografisch lag die Straße im Zentrum des Viertels, dennoch war sie mehr als zwei Meilen entfernt von den Cafés, Restaurants und Touristenläden, die sich um die Statue von Champlain herum angesiedelt hatten. Lepine genoss den Spaziergang an kleinen Garagen und Lagerhäusern aus Backstein, an Frittenbuden und Eckimbissen vorbei. Er war in einer ähnlichen Industriegegend aufgewachsen, in Verdun, am Rand von Montreal, und er mochte den Geruch von Benzin und Bratkartoffeln, den Anblick der schwarzen Feuerleitern aus Metall und der ramponierten Ziegelsteinfassaden. Das erinnerte ihn an seine Kindheit, und er staunte jeden Morgen darüber, wie weit er es gebracht hatte.

Auch heute machte er einen Abstecher in die Werkstatt neben

dem Clubhaus und sammelte vom Chefmechaniker Geld ein, die Einnahmen aus einem Frachtcontainer voller Jeeps mit falschen Nummernschildern, der vor zwei Tagen an den Rangierbahnhof in Montreal gegangen war. Dann nahm er die Abkürzung durch eine Seitentür der Werkstatt direkt in die Küche des Clubhauses, wo schon frischer Kaffee auf ihn wartete. Er brauchte nur zu nicken, und der Biker, der am Küchentisch saß, stand auf und schenkte ihm eine Tasse ein. Während er Zucker und Sahne hinzufügte, erstattete der Biker Bericht über eine Meth-Lieferung, die von einem verlassenen Flugplatz im Norden losgeflogen war, und über die Drogenschulden eines Barmanns im LeBaron, die Anfang der Woche fällig gewesen wären.

»Er wartet auf dich«, sagte der Biker.

»Was habt ihr schon von ihm bekommen?«

»Ein bisschen. Nicht das, was du willst.« Lepine nickte, trank einen Schluck Kaffee und ging nach oben. Der Barmann saß im Security-Raum auf einem Stuhl, die Hände hinter dem Rücken gefesselt. Seine Augen waren zugeschwollen, und an seinem Kopf klebte so viel Blut, dass die Haare aussahen wie die Strähnen eines Wischmopps. Lepine stellte die Kaffeetasse ab und schlug den Mann auf den Kopf.

»Patrick, es ist Zeit, deine Schulden zu bezahlen.«

Der Barmann versuchte zu sprechen, schaffte es aber nicht. Seine Zähne waren eingeschlagen, die Lippen zerrissene Fleischlappen. Sprechen würde erst in einigen Wochen wieder möglich sein.

»Isch wiii, isch wiii«, murmelte er.

»Halt die Klappe, Idiot. Du spritzt mir Blut aufs Jackett. Ich will, dass du was aufschreibst.«

Lepine griff in die Brusttasche seines Jacketts und holte einen Schreibblock und einen Stift hervor. Dann zog er ein Jagdmesser aus der Tasche seines Mantels. Er legte Block und Stift auf den Tisch, nahm das Messer aus der Scheide und hielt die Spitze an den Hosenschritt des Barmanns. Er beugte sich vor und flüsterte etwas, dabei drehte er das Messer hin und her. Zwei Minuten später verließ Lepine den Security-Raum und gab dem Biker den Schreibblock.

»Die Adresse seiner Mutter«, sagte er, und der Biker nickte. Lepine begab sich in sein Büro, stellte die Kaffeetasse auf den Schreibtisch und warf einen Blick auf die Wanduhr. Fünf nach zehn. Ein normaler Tag bisher, aber er wusste, dass sich das ändern würde. Papa Paquette hatte für halb zwölf ein Gespräch anberaumt.

Es war nicht leicht, aus dem Gefängnis heraus ein illegales Telefonat zu organisieren. Man brauchte Chuzpe und eingeschmuggelte Handys, Komplizen innerhalb und außerhalb der Gefängnismauern, Geld und noch mehr Geld. In den letzten fünf Jahren hatte es Patrice »Papa« Paquette nur äußerst selten für nötig erachtet, persönlich mit Henri Lepine zu telefonieren.

Kommuniziert hatten sie viel, dafür waren Anwälte da. Bisher waren die Themen nur drei Mal so heikel gewesen, dass kein Anwalt als Bote fungieren sollte. Jedenfalls keiner, den man noch behalten wollte.

Lepine versuchte, sich auf die Arbeit zu konzentrieren. Er legte das Geld aus der Werkstatt in den Bürosafe. Sah die Konten durch und organisierte den Transfer der Einnahmen aus den letzten vier Frachtcontainern an einen Geldwäscher in Vancouver, dem mehrere kleine Fahrgeschäfte gehörten, wie man sie in Einkaufsmeilen oder Jahrmärkten auf dem Land findet. Um kurz nach elf rief er seine Geliebte zu Hause an und überredete sie zu Dirty Talk, wohl wissend, dass ihr Ehemann ganz in der Nähe war.

Aber nichts funktionierte. Die Zeit kroch dahin. Die Wanduhr schien ihn auszulachen. Worüber musste Papa so dringend mit ihm reden? Konnte es etwas Gutes sein? Wie sollte es etwas Gutes sein?

Um elf Uhr fünfundzwanzig legte er das Prepaid-Handy auf den Schreibtisch und starrte es an, wie Hindu-Mystiker Wände anstarren. Um genau elf Uhr dreißig klingelte es. Nach dem zweiten Klingeln ging Lepine dran.

»Papa.«

»Henri«, erwiderte ein Mann mit leiser, schroffer Stimme und einem dicken französischen Akzent. »Es tut gut, dich zu hören.«

»Gleichfalls, Papa.«

»Sitzt du in meinem Büro?«

»Ja.«

»Bist du allein?«

»Wie du verlangt hast.«

»Gut. Wir müssen über diese Diamanten reden.«

Lepine setzte sich aufrecht hin. Papa klang ruhig, aber das konnte sich im Handumdrehen ändern. Er hatte es oft genug erlebt. »Möchtest du einen Lagebericht?«

»*Ben oui.*«

Er begann mit dem Verschwinden von Jason McAllister auf der Mission Road, wo der Meinung der meisten nach die Shiners die Diamanten versteckt hatten. Dann beschrieb er das – wie sollte man es nennen – Goldrush-Lager da draußen, das jeden Tag größer wurde. Wegen der Karte, die McAllister angefertigt hatte.

»Da stehen bestimmt schon über hundert Zelte, Papa«, sagte er. »Der Junge hat eine Art Schatzkarte gepostet, die zeigt, wo die Diamanten vergraben sein könnten.«

»Eine Schatzkarte?«

»Sogar mit einem roten X darauf. Genau an der Mission Road.«

Es folgte Schweigen. Lepine versuchte, sich die Zelle vorzustellen, wenn es denn eine Zelle war, in der Papa sich befand. Lepine hatte keine Ahnung, welche Arrangements für Papa getroffen worden waren – und da er noch nie in einem Hochsicherheitsgefängnis gesessen hatte, konnte er seiner Fantasie freien Lauf lassen. Er stellte sich vor, Papa läge unter einem Haufen Decken begraben und würde bei jedem Geräusch draußen auf dem Gang vor den Zellen ins Schwitzen kommen. Diese Vorstellung half ihm, die Nerven zu behalten.

»Ich frage mich langsam, ob uns so viel Zeit bleibt, wie wir dachten«, sagte Paquette. »Angeblich sind die Bristol-Brüder auf dem Weg nach Springfield.«

»Sie sind bereits da. Haben vorgestern im Grainger eingecheckt und fast die ganze vierte Etage gemietet. Wir versuchen gerade rauszukriegen, wer zum Teufel die eigentlich sind.«

»*Bereits da*«, sagte Paquette leise. »Nun, dann ist alles klar, Henri. Wir können nicht warten, bis Morrissey rauskommt. Wir müssen die Diamanten sofort finden.«

»Wir suchen schon, Papa. Wir sitzen nicht einfach rum und warten, bis der Shiner wieder nach Hause kommt. Wir haben ein paar von denen gegrillt – anonym, wie du gesagt hast –, aber ich glaube nicht, dass irgendwer weiß, wo die Diamanten sind, außer Morrissey.«

»Was ist mit dem zweiten Dieb?«

»Der kommt nicht von hier. Das ist das Einzige, was wir mit Sicherheit wissen. Die Cops sind wie die Irren auf der Suche nach ihm.«

»Was ist mit dem Mädchen?«

»Das Mädchen?« Lepine zögerte, kapierte nicht so schnell, wie er sollte. »Meinst du Grace Dumont?«

»Natürlich meine ich Grace Dumont. Was hat sie euch gesagt?«

Lepine antwortete nicht. Nach ein paar Sekunden sagte Paquette: »Du Vollidiot. Hol dir das Mädchen. Finde raus, was sie weiß.«

12

Yakabuski trank einen Schluck Kaffee und zog den Papierstapel auf seinem Schreibtisch näher an sich heran. Bilder einiger Neuankömmlinge in Springfield, am Flughafen und am Busbahnhof aufgenommen, dazu die Fahndungsfotos derer, die bereits identifiziert waren. Obenauf lag das Bild eines Mannes mittleren Alters, dessen Haar so schlecht geschnitten war, dass es wie ein geometrisches Muster aussah, überall standen Haarbüschel ab. Die Gesichtsbehaarung war genauso eigenwillig, zwischen kurzen Stoppeln hingen lange schwarze Strähnen von den Wangen herunter. Der Hals war komplett tätowiert, kaum ein Stück Haut ohne Tinte. Bestimmt glich der Adamsapfel beim Sprechen einem kleinen Tier, das unter einer Comicseite herumkroch.

»Wen haben wir hier?«, fragte er Griffin, die ihm gegenübersaß.

»Walter Bristol. Ist vorgestern mit seinen drei Brüdern eingeflogen. Irgendwie ist es ihnen gelungen, Zimmer im Grainger zu ergattern. Darunter liegen die Fahndungsfotos der drei Brüder.«

Yakabuski betrachtete die nächsten Fotos auf dem Stapel. Noch drei Männer mit schlechten Frisuren und schmalen Augen, zwei weitere Comic-Hälse. Alle schienen zwischen Mitte und Ende zwanzig zu sein, und die Verwandtschaft war nicht zu übersehen.

»Die Brüder heißen Patrick, Neil und Shamus«, fuhr Griffin fort. »Alle vier arbeiten für Danny Biloxi, jeder Polizist in New York State und entlang der Küste kennt sie, aber nur Shamus hat eine Strafakte. Die Einwanderungsbehörde sagt, du kannst ihn ausweisen lassen. Er hätte in Toronto gar nicht durch den Zoll kommen dürfen.«

»Er dürfte also gar nicht hier sein. Das ist tröstlich. Wenn ich mit den Fingern schnippe, ist er dann weg?«

»Wenn Träume wahr werden ...«

»Die Buffalo-Mafia? Willst du mir sagen, dass wir es mit der zu haben, Donna?«

»Genau das.«

...

Als Griffin gegangen war, saß Yakabuski an seinem Schreibtisch, betrachtete den Papierstapel und fragte sich, wie viele Verbrecher in eine Holzstadt im Norden passen mochten, selbst in eine große und ziemlich verrückte wie Springfield. Nach dem Diamantenraub hatte er recherchiert, was der bis dato größte bewaffnete Überfall in Springfield gewesen war. Soweit er herausbekommen konnte, war das ein Überfall auf einen Geldtransporter in Buckham's Bay, begangen 1934 von der Ma-Racine-Gang. Die Beute hatte 47.341 Dollar betragen.

Es war der bei Weitem dickste Fisch für die Ma-Racine-Gang gewesen, die sonst eher Spirituosenläden überfiel. Allerdings hatte sie bei einem weiteren Überfall auf einen Geldtransporter fast zwanzigtausend und bei einem Raub in einer Bank-of-Montreal-Filiale in Springfield über zehntausend Dollar erbeutet.

Zog man in Betracht, wie berüchtigt Ma Racine und ihre Söhne in den Dreißiger- und Vierzigerjahren gewesen waren, überraschten diese Zahlen. Yakabuski rechnete alle Überfälle zusammen, die der Gang angelastet worden waren, und kam auf 127.488 Dollar. Die nächste Zahl war 0,011 – das prozentuale Verhältnis der Beute von Ma Racine und ihrer Gang im Vergleich zu dem, was aus dem De-Kirk-Frachtflugzeug gestohlen worden war.

Es dauerte keine vierundzwanzig Stunden, und die Presse bezeichnete den Diamantenraub als größten bewaffneten Raubüberfall aller Zeiten. Er stellte jeden Postzugraub und jede Kaperung einer Spanischen Galeone durch britische Freibeuter in den Schatten, selbst bei Berücksichtigung der Inflationsrate. Die Beute übertraf angeblich sogar jene Reichtümer, die am Ende des Zweiten Weltkriegs erbeutet worden waren. So etwas war noch nie da gewesen.

Was die Presse allerdings nicht berichtete, zumindest sah Yakabuski nichts davon, war, dass der De-Kirk-Überfall bei Weitem nicht der größte Diebstahl der Geschichte war. Eine Milliarde Dollar war für viele der modernen Verbrecher in Anzügen eine normale Summe, die sie sich mit Ponzi-Systemen und Grundstücksbetrügereien, mit manipulierten Regierungsausschreibungen und Scheinsubventionen für Dotcom-Firmen, die nie ein verkaufsfähiges Produkt oder eine echte Dienstleistung erbringen würden, immer wieder ergaunerten.

Jeder drittklassige Diktator machte sich bei Nacht und Nebel mit einer Milliarde Dollar auf Schweizer Bankkonten aus dem Staub. Jede piefige Bankfiliale wusch jedes Jahr Milliarden von Schwarzgeld-Dollars. Die Schmiergeldkassen, die große Stromfirmen nicht verbuchten, um sich damit Regierungsverträge in Russland und im Balkan und Südost-Texas zu sichern, ließen den Diamantendiebstahl bei De Kirk wie Peanuts aussehen.

Es überraschte Yakabuski nicht, dass die Medien diesen Vergleich noch nicht gezogen hatten. Denn es bestand ein Unterschied zwischen Geld und Zahlen. Die Diamanten waren Geld, und die Börsen-Tricks waren Zahlen, und die Menschen konnten nur mit einem davon etwas anfangen.

Ein Onkel von ihm hatte früher seine Autos gekauft, indem er mit einer Sporttasche voller Zwanzig-Dollar-Scheine bei den Händlern auftauchte. Der Onkel fragte den Verkäufer nach dem besten Preis für das Auto, auf das er ein Auge geworfen hatte, dann leerte er die Sporttasche aus und bot einen Tausender weniger. Der Trick hatte immer funktioniert.

»Die Menschen schätzen Geld, das sie in den Händen halten«, sagte sein Onkel. »Eine Zahl auf einem Zettel hat keine Bedeutung für sie.«

Der Onkel war jetzt über neunzig und hatte schon lange kein Auto mehr gekauft. Yakabuski fragte sich, ob der Trick auch heute noch funktionieren würde. Manchmal zweifelte er daran. Inzwischen sahen die Menschen keinen großen Unterschied mehr zwischen Geld und Zahlen. Sie schufteten ihr Leben lang und bekamen ihr Geld nie zu Gesicht. Nur als Zahlen auf einem Computerbildschirm. Er malte sich aus, dass sein Onkel die Sporttasche auskippte und der Verkäufer sich fragte, was um alles in der Welt da gerade auf seinem Tisch gelandet war.

Was den Raub der De-Kirk-Diamanten auf eine Weise besonders machte, die die Presse noch nicht begriffen hatte. Der große Unterschied lag am Ende darin, dass die eins Komma zwei Milliarden nicht mithilfe einer Computertastatur entwendet worden waren. Sondern aus einem Frachtflugzeug gestohlen.

Der Unterschied zwischen Zahlen und Geld? Er würde den Leuten wieder bewusst werden.

13

Pete Watkins überquerte die Grenze nachts in einem Schnellboot, das er in einem Yachthafen in Ogdensburg gestohlen hatte. Er ließ es am Nordufer des St. Lawrence River liegen und machte sich auf den Weg nach Kingston, wo er einen Greyhound-Bus bestieg. Am nächsten Morgen erreichte er Springfield.

Zur Farm gelangte er per Anhalter, er wusste noch ungefähr, wo sie lag, und war sicher, sie irgendwie zu finden, wenn er erst mal in der Nähe war. Der Fahrer, der ihn mitnahm, sagte: »Sie wollen echt zur Watkins-Farm?« Man hörte ihm die Belustigung an.

»Genau. Was ist so komisch daran?«

»Nichts, nichts.« Der Mann warf Pete einen kurzen besorgten Blick zu. »Es ist nur … tja … nicht viele würden das noch als Farm bezeichnen.«

»Wieso nicht?«

»Weil's keine Farm ist. Nicht seit John tot ist.«

»Er ist tot?«

»Gut zehn Jahre, schätze ich.«

»Aber es leben doch noch Watkins' da, oder?«

»Ich weiß nicht, wer da wohnt. Aber die Farm wurde nicht verkauft, auch nicht zwangsversteigert, also gehört sie wohl jetzt Johns Jungs.«

Pete wusste noch, dass er sechs Vettern hatte. Oder sieben? Der älteste war John jr., Arnott und Ken waren etwa so alt wie er selbst, Brett ein paar Jahre jünger, hatte sich aber in jenem Sommer immer an sie drangehängt. Dann gab es noch einen Chris. Stimmte das? Und wie hieß der andere Bruder?

»Sie sehen aus, als könnten Sie verwandt sein«, sagte der Fahrer. »Sind Sie ein Watkins?«

»Bin ich.«

»Wo kommen Sie her?«

»Malone.«

»Upper New York State. Ich hab gehört, dass es da Verwandte gibt.«

»Nicht mehr viele. Nur meinen Dad.«

»Tja, so kann's gehen.«

Erst nach fast einer Stunde Fahrt kamen sie an die Kreuzung, an die Pete sich erinnerte; der Schotterweg der Farm traf auf die asphaltierte Straße. Der Fahrer machte den Umweg und fuhr Pete die letzten beiden Meilen, damit er nicht laufen musste. Als sie ankamen, betrachtete Pete das Farmhaus. »Sind Sie sicher, dass hier wer lebt?«

»Schauen Sie, da steigt Rauch aus dem Schornstein.«

Pete musterte das Haus erneut. Es war mit Schindeln verkleidet, die dringend einen neuen Anstrich benötigten. Einige Fenster waren zugenagelt, eins davon im Erdgeschoss neben der Küche. Die Veranda sah aus, als würde man durchkrachen, wenn man den Fuß daraufsetzte, und die Treppe war in sich zusammengefallen. Auf dem Hof verteilt standen verrostete Traktoren, aufgebockte Autos und ein Farmgerät, das so alt und verbogen war, dass Pete keine Ahnung hatte, was es einmal gewesen sein sollte.

Aber aus dem Schornstein stieg Rauch auf.

Er wandte sich an den Mann, der ihn mitgenommen hatte, und sagte: »Können Sie mir mit ein paar Dollar aushelfen? Ich besuche meine Vettern nicht gern mit leeren Händen.«

Der Fahrer wirkte überrascht, schaute dann in Petes Augen, die ihm bisher nicht wirklich aufgefallen waren, und griff zu seinem Portemonnaie. Er gab Pete alles, was er dabeihatte – siebenundachtzig Dollar –, und ahnte, dass es von Anfang an so hatte kommen müssen. Pete schätzte den Mann dafür, dass er begriff und ihm die Mühe ersparte, ihm das Geld mit Gewalt abzuknöpfen. Er nahm die Scheine wortlos entgegen und stieg aus. Der Mann wendete in aller Eile und fuhr davon. Pete ging auf das Haus zu, drehte sich noch einmal nach den schwächer werdenden Rücklichtern um und fragte sich, ob er noch mehr aus dem alten Mann hätte rausholen können.

• • •

Pete schmiss seine Tasche auf die Veranda und sprang hinterher. Er klopfte kräftig an die Haustür, was er für geraten hielt, da von drinnen weder Licht noch Geräusche nach außen drangen. Er probierte die Klinke aus, aber die Tür war verschlossen. Also klopfte er erneut, noch kräftiger, woraufhin Sägemehl und tote Insekten auf ihn herabrieselten. Er wollte schon aufgeben und sich einen anderen Weg ins Haus suchen, als die Tür aufgerissen wurde.

»Was zum Henker willste?«

Der vor ihm stehende Mann trug lange rote Unterwäsche, das schwarze Haar war so zerzaust und verworren wie Brombeergestrüpp. Schon um zehn Uhr morgens stank er nach Alkohol. Ob von einem gestrigen Saufgelage oder einem flüssigen Frühstück, konnte Pete nur ahnen. Obwohl der andere wütend genug für einen Kater war.

»Erkennst du mich nicht?«, fragte Pete.

Der Mann blinzelte ein paarmal, kratzte sich am Bauch und sagte: »Nee. Bist du irgend so'n Scheißpromi?«

»Scheiße, nein. Viel besser.«

Der Mann hörte auf zu kratzen und beäugte Pete eingehend. »Von hier biste nicht. Woher kommste?«

»Malone. Ich bin schon mal hier gewesen, John.« Als der Mann seinen Namen hörte, blickte er überrascht aus seiner langen Unterwäsche. »Ich hab mal einen ganzen Sommer hier mit euch Heu gemacht und gefeiert, da oben in dem Zimmer hab ich geschlafen.«

»Pete?«

»Wird ja auch Zeit, dass du deinen eigenen Vetter erkennst, du blöder Wichser.«

»Was zum Teufel?«

»Begrüßt man so die Verwandtschaft, wenn sie zu Besuch kommt?«

»Hier kommt niemand zu Besuch, Pete. Ich hab keine Ahnung, wie man wen begrüßt. Fuck. Wie lang ist das her?«

»Zehn Jahre.«

John Watkins jr. nickte. Genau. Zehn Jahre. Das war ein guter Sommer gewesen. Im Jahr darauf war sein Vater gestorben, also war es vielleicht der letzte gute Sommer gewesen.

»Tja, Scheiße, Pete, schön, dich zu sehen. Komm rein, ich mach uns ein paar Drinks. Die anderen sind beim Eisangeln. Kommen bald zurück.«

»Willste wissen, warum ich hier bin?«

»Weiß ich schon.«

14

Das Grainger Hotel war 1892 errichtet worden, als man glaubte, der durch den Verkauf von Holz an die British Royal Navy erworbene Wohlstand würde nie zu Ende gehen. Es war der Neugotik nachempfunden, in der Lobby dominierten Goldblatt und Wandmalereien, die Balkone hatten schmiedeeiserne Geländer und vor dem Gebäude stand ein Springbrunnen aus weißem Marmor, der spätestens Anfang Oktober abgestellt werden musste, damit die Wasserrohre unter dem Hotel nicht einfroren und platzten.

In den Dreißigerjahren wäre das Hotel fast pleite gegangen, aber man verwandelte das Restaurant in eine Flüsterkneipe und vermietete in den ersten drei Etagen verbilligte Zimmer an unternehmungslustige Händler und überlebte. In den Achtzigern, als Weichholz wieder einmal einen Boom erlebte, wurde von Grund auf renoviert und das Restaurant und der Großteil des Foyers wurden restauriert. Insgesamt verteilten sich im Grainger einhundertachtundvierzig Zimmer auf acht Stockwerke. Die Suiten in der obersten Etage stammten aus der Zeit, als Holzbarone die Erde beherrschten, und waren die teuersten Hotelzimmer der ganzen Stadt, vielleicht auch an der gesamten Northern Divide und im Springfield Valley.

Die Bristol-Brüder hatten ihr Lager in zwei über Eck gelegenen Zimmern im fünften Stock aufgeschlagen. Das war praktisch, denn so konnte Yakabuski an beide Türen gleichzeitig klopfen. Der Flurteppich hatte die Farbe von getrocknetem Senf, das Licht war ähnlich gedimmt, die Wandlampen verschwanden im Schatten, bevor der Blick das Ende des Flurs erreichte.

Beide Türen wurden gleichzeitig geöffnet, das Licht dahinter wirkte im Vergleich zu der Düsterkeit des Korridors grell und aufdringlich. Im linken Zimmer erblickte Yakabuski mehrere junge Frauen, im rechten schien auf einem klappbaren Kartentisch schon länger eine Pokerpartie im Gange zu sein.

»Gentlemen«, sagte er, hielt seine Dienstmarke hoch und schwenkte sie vor beiden Türen hin und her. Alle vier Brüder starrten ihn an. »Mein Name ist Frank Yakabuski, ich bin Senior Detective der Springfield Regional Police. Ich gehöre zum städtischen Welcome-Wagon-Komitee. Kennen Sie den Welcome Wagon?«

»Was zum Teufel wollen Sie?«, fragte Walter Bristol, der älteste der Brüder, der mit verschränkten Armen in der rechten Tür stand.

»Ich möchte wissen, ob Sie schon mal vom Welcome Wagon gehört haben. Ist doch eine ganz einfache Frage.«

»Nie von dem Scheiß gehört.«

»Das hatte ich befürchtet. Gut, dann fange ich ganz vorn an. Der Welcome Wagon ist ein Bürgerservice, um Neuankömmlinge willkommen zu heißen. Wir verteilen Geschenke und geben Tipps, solche Sachen.«

»Wollen Sie wissen, wo Sie sich Ihre Geschenke hinstecken können?«

»Ich weiß, was Sie denken, aber wir sind keine der knickrigen Welcome-Wagon-Gruppen, die nur Gutscheine oder Geschenke für die ganze Familie verteilen. Wir haben für jeden etwas. Wer von Ihnen ist denn Shamus?«

Yakabuski lächelte und schob das Kinn nach vorn. Verschränkte die Hände hinter dem Rücken und wippte auf den Zehen. Überlegte, was er noch tun könnte, um ganz den Eindruck eines simplen Kleinstadtcops zu machen. Die Bristol-Brüder sahen sich so ähnlich, dass er nicht mit Sicherheit sagen konnte, welcher Shamus war, obwohl er auf einen der beiden Männer in der linken Tür tippte. Nach einigen Sekunden sagte einer dieser beiden: »Was wollense von dem?«

»Ah, da sind Sie ja, Shamus. Freut mich, Sie kennenzulernen.«

»Ich hab nie gesagt, dass ich Shamus bin.«

»Ich glaube schon. Und hier ist Ihr Willkommensgeschenk.«

Noch bevor er den Satz beendet hatte, zog Yakabuski seinen Dienstrevolver und hielt ihn an Shamus' rechte Schläfe. Gleichzeitig flog zehn Meter hinter ihm eine Tür auf, und zwei Einsatzkräfte in voller Montur kamen angerannt, die AR-15-Sturmgewehre etwa auf Höhe des Hosenschritts der Brüder gerichtet. Die reagierten sofort und wollten nach etwas greifen, das sie am Rücken trugen.

»Auf die Knie, ihr Wichser. Und zwar sofort«, brüllte einer der Einsatzkräfte, und sie gehorchten. Jetzt tauchten zwei Männer in der graugelben Uniform der Einwanderungsbehörde auf, gingen zu dem knienden Shamus Bristol und zogen ihn hoch.

»Diese beiden Herren werden Sie zurück nach Buffalo begleiten«, sagte Yakabuski. »Leider lauten die Welcome-Wagon-Regeln so, dass keinen Obstkorb bekommt, wer innerhalb einer Woche nach Ankunft ausgewiesen wird. Das steht im Kleingedruckten, ich habe es erst übersehen. Tut mir leid, Shamus.«

Er wandte sich den drei anderen Männern zu, die immer noch auf dem Boden knieten. »Was Sie angeht, Gentlemen, kommen Sie immer noch in den Genuss der Geschenke und guten Ratschläge. Schicken wir die Damen mal nach Hause, dann darf ich Sie mit unseren Regeln und Sitten vertraut machen.«

•••

Die Bristol-Brüder ließen sich nicht einschüchtern. Yakabuski hatte auch nicht damit gerechnet, sich aber gern überraschen lassen.

Er und die Brüder hatten um den Kartentisch herum Platz genommen. Die Einsatzkräfte und die Zollbeamten waren gegangen. Im Zimmer befanden sich noch Donna Griffin und ein Streifenpolizist. Griffin stand neben dem Kartentisch und starrte die Brüder verblüfft an. Der Polizist hatte neben der Tür Position bezogen.

Yakabuski schaute noch einmal die Pässe der Männer durch und warf sie auf den Kartentisch. »Also, erzählen Sie noch mal, was führt Sie nach Springfield?«

»Ein Angelausflug«, sagte Walter Bristol und lächelte Yakabuski an. Er sagte es jetzt zum dritten Mal, und jedes Mal wurde sein Lächeln breiter ob der offensichtlich absurden Vorstellung, dass diese vier Männer in schwarzen Socken zum Angeln nach Springfield gekommen sein könnten.

»Seltsam. Wir haben keine Angelausrüstung in Ihren Zimmern gefunden. Stimmt doch, Constable Griffin?«

»Stimmt genau, Detective Yakabuski.«

»Wie wollten Sie dann angeln gehen?«

»Wir hatten vor, die Ausrüstung hier zu kaufen.«

»Weil in Springfield alles so viel günstiger ist als in Buffalo?«

»Schikanieren Sie uns, weil wir keine Angelsachen dabeihaben? Was sind Sie? Die Scheißangelpolizei?«

»Die Angelpolizei. Der ist gut, Walter. Überrascht es Sie, dass es hier oben tatsächlich eine Angelpolizei gibt? Genau wie in den USA übrigens. Und weil die Forellensaison erst in einem Monat beginnt und Sie angeben, zum Angeln hier zu sein, haben Sie vielleicht gerade gestanden, wildern zu wollen. Was meinen Sie, Constable Griffin?«

»Es deutet einiges darauf hin«, erwiderte sie. »Es würde erklären, warum sie keine Ausrüstung dabeihaben. Ein Wilderer würde so vorgehen. Ohne Ausrüstung kommt man problemlos durch den Zoll.«

»Guter Punkt.«

»Vielleicht sind sie ja auf kleine Fische aus. Crappie und Sonnenbarsch haben immer Saison. Dafür braucht man kaum Ausrüstung. Der hier sieht eher nach einem kleinem Fisch aus.«

Sie stand direkt vor Walter Bristol.

»Finden Sie?«, fragte Yakabuski.

»Absolut.«

»Stimmt, erscheint mir genauso. Ein dummer kleiner Fisch. Also wissen wir nicht genau, womit wir es hier zu tun haben.«

»Das wissen wir schon. Wir brauchen bloß das richtige Wort dafür.«

»Fotze«, spie Bristol aus.

»Das passt nicht, Sie sind ja Männer. Andere Vorschläge?«

»Willst du wissen, was wir in Buffalo mit Fotzen wie dir machen?«

»Okay, Walter, das reicht jetzt«, sagte Yakabuski und stand auf.

»Ich will meinen Scheiß aanwalt anrufen«, sagte Bristol, »und Ihren Arsch und den Arsch von der Bullenfotze verkla...«

Griffin schlug ihn ins Gesicht. Nicht hart, aber hart genug, um Eindruck zu hinterlassen. Yakabuski hielt ihren Arm fest.

»Whoa«, sagte er, führte sie zur Zimmertür und sagte zu dem Streifenpolizisten: »Bitte bringen Sie Constable Griffin nach draußen.« Sie funkelte ihn wütend an, sagte aber nichts. Der Streifenpolizist trat vor und machte eine Bewegung, als wollte er von Yakabuski übernehmen und sie am Arm nach draußen führen. Dann überlegte er es sich anders, ließ die Arme hängen und folgte ihr aus dem Zimmer.

Als sie weg waren, kehrte Yakabuski zu Walter Bristol zurück, der laut kicherte. Yakabuski zog seinen Revolver und richtete ihn auf Walters Kopf. Das Kichern hörte auf.

Yakabuski bedeutete ihm, aufzustehen. Walter gehorchte, und Yakabuski schob ihn mit dem Revolver im Anschlag durch die Balkontür nach draußen. Seine Brüder hatten ihrerseits Waffen gezogen und richteten sie auf Yakabuski. Er lachte, trat auf den Balkon, schloss die Tür und sagte zu Walter: »Machen Sie ihnen klar, dass sie die Waffen weglegen sollen. Wir beide müssen reden.«

Walter Bristol sah ihn kurz an und gab seinen Brüdern ein Zeichen, die Waffen zu senken. Als sie es getan hatten, drehte Yakabuski Walter Bristol so, dass er auf den Springfield River hinaussah und dem Zimmer den Rücken zukehrte. Er stellte sich neben ihn, betrachtete den Fluss, der an diesem Abend schnell dahinrauschte, murmelte und toste und ab und zu einen Laut von sich gab, der der Schrei einer Alraune hätte sein können, qualvoll und seltsam. Der Klang der Frühlingsschmelze.

»Ihr seid in Springfield, weil ihr für Danny Biloxi arbeitet«, sagte Yakabuski. »Euer Boss hat es auf die gestohlenen Diamanten abgesehen. Er kannte Augustus Morrissey, aber nicht dessen Sohn, und er glaubt, der Sohn ist nicht stark genug, um das Diebesgut zu schützen. Ihr seid hier, um euch im Namen von Mr. Biloxi Sean Morrissey als Zwischenhändler für die Diamanten anzubieten. Und wenn möglich, sollt ihr Morrissey bei seiner Entlassung aus dem Knast entführen, foltern und die Diamanten stehlen. Kein schlechter Plan.«

»Sie sind so am Arsch, wenn ich meinen Anwalt spreche.«

»Walter, es ist wichtig, dass Sie das ernst nehmen. Wir haben keine Zeit für Blödsinn. Wissen Sie, warum Sie auf diesem Balkon stehen?«

Walter sah Yakabuski an, sagte aber nichts.

»Ein Balkon erhöht die Konzentration. Ich verspreche Ihnen, Walter, wenn man da runterbaumelt, wird alles ganz klar. Kein Bullshit, keine Lügen mehr. Wer kopfüber von einem Balkon hängt, sagt nur noch die Wahrheit.«

»Sie sind total irre.«

»Ich würde es vorziehen, darauf verzichten zu können. Ganz ehrlich. So etwas ist echt anstrengend, und Ihre Brüder wirken ein bisschen labil, deswegen müsste ich Sie wahrscheinlich mit der linken Hand baumeln lassen, um mit rechts die Waffe halten zu können, und das macht alles noch viel anstrengender. Aber wenn ich Sie nur damit zur Vernunft bringen kann, tja, dann liegt die Entscheidung nicht bei mir, stimmts?«

Walter Bristol starrte ihn an, ihm war anzusehen, dass er nicht wusste, was er von Yakabuski halten sollte, diesem langhaarigen Hünen von einem Cop. Vielleicht nahm man ihn besser ernst.

»Sie sind tot, wenn Sie das auch nur versuchen.«

»Die Wette gilt. Wollen wir anfangen?«

»Okay … schon gut. Was wollen Sie wissen?«

»Herrgott, Walter, ich will gar nichts wissen, Sie blöder Trottel. Sie müssen ein paar Dinge erfahren. Nämlich, dass sie fünf Minuten, nachdem ich das Zimmer verlassen habe, tot sein werden. Das ist doch gut zu wissen, finden Sie nicht?«

»Was für eine Nummer ziehen Sie hier ab?«

»Ich ziehe hier gar nichts ab, Walter. Drei Akkorde und die Wahrheit. Sehen Sie den Transporter, der da unten parkt?«

Walter Bristols Blick folgte Yakabuskis Finger. An der Kreuzung von Water und O'Brien stand ein weißer Transporter.

»Da drinnen sitzen vier Shiners«, fuhr Yakabuski fort. »Weitere vier in einem Transporter zwei Blocks entfernt von hier. Das da unten ist die Crew, die Sie und Ihre Brüder umlegen wird, sobald ich das Hotel verlassen habe. Morrisseys Männer überwachen den Flughafen. Er wusste von Ihnen, sobald Sie gelandet waren. Im zweiten Transporter sitzt die Verstärkung. Und vier weitere Wagen vier Blocks von hier sind die rollende Patrouille, jeweils zwei Mann pro Wagen, die Sie jagen wird, sollten Sie es irgendwie schaffen, lebendig aus dem Hotel zu kommen. Das macht insgesamt sechzehn Mann. Gegen die beiden Clowns da drinnen?«

Walter starrte durch die Glastür seine Brüder an, die sich Mühe gaben, tough auszusehen, aber eher bockig wirkten. Er betrachtete wieder den weißen Transporter, der in der Dämmerung leuchtete, als würde er unter einem Scheinwerfer stehen.

»Warum erzählen Sie mir das?«

»Weil Sie Hilfe brauchen«, sagte Yakabuski.

»Wieso sollten Sie mir helfen wollen?«

»Denken Sie nach.«

Walter Bristol lächelte. »Sie wollen Geld.«

»Wer will das nicht?«

»Was soll die Erpressung kosten?«

»Ich will einen Anteil an den Diamanten.« Yakabuski sah Walter unverwandt an.

»Als Gegenleistung wofür?«

»Als Gegenleistung dafür, dass ich Ihnen Sean Morrissey bringe.«

»Das muss ich mir erst genehmigen lassen.«

»Über wie viel können Sie frei verfügen?«

Walter Bristol überlegte, bevor er sprach. »Hunderttausend. Die kann ich Ihnen sofort geben.«

»Hier?«

»Klar.«

»Haben wir die übersehen?«

»Natürlich haben Sie das. Sie müssen sich an Vorschriften halten.«

»Einer von Ihnen trägt das Geld bei sich. Okay, ich nehme es als Vorschuss. Mein Anteil an den Diamanten beträgt fünfundzwanzig Prozent. Die Hundert behalte ich in jedem Fall.«

»Das geht nie durch. Sie sind zu gierig.«

»Finden Sie? Ich kann Ihnen Sean Morrissey dahin bringen, wo Sie ihn haben wollen. Ohne ihn kommen Sie an gar nichts ran. Er ist klüger, als Sie denken. Und als Bonus verjage ich die Shiners vor dem Hotel.«

Walter schwieg ein paar Sekunden lang, sagte dann: »Ich kann mal fragen.«

»Tun Sie das. Die Hundert nehme ich gleich. Kommen Sie, wir sagen den Kindern, dass wir uns vertragen haben.«

• • •

Als Walter Bristol seinen Brüdern von dem weißen Transporter erzählte, stolperten sie auf dem Weg auf den Balkon fast übereinander. Einer fragte ungläubig: »Sechzehn Mann?«

»Eine ganze Crew«, erwiderte Yakabuski. »Und Biloxi hat euch vier geschickt. Wie ist das so, mit Amateuren zu arbeiten?«

»Passen Sie auf, was Sie sagen. Der Wind kann sich schnell drehen.«

»Aber nicht heute Abend. Ich möchte jetzt mein Geld.«

Walter Bristol schnippte mit den Fingern, und einer seiner Brüder öffnete die Knöpfe an seinem Hemd, steckte die Hand hinein, brachte einen Geldbeutel zum Vorschein und warf ihn auf den Kartentisch.

»Da drin sind einhunderttausend Dollar«, sagte Walter. »Sie können nachzählen.«

»Ich vertraue euch. Aber um blöde Missverständnisse zu vermeiden, das hier ist nur ein Vorschuss. Ich bekomme fünfundzwanzig Prozent von den Diamanten, das werdet ihr Danny Biloxi genau so ausrichten. Verstanden?«

»Ja, so ist es abgemacht.«

»Und was tue ich im Gegenzug für euch?«

»Sie bringen Sean Morrissey an einen Ort unserer Wahl. Und Sie sorgen dafür, dass die verdammten Shiners abziehen, die das Hotel belagern.«

»Sean Morrissey wird das Treffen mit euch nicht lebendig verlassen?«

»Soll das ein Witz sein?«

»Ich will nicht, dass er dann hinter mir her ist. Ich brauche euer Wort«, sagte Yakabuski.

»Er wird das Treffen nicht lebendig verlassen.«

»Weil ihr …«

»Soll ich es buchstabieren?«

»Bitte.«

»Weil ich den Hurensohn umbringen werde«, sagte Bristol.

»Vielen Dank.«

Yakabuski stand auf und machte Platz für die Polizisten, die ins Zimmer gestürmt kamen. Griffin folgte der Truppe und schien sich eine Träne aus dem Auge zu wischen.

»Meine Güte, das wird legendär«, sagte sie. »Schade, dass du dir nie die Videos anguckst, Yak. Das ist jetzt schon ein Klassiker. Mindestens so gut wie ›Who's on First?‹.«

»Die Kameras haben also funktioniert. Ich war nicht sicher, ob die Technik genug Zeit hatte, alles aufzubauen. Bist du für Abbott und Costello nicht ein bisschen jung?«

»Dafür sind wir alle zu jung. Wann hast du dir das mit der Shiners-Belagerung ausgedacht? Ich hab mich fast bepisst.«

»Da draußen parkt ein weißer Transporter. Da kam mir die Idee.«

»Das war nur noch die Zierkirsche, das ist dir klar, oder? Wir hatten sie schon mit der Bestechung eines Polizeibeamten. Der Papierkram liegt Judge Walters bereits vor.«

»Ein bisschen Extra schadet nicht. Haben wir die Deadline gehalten?«

»Locker. Morgen Abend landen sie zusammen mit Shamus wieder in Buffalo. Die Grenzkollegen sagen, du kannst jederzeit bei ihnen mitspielen.«

Yakabuski schüttelte den Kopf. Es war viel zu leicht gewesen. Geld hatte ihnen den Verstand vernebelt.

15

Pete Watkins war zwei Wochen lang betrunken. In der ersten trank er mit seinen Vettern auf der Farm, oft gingen sie Eisangeln oder spielten Poker. In der zweiten Woche begab sich der Watkins-Clan nach Springfield und bändelte mit Stripperinnen an, die ein Haus im French Quarter bewohnten. An die zweite Woche hatte Pete nur verschwommene Erinnerungen. Er erinnerte sich an eine Prügelei mit Sägewerkarbeitern auf dem Parkplatz eines 7-Eleven. Dass er einmal zurück zur Farm gefahren war, um die Klamotten zu wechseln. Ein paarmal war er bei einem Schwarzhändler in Cork's Town gewesen. Bei einem Meth-Dealer noch ein paarmal mehr. Dann zurück ins French Quarter zu den Mädchen.

In der Woche nach St. Patrick's Day erwachte er neben einer der Stripperinnen im Bett, ihr Name war ihm entfallen. Es war mitten am Nachmittag, und er lag mehrere Minuten lang still da, bevor er die Frau grob schüttelte und sagte, er brauche Kaffee. Als sie das Zimmer verließ, trug er ihr noch auf, seine Vettern zusammenzutrommeln. Er musste mit ihnen reden.

• • •

Sie versammelten sich im Schlafzimmer und ließen eine Flasche Crown Royal rumgehen. Nachdem alle ein paar Schlucke genommen hatten, fragte John, worüber Pete reden wolle.

»Es wird langsam Zeit, dass wir uns ernsthaft auf die Suche nach den Diamanten machen.«

»Okay. Wie sieht dein Plan aus, Pete?«

Watkins zog ein Messer aus der Jackentasche. »Die Shiners wissen, wo die Diamanten versteckt sind. Ich schlage vor, wir suchen uns einen aus und schnippeln an ihm rum, bis er es uns verrät.«

Die Vettern hörten auf zu trinken. Und starrten Pete an.

Wieder war es John, der sprach. »Das ist dein Plan, Pete?«

»Genau. Und wir müssen schnell machen, weil die Karte jetzt schon seit Wochen im Umlauf ist. Wenn wir nicht langsam mal anfangen, findet noch jemand anders die Diamanten. Wir sollten uns gleich heute Abend einen schnappen. Wo finden wir einen?«

»Einen Shiner?«

»Die haben die Klunker doch geklaut, oder? Von wem sonst soll ich also reden?«

»Was weißt du über die Shiners, Pete?«

»Ein Haufen Hinterwäldler-Paddys, die auf meinen Scheißdiamanten sitzen.« Peter ließ das Messer zwischen den Fingern wirbeln, ein Trick, mit dem er in Malone Mädels rumkriegen konnte, jedenfalls die richtigen. Blitzendes Metall. Knasttattoos. Geschmeidige Muskeln. Pete fand sich ziemlich toll. »Also, wo finden wir einen?«, wiederholte er.

»Die hängen im Silver Dollar ab.«

»Dann los, holen wir uns einen.«

»Scheiße, Pete, glaubst du etwa, jeder Shiner weiß, wo die Diamanten versteckt sind?«

»Türlich nicht, John. Da wäre ich ja schön blöd. Wir müssen uns einen wichtigen, hochrangigen Paddy schnappen.«

»Und was, wenn der nichts weiß? Die meisten glauben, dass allein Sean Morrissey das Versteck der Diamanten kennt.«

»Tja, finden wir's raus.«

Die Vettern starrten Pete an, bis John in Lachen ausbrach. Dann lachten alle. »Du bist echt ein irre harter Motherfucker, Pete. Ich bin stolz, dein Cousin zu sein«, sagte John.

Alle johlten und stießen an. Sie blieben noch im Schlafzimmer der Stripperin und tranken Roggenwhisky, bis die Frauen von der

Nachmittagsschicht kamen, dann machten sie sich auf den Weg zu ihrem Meth-Dealer, um Petes Plan zu feiern.

16

Am folgenden Morgen wollten sich die Popeyes Grace Dumont schnappen. Zwei Biker hatten die Wohnung des Mädchens über eine Woche lang observiert und wussten, dass sie jeden Tag auf dem Schulweg die Abkürzung über Filion's Field nahm. Sie saßen in einem Cadillac-SUV und sahen sie das Fußballfeld überqueren und durch einen Parkplatz in den Durchgang zwischen den Gebäuden C und D hineingehen. Sie öffneten die Türen des SUV und stiegen aus.

Zuerst schrie der Fahrer.

Ein Schmerzenslaut, der die nachmittägliche Stille durchbrach und Grace Dumont innehalten und sich umschauen ließ. Sie sah einen Mann, der die Tür eines Cadillacs gegen einen anderen Mann schlug. Sie hörte Knochen brechen und sah den Verletzten zu Boden fallen. Der andere trat auf ihn ein.

Ein weiterer Mann rannte um das Auto herum, er schien etwas in den Händen zu halten, aber sobald er die Fahrerseite erreichte, hörte der Mann auf zu treten und warf irgendetwas. Der rennende Mann fasste sich an die Brust und stürzte. Der andere betrachtete ihn eine Sekunde lang, ging zu ihm hin und trat auch auf ihn ein.

Das ging eine Weile so weiter. Schließlich kam der Mann auf Grace Dumont zu, steckte die Hand in die Jackentasche und zog ein Päckchen Zigaretten hervor. Er klopfte eine heraus und steckte sie an. Nach einem langen, tiefen Zug sagte er: »Die werden dir keinen Ärger mehr machen.«

»Sind sie tot?«

»Nein.«

Sie schaute hin. Die Vordertüren des Cadillacs standen offen, die Männer lagen direkt dahinter und waren halb verdeckt. Sie konnte nur die Beine sehen. Und die Brust des einen. Krähen hüpften auf die Blutlache unter der Fahrertür zu.

»Wie ich höre, hast du der Polizei nichts von mir erzählt«, sagte der Mann. »Wieso nicht?«

»Meine Mutter sagt, ich kann selbst entscheiden, was ich der Polizei erzähle.«

»Aber deine Mutter hat der Polizei den Diamanten gegeben.«

»Sie meint, es wäre nicht richtig gewesen, ihn zu behalten. Das ist was anderes.«

Der Mann rauchte die Zigarette zu Ende und steckte sich die nächste an.

»Es wäre besser gewesen, sie hätte den Diamanten behalten und niemandem was davon gesagt.«

»Sie hat getan, was sie für richtig hielt. Was sind das für Männer?«

»Biker. Irgendwie haben sie von dem Diamanten erfahren. Und sich gedacht, du könntest wissen, wo der Rest zu finden ist.«

»Popeyes?«

»Richtig. Popeyes. Du kennst dich gut aus, stimmts, Grace?«

»Ja. Und ich weiß auch, dass Sie mir das Leben gerettet haben, als die anderen beiden Männer in der Krawallnacht zu uns in die Wohnung gekommen sind. Die wollten mich töten, stimmts?«

»Hast du deswegen nicht mit den Cops geredet?«

»Es fühlt sich nicht richtig an, jemanden in Schwierigkeiten zu bringen, der einem das Leben gerettet hat.«

Das Mädchen sah ihm direkt ins Gesicht. Wippte auf den Füßen vor und zurück, die Arme vor dem Parka verschränkt. Einer der Biker am Cadillac begann sich zu regen, der Mann betrachtete ihn. Erkannte schnell, dass er bewusstlos war und sich nur vor Schmerzen bewegte, wahrscheinlich drückte Blut auf die Nieren.

»Du musst deiner Mutter sagen, was hier passiert ist«, sagte er, wieder an Grace gewandt. »Es werden noch andere kommen.«

»Soll ich ihr von Ihnen erzählen?«

»Wie du willst. Ich würde dir nie vorschreiben, was du sagen sollst.«

»Ich sage ihr, irgendein Passant hat es mitbekommen und ist eingeschritten. Er ist weggerannt. Ich weiß nicht, wer er war.«

»Gut, dann sag das. Aber sie muss wissen, dass die Popeyes es auf dich abgesehen hatten.«

»Okay.«

Sie starrte ihn an. War versucht, seinen Namen zu sagen. Damit er wusste, dass sie es wusste. Aber ihre Angst war zu groß. Mit den Bangles legte man sich besser nicht an. Sie überlegte immer noch, als auf der North Shore Bridge Polizeisirenen ertönten.

»Sie gehen besser.«

Bobby Bangs sah sie an, und sie dachte, er wollte noch etwas sagen. Aber als ihm die Worte nicht kamen, drehte er sich um und ging.

17

Yakabuski saß nur selten in den Kinderzimmern junger Mädchen. Das letzte Mal musste im Zimmer seiner Nichte Julie gewesen sein, als Trish und Tyler mit Jason übers Wochenende zu einem Ho-ckeyturnier nach Toronto gefahren waren. Wie lang war das her, vier Jahre? Fünf? Er sah sich in Grace Dumonts Zimmer um, betrachtete das Regalbrett mit den Plüschtieren, mit denen sie vermutlich nicht mehr spielte, den Drucker und das ordentlich gestapelte Papier auf ihrem Schreibtisch, die Poster, auf denen Sonnenuntergänge, Pferde und ein Teenager abgebildet waren, der dürr und unbegabt genug aussah, um der neuste Popstar zu sein. Die Mädchenzimmer der Mission Road Estates unterschieden sich kaum von denen an der North Shore. Grace Dumont hockte auf ihrem Bett. Ihre Füße be-rührten fast den Boden, aber nicht ganz. Sie schwang sie hin und her und wartete auf Yakabuskis nächste Frage.

»In welche Richtung ist er gegangen?«

»Über Filion's Field rüber auf die Lücke im Zaun neben Ge-bäude G zu.«

»Glaubst du, dass er dort wohnt?«

»Keine Ahnung.«

»Weil du ihn noch nie gesehen hast?«

»Genau.«

»Ein Wildfremder hat zwei Popeyes unschädlich gemacht, dich vor einer Entführung bewahrt und ist dann weggerannt. Und du hast ihn noch nie gesehen?«

»Ich glaube, er ist geflohen, als er die Polizeisirenen gehört hat. Nach dem, was er getan hatte, wollte er wahrscheinlich nicht mit Ihnen reden.«

»Meinst du?«

»Mhm.«

Sie hielt Yakabuskis Blick länger stand als erwartet, obwohl sie ein kluges Mädchen und die Unglaubwürdigkeit ihrer Geschichte ihr peinlich war. Nach einer Weile wandte sie den Blick ab.

»Diese Biker haben gedacht, ich wüsste, wo die restlichen Diamanten versteckt sind, stimmts?«, sagte sie.

Yakabuski sah erst ihre Mutter an, bevor er eine Antwort gab. Er fragte sich, ob Rachel Dumont es bereute, ihn angerufen zu haben, nachdem Grace ihr den Diamanten gegeben hatte. Das Richtige getan zu haben. Er konnte ihr keinen Vorwurf machen.

»Vielleicht haben sie das gedacht«, sagte er. »Aber das waren Biker, die sind nicht für ihren Grips bekannt, Grace. Du bist eine Verbindung zu den gestohlenen Diamanten. Davon gibt es nicht viele. Jedenfalls keine, an die man schnell rankäme. Deswegen sind sie zu dir gekommen.«

»Das ist doch Blödsinn. Können Sie denen nicht sagen, dass ich nichts weiß? Mit einer Pressemeldung oder so. Vielleicht kann ich noch ein Fernsehinterview geben?«

»Meinst du, das würde das Problem lösen? Wenn du den Leuten sagst, dass du die Diamanten nicht hast?«

»Nicht?«

Yakabuski dachte an das Camp, durch das er heute Morgen gelaufen war, an die Gesichter der Menschen, die ihn anstarrten, als könnte er etwas wissen, an die gierigen, flackernden Blicke, die ihm mehr zusetzten, als er zugeben wollte. Er dachte an Jason McAllister, der jetzt bereits seit sechs Wochen vermisst wurde, und an die verschwindend geringe Chance, den Jungen noch lebendig zu finden. Er dachte an die Bristol-Brüder, an Cambino Cortez und Robert Bangles, die wie Geier über dem Aas kreisten. Er dachte an Sean Morrissey, der in einem Monat aus Wentworth entlassen werden würde.

»Grace, ich glaube nicht, dass man dir im Moment überhaupt zuhören würde«, sagte er.

. . .

Zehn Minuten später, Grace war in ihrem Zimmer, die Erwachsenen in der Küche, focht Yakabuski seinen ersten richtigen Streit mit Rachel Dumont aus. Vielleicht war Streit zu viel gesagt. Auf jeden Fall hörte sie nicht auf ihn.

In den drei Monaten seit dem Diamantenraub hatte Yakabuski mehr Zeit mit Rachel Dumont verbracht als mit seiner Schwester, seinem Vater und allen anderen im Centretown-Revier, mit Ausnahme von Donna Griffin. Zehn Tage lang, während der Bandenkrieg zwischen den Shiners und den Travellers eskalierte, war er mindestens einmal am Tag in ihrer Wohnung gewesen. War immer wieder vorbeigekommen, nachdem sie ihn angerufen und ihm von dem Diamanten berichtet hatte. Und er hatte begonnen, Grace nach ihren Entführern zu befragen.

Viele dieser Besuche hatten aus einem kurzen Gespräch mit Grace und einer Tasse Tee mit Rachel Dumont in ihrer Küche bestanden. Oft hatte er die Befragungen auf Freitagnachmittag gelegt, und die Küche war für ihn ein Ort geworden, an dem er auf ruhige und besinnliche Weise die Woche ausklingen lassen konnte, ein guter Ort, der perfekte Gegenpol zu dem, was in den vergangenen fünf Tagen alles passiert war.

Aber in diesem Moment war Rachel alles andere als ruhig und besonnen.

»Ein Safe House ist die beste Option, Rachel«, wiederholte er. »Das können Sie nicht abstreiten. Alles andere ist zu riskant.«

»Ich glaube, es gibt überhaupt keine gute Option, und schon gar keine beste«, gab Dumont zurück. »Und zwar schon seit einer ganzen Weile nicht mehr. Ich werde Grace nicht aus der Schule nehmen. Ich werde meine Wohnung nicht verlassen.«

»Es wäre nicht für lange, Rachel. Was jetzt in Springfield los ist, wird bald wieder vorbei sein. Irgendwann tauchen die Diamanten wieder auf, spätestens wenn Sean Morrissey aus dem Gefängnis kommt. In einem Monat.«

»Tut mir leid, Frank, aber mir ist egal, ob es um einen Monat geht, einen Tag oder eine Stunde. Ich werde nicht aus meinem Zuhause fliehen. Und Grace auch nicht.«

Yakabuski lehnte sich zurück. Rachel Dumont trug einen dunkelblauen Rock und eine weiße Bluse, ihre Bürokleidung, die sie vermutlich fast immer anhatte, wenn sie zu ihrem Job im Department of Northern Affairs ging, und meistens, wenn er zu Besuch kam. Wahrscheinlich förmlicher als erforderlich. Sie hatte in vielen Dingen ihre eigene Meinung, wie Yakabuski wusste. Dazu gehörte auch, dass sie es erst vor zwei Wochen für angemessen erachtet hatte, ihn beim Vornamen zu nennen.

»Wenn Sie partout nicht in ein Safe House wollen, dann lassen Sie mich Grace und Sie wenigstens unter Polizeischutz stellen.«

»Ich will keine Cops in meiner Wohnung haben.«

»Und wenn sie die Schuhe ausziehen und stubenrein sind?«

»Nicht witzig.«

»Wir kriegen das hin, Rachel. Wie wäre es, wenn ich draußen einen Streifenwagen postiere und eine Polizistin in den Flur setze? Die Kollegin kann Grace zur Schule bringen und abholen und die Wohnung sichern, bevor Sie reingehen.«

Sie überlegte ein paar Sekunden lang und sagte dann: »Das klingt machbar …«

»Danke. In einer Stunde ist jemand hier. Bis dahin bleibt die Streife. Hat Linus Desjardins sich gemeldet?«

»An einen Traveller kommt man nicht so leicht ran. Aber er hat angerufen, kurz bevor Sie hergekommen sind. Er hatte das mit Grace gehört. Und ist bereit, sich mit Ihnen zu treffen. Er meldet sich wieder, um Ort und Zeitpunkt durchzugeben.«

»Ist er in Springfield?«

»Ich bin nicht sicher.«

»Wie klang er?«

»Nicht froh. Aber so klingt Linus immer.«

...

Als Yakabuski an jenem Abend nach Hause fuhr, rief das Krankenhaus an, und eine Krankenschwester informierte ihn, dass beide Biker durchkommen würden. Der, der das Messer in die Brust bekommen hatte, lag noch auf dem OP-Tisch, der andere war auf der Intensivstation, eine morgige Befragung wäre völlig ausgeschlossen, aber die beiden würden auf ihn warten. Eine ziemlich krasse Abreibung dafür, dass sie bloß mal mit einem Mädchen hatten reden wollen, das nichts wusste.

Was die Leute für Geld alles auf sich nahmen, überraschte Yakabuski kaum noch. Vor Jahren hatte ein Finanzplaner zwanzig Millionen Dollar von seinen überwiegend betagten Kunden unterschlagen, die meisten hatten ihn als Freund betrachtet. Das war vor Yakabuskis Zeit gewesen. In den Achtzigern. Sein Kollege Jim Patterson hatte ihm von dem Fall erzählt. Er hatte früher jahrelang im Betrugsdezernat gearbeitet und seine Karriere bei Major Crimes beendet. Er bezeichnete den Fall als den seltsamsten, mit dem er je zu tun gehabt hatte.

Der Finanzplaner legte ein Geständnis ab, was bei Betrugsfällen nicht ungewöhnlich war, aber er rief Jim Patterson an, um ihm erst von dem Verbrechen zu berichten und es dann gleich zu gestehen. Alles in einem Telefonat.

Vor Gericht sagte der Finanzplaner, er hätte ein so schlechtes Gewissen, dass er nicht weiter betrügen könne. Er wäre spielsüchtig. Hätte sich verschuldet. Das Geld war lange weg. Bei seiner Aussage weinte er so oft und ausgiebig, dass es ansteckend war, wie Patterson sagte, am Ende flossen im ganzen Gerichtssaal die

Tränen, Taschentücher wurden gezückt. Der Finanzplaner war Mitte dreißig. Hatte eine Stirnglatze. Trug vor Gericht einen zerknitterten braunen Anzug, schob mit dem Finger immer wieder die Brille auf die Nase und fummelte an einem Stift herum. Sah aus wie ein Finanzplaner, dem man vertrauen konnte und den man gleichzeitig bedauern musste.

Der Richter verurteilte ihn zu zehn Jahren Haft. Durch gute Führung war er nach vier draußen. Direkt nach der Entlassung ließ er sich von seiner Frau scheiden, die immer zu ihm gestanden hatte, und zog auf die Bahamas. Vier Monate, nachdem er Springfield verlassen hatte, rief er Patterson an und teilte ihm mit, dass er den Betrug fast zehn Jahre lang vorbereitet hatte. Er hatte ausgerechnet, wie viel Geld er brauchen würde, und recherchiert, wie die Haftstrafe in Ontario für einen schuldbewussten Betrüger voraussichtlich ausfallen würde, der sich selbst anzeigte und schuldig bekannte.

Außerdem hatte er nachgeforscht, wo man über eine in einem anderen Land ausgesprochene zivilrechtliche Entschädigungsanordnung bloß lachen würde. Der Tag, an dem alles gebongt war – das war der Tag, an dem er Jim Patterson anrief. Er wollte, dass Jim Bescheid wusste.

»Viele meinen, nur Mörder seien wirklich böse«, sagte Patterson zu Yakabuski, nachdem er ihm die Geschichte erzählt hatte. »Typen wie Manson oder Bundy, solche fiesen Killer. Aber in meinen Augen war der Finanzplaner das personifizierte Böse. Wer so was tut, wer so einen Betrug plant und durchzieht, der kann keine Menschlichkeit in sich haben.«

Yakabuski fuhr über die North Shore Bridge, das Eis begann allmählich zu schmelzen, Schollen trieben im Mondlicht flussabwärts. Er hatte nie einen Fall erlebt, der ihn dazu gebracht hätte, Patterson zu widersprechen. Der Drang zu töten, den manche Menschen empfinden, ist nicht anders als der Drang zu stehlen.

Einen Freund anlächeln und ihm das Geld klauen. Der Teenagerin an der Kasse des 7-Eleven eine abgesägte Schrotflinte ins Gesicht halten. Ein junges Mädchen im Durchgang hinter ihrem Wohnhaus entführen wollen. Der gleiche Drang. Der gleiche Menschenschlag, der da lächelte, raubte, tötete.

Am Anfang seiner Laufbahn hatte Yakabuski es mit einem Fall zu tun gehabt, bei dem ein Sechzehnjähriger einen anderen Sechzehnjährigen getötet hatte. An einer Bushaltestelle in Centretown. Der Täter kam von der North Shore.

Es war nach einem Slayer-Konzert im Palace Auditorium geschehen, Auslöser war ein iPod. Es gab keinen Streit. Die Jungen sprachen nicht miteinander. Der Täter zog einfach sein Jagdmesser und stach auf den anderen ein, bis er tot war. Dann nahm er den iPod an sich, ging zur nächsten Bushaltestelle und fuhr mit dem 95er nach Hause. Noch am selben Abend wurde er verhaftet. Als Yakabuski in der Verwahrzelle mit ihm sprach, erkundigte er sich, ob der Junge sein Opfer gekannt hatte.

»Hab ihn nie zuvor gesehen«, sagte der Junge mit einem süffisanten Grinsen.

»Du wolltest also einfach den iPod haben?«

»Ja.«

Yakabuski hatte nicht gewusst, was er daraufhin sagen sollte. Er schaute sich die Akte des Jungen an, bereits drei Seiten lang, dann betrachtete er den Schülerausweis des Ermordeten, der vor ihm auf dem Tisch lag. Ihm fiel auf, dass die Geburtstage der beiden sechs Tage auseinander lagen. Er schaute auf und sagte dies dem Jungen.

»Ja? Jünger oder älter?«

»Jünger.«

»Aaah.«

Mehr sagte er nicht, und nach einer Weile hakte Yakabuski nach: »Das ist alles? Mehr hast du nicht zu sagen?«

»Was soll ich denn sagen?«

»Ich weiß nicht. Irgendwas.«

»Wollen Sie hören, dass ich er und er ich sein könnte, irgend so einen Scheiß?«

»Vielleicht.«

Der Junge lachte. »Wie zum Henker wäre ich je an einen iPod rangekommen?«

Und erst vor zwei Jahren hatte eine Frau in den Mission Road Estates ihren Ehemann umgebracht, um die Versicherungsprämie zu kassieren. Das Ehepaar bewohnte eine große Villa in einer Sackgasse, nicht weit von Yakabuskis Schwester entfernt. Beide waren Mitte vierzig, gesund und attraktiv. Der Mann war Anwalt, die Frau Innenausstatterin, finanziell waren sie hervorragend aufgestellt. Sie hatten keine Kinder, besaßen vier Autos und Ferienhäuser in den Thousand Islands und in Aspen.

Die Frau war höflich und zuvorkommend, als Yakabuski sie in ihrem Wohnzimmer zum ersten Mal befragte, überall Flokatiteppiche und Chrommöbel, ein kleiner, rosa gefärbter Hund fegte unentwegt von einem Teppichende zum anderen. Sie nahm Yakabuskis Beileidsbekundungen zum plötzlichen Tod ihres Mannes entgegen, der im See vor ihrem Sommerhaus ertrunken war. »Paul war nie ein guter Ruderer«, sagte sie und tupfte sich die Tränen ab. »Er hat sich dafür gehalten, aber er war keiner.« Und bei dieser Erinnerung weinte sie.

Sie tat Yakabuskis Fragen nach ihrer finanziellen Lage ab, als würde er sich bloß um ihr Wohlergehen sorgen, tätschelte ihm zweimal den Arm und beschied ihm, sehr freundlich von ihm, aber sie wäre gut versorgt. Yakabuski blieb länger als erforderlich. Wartete ab, ob sie vielleicht unruhig oder nervös werden würde, ob sie irgendwie fürchtete, dass die drei Lebensversicherungen, die sie in den letzten achtzehn Monaten auf ihren Mann abgeschlossen hatte, die Polizei stutzig machen könnten.

Nichts.

Bei der zweiten Befragung war sie weniger freundlich. Reagierte überrascht, als Yakabuski vor ihrer Tür stand. Sie hätten doch alles besprochen? Es passte gerade nicht so gut. Könnte er wiederkommen? Oder ihr besser noch eine Mail mit seinen Fragen schicken? So wäre es ihr am liebsten.

Im chromweißen Wohnzimmer, in dem wieder der rosa Hund herumtobte, teilte Yakabuski ihr mit, dass der Versicherungsmakler gestanden hatte. Nach nicht einmal zwei Stunden in der Verwahrzelle hatte er seine Beihilfe an dem Verbrechen vollumfänglich gestanden. Er befand sich bereits in Untersuchungshaft und würde morgen wegen Mordes angeklagt werden.

Bei diesen Worten machte die Frau eine traurige, wehmütige Miene. Als Yakabuski ihr Handschellen anlegte, sagte sie, die Menschen hätten sie immer im Stich gelassen.

Hinterhältige Gier. Dumme Gier. Brutale Gier. Yakabuski glaubte, jede Form von Gier schon gesehen zu haben, und seiner Meinung nach war es egal, was man begehrte oder was man schon besaß, wenn man anfing, etwas zu begehren – sobald man etwas wollte, das man nicht rechtmäßig besitzen konnte, passierten schlimme Dinge.

18

Pete wusste jetzt, dass von seinen Vettern keine Hilfe zu erwarten war. Sie waren Maulhelden. Träumer. Sie tranken und klopften Pete auf die Schulter, nannten ihn »irre harter Motherfucker«, aber wenn es darum ging, sich die Shiners vorzuknöpfen und Pete zu helfen, die Diamanten tatsächlich zu finden – das würde niemals passieren.

Pete starrte die Tür des Silver Dollar an und verfluchte seine Vettern ein letztes Mal. Sie waren bettelarm. Sie ließen bei Schwarzbrennern anschreiben und verkauften Farmgeräte, um ihre Schulden bezahlen zu können. Eigentlich sollten sie Pete dankbar sein. Stattdessen lagen sie zu Hause auf der Farm im Koma. Erholten sich wieder einmal von einem dreitägigen Saufgelage. Und überließen es Pete, das Ding zu drehen.

Wer Land erbte, wurde wohl träge. Selbst schlechtes Land reichte, wie das auf der Watkins-Farm. Wer Ländereien besaß, hatte mehr oder weniger ausgesorgt.

Er observierte die Tür des Silver Dollar zwei Stunden lang. Hielt Ausschau nach jemandem, der sich aufführte, als würde ihm der Laden gehören, oder der auf dicken Macker machte. Irgendein arrogantes Arschloch. Das war der Shiner, den er wollte.

Es kamen haufenweise toughe Typen, aber die waren nicht das Richtige. Auch nicht der reiche Wichser, der mit jeweils einer Nutte am Arm reinrauschte. Oder der Dealer, der auf dem Parkplatz durch die verdunkelte Scheibe seines Dodge Charger Speedballs vertickte. Auffällig wie sonst was.

Gegen Mitternacht tauchte ein Hüne auf, ausstaffiert mit einer grüner Krawatte und einem Bowlerhut, die Ärmel seiner Jacke hochgeschoben. Er rauchte vor der Eingangstür eine Zigarette, und die Leute, die vorbeigingen, senkten die Köpfe. Alle schienen ihn zu kennen. Alle verhielten sich ehrerbietig.

Watkins öffnete die Tür des Pick-ups, schob das Messer am Hosenbund seiner Jeans zurecht und ging auf das Silver Dollar zu.

• • •

Henri Lepine saß in seinem dunklen Büro und starrte die Wanduhr an. Ab und zu blinzelte er und fragte sich, ob die Zeiger sich überhaupt bewegten. Morgen würde er das Ding gegen eine Digitaluhr austauschen. Wer hatte heutzutage noch Uhren mit Zifferblatt?

Das Mädchen würde von nun an unter Polizeischutz stehen, und Lepine bezweifelte sehr, dass er noch mal an sie rankommen würde. Ebenso, dass sie überhaupt etwas von den Diamanten wusste. Es war ein Schuss ins Blaue gewesen. Eine erfolgreiche Entführung hätte wahrscheinlich mehr Probleme verursacht als gelöst. Ein gutes Argument, fand er. Er saß in der Dunkelheit seines Büros und versuchte, noch weitere zu finden. In zehn Minuten würde Papa anrufen.

• • •

Die Teenager standen an der Mission Road am Rand eines riesigen Schlammsees. Vor ihnen stiegen Blasen auf und platzten, ein nasses, klebriges Geräusch, ein träges Schmatzen in der Stille des Waldes.

»Siehst du's?«, fragte der eine Junge.

»Nee.«

»Es muss da sein. Genau da.« Der Junge zeigte auf die platzenden Blasen.

»Wenn du so sicher bist, Ralph, dann hol ein Seil und zieh's raus.«

»Wie tief das wohl ist?«

»Ja, das ist die große Frage, stimmts, du Genie?«

So ging es hin und her, sie waren über den Zustand der Mission Road zu Beginn des Frühlings gleichermaßen fassungslos wie wütend. Zwei der Jungen diskutierten. Die anderen beiden hielten sich zurück, manchmal huschte ein Zittern über ihre Gesichter. Einer der Jungen hatte einen Stiefelabdruck auf der Wange.

Auf einmal hörten sie oben auf der Brücke ein Pfeifen. Sie verstummten. Einige Sekunden später hörten sie es wieder. Jemand pfiff ein Lied. Jetzt bestand kein Zweifel mehr.

»Was zum Teufel ist das?«, flüsterte einer.

»Da ist jemand.«

»Hast du ein Auto gehört?«

»Nee.«

»Verdammt. Hier draußen wohnt doch keiner, oder?«

Das Geräusch wurde lauter, ein melodiöses Pfeifen, das sich mit dem Zirpen und Trillern der Nachtvögel mischte, und immer lauter wurde, bis die Jungen wussten, dass jemand auf sie zukam.

»Wer ist da?«, rief schließlich einer der Teenager, und das Pfeifen brach ab. Einen Moment lang waren nur die Geräusche der Vögel und ein leichter Wind in den oberen Ästen der Kiefern zu hören. Dann rief eine männliche Stimme: »Seid ihr in Schwierigkeiten?«

»Schwierigkeiten ... ja, kann man so nennen. Wir haben ... na ja ... uns ist ein ATV da im Schlamm stecken geblieben.«

Der Mann kam aus dem Wald. Ein Junge zeigte auf die Blasen im Schlammsee. Der Mann trat zu den Jungs und starrte die Bläschen an.

»Ihr denkt, das Ding steckt fest?«, fragte er und schaute die Jungen an. »Ich würde sagen, es ist weg. Zwischen Dingen, die feststecken, und Dingen, die weg sind, besteht ein Unterschied. Es hilft, den zu kennen.«

Der Mann war mittleren Alters und trug eine braune Windjacke, auf dem Kopf eine Texas A&M-Basecap. Er sprach mit leichtem Akzent, den die Jungen nicht gleich zuordnen konnten. Französisch war es nicht. Auch nicht polnisch. Sanfter und melodiöser. Spanisch?

»Ihr braucht ein Feuer«, sagte er. »Bleibt hier. Ich bin gleich wieder da.« Ohne ein weiteres Wort machte er sich auf den Weg, um Holz zu sammeln.

II
MORD

19

Als Piers Grund das nächste Mal mit Yakabuski sprechen wollte, rief er nicht an, sondern verlangte ein Treffen im Büro des Polizeichefs.

Als Yakabuski sich auf den Weg machte, rechnete er damit, Anwälte neben Grund sitzen zu sehen, Männer in für Springfield viel zu dünnen Anzügen, die ihn und O'Toole anschnauzen und mit Papier bewerfen würden. Aber Grund war allein. Yakabuski setzte sich auf den für ihn bereitgestellten Stuhl neben O'Toole. Grund saß ihnen gegenüber. Als Yakabuski Platz genommen hatte, sagte O'Toole: »Also, Mr. Grund, jetzt sind alle da. Vielleicht könnten Sie uns sagen, was Sie besprechen möchten.«

O'Toole versuchte gar nicht, seine Verärgerung zu verbergen. Er war seit fast vierzig Jahren bei der Polizei, seine Familie hatte zu der Kanubrigade gehört, die 1845 den Fluss hochgepaddelt war, um in Springfield die erste Polizeiwache einzurichten. So jemanden zitierte nicht einmal der Bürgermeister einfach mal eben zu sich. Aber genau wie Yakabuski wusste auch O'Toole, dass man dem Vertreter einer Firma, die jährlich mehr Steuern in die Kasse spülte als alle Holzverarbeitungsbetriebe in der Northern Divide zusammen, mit Respekt begegnen musste.

»Keinen Kaffee, Chief?«, fragte Grund. »Es ist kalt heute.«

»Im Pausenraum steht vielleicht noch eine Kanne. Sie kennen sich ja aus, Mr. Grund. Wir warten auf Sie.«

Grund schlug die Beine übereinander und bedachte O'Toole mit seinem typisch hämischen Grinsen. Dann sah er sich im Büro um, betrachtete die Angeltrophäen auf dem Holzregal, die gerahmten Fotos von O'Toole mit seiner Frau und den vier Töchtern, alle ein wenig unscharf. Als er fertig war, sagte er: »Gut, ich mache es kurz. Ich bin hier, um Ihnen mitzuteilen, dass ich heute Abend aus dem Grainger auschecke und Springfield verlasse. Alle Mitarbeiter von De Kirk werden in den nächsten ein, zwei Tagen abreisen.«

Yakabuski sah Grund an und bemühte sich, seine Überraschung nicht zu zeigen. Er hatte mit vielem gerechnet: Der Androhung von rechtlichen Schritten gegen ihn. Oder gegen O'Toole. Oder gegen den Cop, der auf dem Weg nach oben zufällig mit im Aufzug gestanden hatte. Dass Grund seine Sachen packen und die Stadt verlassen würde, hatte er nicht auf der Liste gehabt.

»Und warum?«, fragte O'Toole.

»Weil die Suche nach den Diamanten in eine neue Phase eingetreten und meine Anwesenheit in Springfield nicht länger erforderlich ist. Kann nicht behaupten, dass ich das Drecksloch vermissen werde.«

Eine Minute lang schweigen alle. O'Toole lehnte sich zurück und musterte Grund. »Schade, dass Sie nicht bis zur Angelsaison bleiben«, sagte er. »Die Forellen sind ein Traum. Ich lasse Ihnen vor der Abreise noch eine Tourismusbroschüre zukommen. Was meinen Sie damit, dass die Suche in eine neue Phase eingetreten ist?«

»Genau das, Chief«, sagte Grund. »Bei Raubüberfällen hofft man, die Beute schnell zu finden. Das ist das Best-Case-Szenario. Das Diebesgut wird zurückgebracht, De Kirk muss ein paar Tage im Rampenlicht ertragen, und alle machen weiter wie bisher. Leider ist das nicht passiert. Der Raub liegt jetzt drei Monate zurück, und unsere Aktuare sind der Meinung, De Kirk sollte sich eher um Kompensation bemühen, als mit dem Wiederauffinden der Diamanten zu rechnen.«

»Der Versicherungsanspruch?«, sagte Yakabuski. »Sind Sie deswegen hier? Um uns zu sagen, dass Sie Ihren Versicherungsanspruch geltend machen?«

»Detective, den haben wir bei Great Northern Insurance schon in der Woche des Diebstahls eingereicht.«

»Was hat sich dann geändert?«

»Alles, verdammt.« Grund sah sie an. »Sie kennen die Statistiken, Detective. Wenn Diebesgut nicht innerhalb von vierundzwanzig Stunden gefunden wird, halbieren sich die Erfolgschancen. Und sinken stetig weiter. Anfang der Woche haben unsere Aktuare daher entschieden, dass wir jetzt mehr Aussicht auf Entschädigung durch die Versicherung als auf das Wiederauffinden der Diamanten haben.«

»Hatten Sie sich den Tag im Kalender markiert?«

»*Die* schon. Das sind Aktuare. Das ist ihr Scheißjob. Der Stichtag war letzten Dienstag. Seitdem ist das Best-Case-Szenario laut den Computermodellen Entschädigung, nicht Wiederauffinden.«

»Sie hauen also einfach ab?«, sagte O'Toole.

»Der Flug ist schon gebucht. Um achtzehn Uhr geht's los.«

Damit erhob sich Grund und ging zur Tür. Für seine Verhältnisse hatte er nur wenig geflucht und auch niemanden bedroht. Yakabuski wusste, was das bedeutete. Grund war gedanklich schon weg. Springfield für ihn nur noch eine Erinnerung. Drohungen und Beschimpfungen waren Mittel, die er nur bei Leuten einsetzte, die Bedeutung für ihn hatten.

Bevor er an der Tür war, sagte O'Toole: »Wen verständigen wir, wenn wir die Diamanten finden?«

»Wenn das vor der Auszahlung durch die Versicherung passiert, können Sie mir Bescheid sagen«, erwiderte Grund. »Danach ist mir scheißegal, wen Sie anrufen.«

Und damit war De Kirk raus. Die verschwundenen Diamanten waren in Lines of Code verwandelt worden, die von einem Computer zum nächsten flogen, digitale Partikel, die parallel zu den altertümlichen Teilchen herumwirbelten, aus denen die physische Welt bestand, die tanzten und wirbelten, bis sie ihre Gestalt verändern und als Versicherungszahlung von eins Komma zwei Milliarden Dollar auf dem Bankkonto der De Kirk Mining Corporation landen würden, plus Zinsen.

Die moderne Welt der Hochfinanz hatte ihre digitale Alchemie angewendet und sich eines unzeitgemäßen Vermögens, das irgendwo in Springfield versteckt lag, entledigt. Ein Vermögen, das De Kirk so beiläufig wegwarf wie Müll aus dem Autofenster; glänzende Gegenstände, die die Menschen auf dem Land, weit weg von den Finanzzentren der Welt, magisch anzogen, die Hinterwäldler und schlichten Gemüter, für die Geld immer noch etwas Fassbares war, das sie albernerweise sparen wollten, die in Tälern und auf Feldern standen und den Rücklichtern schneller Autos hinterherschauten, bis sie in der Ferne hinter den Hügeln verschwunden waren, um dann langsam auf das zuzugehen, was aus den Fenstern geworfen worden war, und ihre Schritte beschleunigten, als die Gegenstände im Licht der untergehenden Sonne zu funkeln und glitzern begannen.

20

Als John Watkins und seine Brüder aufwachten, stellten sie fest, dass Pete verschwunden war. Und der Pick-up mit dem Benzin ebenfalls. Sie starrten durch die frostüberzogenen Fenster des Farmhauses die Stelle an, wo der Truck hätte stehen müssen, und schüttelten traurig die Köpfe. Danach stöhnten sie und marschierten der Reihe nach ins Bad, um sich zu übergeben. Als langsam die Sonne versank und Pete immer noch nicht zurückgekommen war, ging John in den Stall, holte einen Reservekanister Benzin und goss es in den Tank eines Pontiac Sunbird, von dem er meinte, er könnte vielleicht noch anspringen. Als sich nichts tat, schloss er mithilfe des Traktors die Batterie kurz. Dann quetschten sich die Brüder in den Wagen und fuhren nach Springfield.

Pete fanden sie nicht, aber einen Schwarzbrenner im French Quarter, der bereit war, ihnen vier Flaschen Roggenwhisky auf Kredit zu geben. Danach suchten sie die Mädels, vergeblich. Sie gaben auf und fuhren nach Hause.

Als sie von der Hauptstraße abbogen, fielen Schatten auf den Schotterweg. Der Mond nahm ab, der Himmel war schwarzgelblich gefärbt und wirkte eher herbstlich als frühlingshaft. Kein Vogelgezwitscher. Kein Insektensummen. Keine Geräusche außer dem Knirschen der Reifen des Pontiac in den verschlammten Furchen des Schotterwegs. Als sie die letzten Fichten passierten, sahen sie den Pick-up vor dem Farmhaus stehen. Nicht auf seinem üblichen Parkplatz, sondern neben der eingebrochenen Vordertreppe. Was seltsam war.

»Ist er betrunken?«, sagte John.

»Mir egal, ob er betrunken, nüchtern oder bewusstlos ist, der

Junge kriegt eine Tracht Prügel, wie er noch nie eine gekriegt hat«, sagte Brett. »Scheiße, Pete hat genau gewusst, dass das der einzige Truck mit Benzin im Tank war.«

»Lasst uns erst mit ihm reden. Rausfinden, was er vorhatte«, sagte John. »Fuck, er hat den meisten Alk gekauft, seit er hier ist.«

Die Brüder stiegen also aus dem Sunbird, rückten ihre Mantelkrägen zurecht, stampften mit den Füßen, um den gefrorenen Stoff ihrer Jeanshosen zu lockern, pusteten in ihre Handschuhe. Und hörten im Haus einen Mann schreien.

Sie schauten einander in halbbetrunkener Verwirrung an. Dann prallten sie bei dem Versuch, alle gleichzeitig auf die Veranda zu springen, gegeneinander. Als sie die Tür aufrissen, erblickten sie zuerst Pete, der mit dem Rücken zu ihnen im Wohnzimmer stand, die Arme leicht abgewinkelt, links hielt er einen Tischlerhammer, rechts einen Korkenzieher. Sein Oberkörper war nackt, im schwachen Licht schimmerten auf den Armen und dem Rücken Schweiß und Blut.

Er drehte sich um und sagte: »Wird echt Zeit, dass ihr kommt.«

»Fuck, Pete, was hast du getan?«, brüllte John.

»Die Sache ins Rollen gebracht. Habt ihr was zu trinken mitgebracht?«

Erst jetzt nahmen sie den Rest des Wohnzimmers wahr. Die Blutspritzer an den Wänden. Die umgeworfenen Möbel. Und mittendrin, an einen Küchenstuhl gefesselt, der blutbesudelte Kopf heruntergesackt, Eddie O'Malley.

Die Brüder starrten den Türsteher des Silver Dollar verblüfft an. Sagten nichts, rührten sich nicht. Es war der fantastischste, abgefahrenste, verwunderlichste Anblick, den sie im Farmhaus je gesehen hatten. Pete Watkins öffnete eine Whiskyflasche und goss sich einen ein. Es dauerte einige Zeit, bis John Watkins die Worte fand, die ihm für diese Situation angemessen erschienen.

»Fuck, Pete.«

»Ihr braucht mir nicht zu danken, John. War nicht so schwierig, wie ich gedacht hätte. Er ist ein Riesenkerl, aber 'ne echte Pussy.«

»Lebt er noch?«

»Vor ein paar Minuten schon. Habt ihr ihn nicht schreien gehört?«

»Fuck, Pete … das ist Eddie O'Malley. Der Türsteher vom Silver Dollar.«

»Passt. Da hab ich ihn gefunden. Wollt ihr wissen, wo die Diamanten sind?«

»Er hat dir gesagt, wo sie sind?«, fragte Brett verblüfft.

»Nein. Aber er hat mir gesagt, wer es uns verraten kann. Habt ihr mal von einem gewissen Bobby Bangs gehört?«

• • •

Die Vettern gingen und kamen zwei Stunden später wieder. Ein Mann mit langen blonden Haaren folgte ihnen ins Wohnzimmer. Er trug eine dreiviertellange Lederjacke und blies warme Luft in seine Hände. Er sah Pete Watkins an, sah O'Malley an und sagte dann mit einem Lachen: »Und du hast gedacht, dass der Türsteher was weiß?«

Er war ein Stück kleiner als Pete, wirkte aber muskulöser. Die Bizepse zogen an den Nähten der Lederjacke, die Schultern waren breit. Im Gesicht hatte er Narben, vielleicht die Folgen eines alten Messerkampfes, allerdings waren es so viele, kreuz und quer, dass sie auch von etwas anderem stammen konnten. Vielleicht ein Arbeitsunfall?

»Was für eine beschissene Kackscheiße ist das denn hier?«, brüllte Pete und starrte seine Vettern wütend an. »Wir brauchen keine weiteren Mitwisser.«

Die Vettern schienen sich unwohl zu fühlen, dann verflog der Moment, und John sagte: »Pete, du hast *echt* Scheiße gebaut. Wir waren bereit, mitzumachen, hat ja keinem wehgetan, aber jetzt hast du echt Scheiße gebaut, Bro.«

»Wer ist der Typ? Wir sind eine Familie, was habt ihr euch verdammt noch mal gedacht?«

»Pete, wir kennen dich nicht so gut.«

John schaute seine Brüder an, die nickten. Dann wirkten sie einen Moment lang traurig. Dann verließen sie das Zimmer.

Pete Watkins sah sie gehen. Der blonde Mann blieb. Pete bemerkte jetzt die Tätowierungen an dessen Hals, so viele, dass man den Adamsapfel erst sah, wenn er sprach. Als der Motor des Pickups aufröhrte, wandte er sich an Pete und sagte: »Familie. Kann ganz schön scheiße sein, wie?«

»Das sind meine Scheißcousins.«

»John hat erzählt, du warst vor zehn Jahren mal hier. Sei ehrlich. Du bist wegen dem Geld wiedergekommen. Mit Familie hatte das nichts zu tun.«

»Woher zum Teufel willst du das wissen?«

»Wie zum Teufel konntest du das *nicht* wissen? Hast du echt gedacht, Geld würde dein Leben verändern? Geld entscheidet, welche Klamotten du trägst und wo du schläfst, aber mehr auch nicht.«

»Blödsinn.«

»Ah, stimmt. John hat auch erzählt, dass du arm wie eine Kirchenmaus aufgewachsen bist. Arme Leute kapieren es nie.«

»Kapieren was nie, Motherfucker?«

»Dass es sich nicht lohnt, für Geld zu sterben.«

Pete starrte ihn eine Sekunde lang an. »Wer zum Teufel bist du?«

»Der Mann, den du gesucht hast.« Und damit stand Bobby Bangs auf und zog ein langes Bowiemesser aus der Lederjacke. Er gab Pete ein Zeichen, sich hinzuknien.

Als Pete zehn Minuten später auf dem Wohnzimmerboden lag, erinnerte er sich an das einzige Mal, dass sein Vater ihn im Gefängnis besucht hatte. Etwa zwei Monate nachdem er in Bolton einge-fahren war, war sein Vater in den Besucherraum gekommen, hatte sich hinter die Plastiktrennwand gesetzt, ein Foto aus der Tasche gezogen und es an die Scheibe gehalten – das lächelnde Gesicht der Kellnerin aus der Legion Hall.

»Ich hab sie geliebt, und du hast sie mir genommen«, sagte er. »Ich hoffe, du verreckst hier drinnen, du verdammter Hurensohn.«

Wenn Pete die Diamanten gefunden hätte, wollte er seinen Vater besuchen. Um zu gucken, ob sein alter Herr immer noch sauer war. Er war fast sicher, dass er sich beruhigt hatte. Und seine Mutter wollte er auch suchen, vielleicht würde sie ihn diesmal er-kennen. Dann würden sie zusammen Zeit verbringen, ein bisschen reisen, irgendwohin, an Orte, von denen sie immer nur hatten träumen können, nur sie beide.

Es wurmte Pete, dass daraus nichts werden würde. Und auch, dass sein Vater ihn überleben würde. Das waren seine letzten Ge-danken, seine letzten Gefühle. Als beide verflogen waren, lud Bangs seine Leiche auf die Ladefläche eines Dakota Pick-up, be-deckte sie mit einer Plane und fuhr davon.

21

Die Teenager saßen am Lagerfeuer. Die Flammen warfen Ringe aus Licht und Schatten, innen hell, nach außen hin zu der Schlammfläche des La Vase Basin hin immer dunkler werdend. Das Licht verzerrte alles, was es erreichen konnte. Der Mann in der braunen Windjacke schob die Glut hin und her und sagte: »Wir müssen über die Diamanten reden.«

»Wieso glauben Sie, wir sind wegen der Diamanten hier?«

»Wieso glaubt ihr, mich anlügen zu können?«

»Wer zum Teufel sind Sie überhaupt? Sind Sie von hier?«

»Das wäre ein ziemlich mieser Ort zum Wohnen, findest du nicht? Der Boden verschluckt Autos.«

»Glauben Sie, Sie können uns einfach auslachen und kommen damit durch ...«

»Ich kann mit euch machen, was ich will, und komme damit durch.«

Die Jungen schwiegen verblüfft. Cambino musterte ihre Gesichter. Nacheinander. Sein Vater hatte ihm vor langer Zeit beigebracht, worauf man achten musste, die Details, die einem verrieten, was man wissen wollte. Wenn man seinen Geist öffnete und es richtig hinbekam, hatte man den anderen nach fünf Sekunden durchschaut. Das funktionierte wie Hemingways einer wahrer Satz. Wenn man übte und zur richtigen Zeit am richtigen Ort war, klappte es.

Als er Bescheid wusste, legte er ein weiteres Holzscheit auf das Feuer. Pfiff eine Melodie, die das Trillern eines Nachtvogels so täuschend echt imitierte, dass einer angeflogen kam und sich in der Nähe auf einen Stein setzte, den Kopf schief legte, dann überrascht mit den Flügeln schlug und davonflatterte. Cambino sah in vier verängstigte Gesichter und sagte: »Ich bin neugierig. Ihr kommt aus reichen Familien. Das ist offensichtlich. Wenn ihr Drogen, die falschen Frauen und die falschen Freunde meidet und gesund bleibt, habt ihr ein schönes Leben vor euch. Wieso seid ihr hier?«

»Sie machen Witze, oder?«

»Nein.«

»Wir sind wegen verdammten eins Komma zwei Milliarden Dollar hier. Vielleicht ist Ihnen nicht klar, was diese Diamanten wert sind.«

»Mir ist so was zu Ohren gekommen.«

»Damit hätten wir für alle Zeiten ausgesorgt.«

»Aber für euch ist doch gesorgt.«

»Klar, aber wir sind nicht steinreich, nicht so mit Privatjet oder Baseballteams besitzen.«

»Die Marlins«, mischte einer der Jungen sich ein, »die stehen gerade zum Verkauf.«

Cambino sah ihn an. Es war der mit dem Stiefelabdruck im Gesicht.

»Wie fühlt sich das an«, fragte er, »zu wissen, dass einer deiner Freunde dich als Trittbrett benutzt hat, um sein Leben zu retten?«

Der Junge antwortete nicht.

»So war es doch, oder? Ihr seid vorausgefahren, mit dem Fahrzeug, das versunken ist, und du bist erst nicht rausgekommen. Der Junge, der neben dir im ATV gesessen hat und über dich drüber geklettert ist, das war der da, stimmts?«

Cambino deutete auf den Jungen, der ihm am nächsten saß. Der mit dem Stiefelabdruck im Gesicht sagte: »Es ging alles so schnell.«

»Ja, das stimmt. Und er war schneller als du.«

»Moment mal«, sagte der Junge, auf den Cambino gezeigt hatte.

»Es ging wirklich total schnell, wie Robert gesagt hat. Ich wusste nicht mal, worauf ich steige. Ich würde doch nie im Leben ...«

»Halt den Mund«, sagte Cambino. »Dieses Gespräch müsst ihr ein andermal führen. Erst mal hast du gute Chancen.«

»Chancen?«

»Ja, du könntest mein Favorit werden.«

Er lächelte die Jungen freundlich an und zog ein Buckmaster-Jagdmesser aus der Messerscheide unter der Windjacke. Dann ging er zu dem Jungen mit dem Stiefelabdruck im Gesicht und packte ihn an den Haaren. Zog ihn hoch und schnitt ihm die Kehle durch.

Die anderen Jungen sprangen auf, aber bevor sie wegrennen konnten, schrie Cambino: »Stopp!«, und sie gehorchten. Er hielt weiter das Haar des Jungen gepackt, aus dessen Kehle Blut sprudelte und eine Lache auf dem Boden bildete; als das Zittern aufhörte, ließ er los.

Er wäre als Erster dran gewesen, sagte sich Cambino und hatte keinen Zweifel. Obwohl es ihm egal war, dachte er auch, dass der Junge besser durch seine Hand gestorben war als durch die eines seiner Freunde.

Er wischte das Messer ab und warf es in den Wald. Die Jungen starrten überrascht in die Dunkelheit.

»Vergesst eins Komma zwei Milliarden«, sagte er. »Die Zahl, die für euch jetzt noch zählt, ist eins. Genau so viele ATVs habt ihr noch zur Verfügung. Und genau so viele Zeugen brauche ich, die davon berichten können, was hier heute Nacht passiert. Ich warte am Lagerfeuer. Der Erste, der zurückkommt, kriegt den ATV.«

Er setzte sich. Er war nicht sicher, ob es Fragen geben würde, rechnete aber nicht damit. Die Jungs waren clever und verängstigt genug, um zu begreifen. Einer zeigte bereits die erforderliche Entschlossenheit. Cambino nahm einen Zweig und schürte wieder die

Glut. Ohne aufzusehen, sagte er: »Ihr könnt da rumstehen und ihn anglotzen, so lange ihr wollt, aber ich an eurer Stelle würde derjenige sein wollen, der das Messer findet.«

22

Yakabuski lief durch den Regen. Der Frühling bahnte sich an wie in den meisten Jahren, nämlich sehr zurückhaltend, er zeigte sich und verschwand wieder, zaghaft, aber verheißungsvoll, das jahreszeitliche Äquivalent einer jungen Liebe. Jetzt war der Regen da. Die Mission Road war mehr von Schlamm als Schnee bedeckt. Das Polizei-Flatterband, das schon seit mehr als einem Monat hier hing, war verblichen und nicht mehr so gelb wie die Regenmäntel der Streifenpolizisten, die in Reihen durch den Regen liefen. Es roch nach Zedern und Fichtenharz, und irgendwo brannte ein Feuer.

Rachel Dumont rief um kurz nach acht an, als er gerade zum Ausgangspunkt des Wanderpfads zurückging. Vermutlich wollte sie vermeiden, dass Grace mithörte, und auch nicht von ihrem Schreibtisch im Büro aus anrufen. Wahrscheinlich war sie auf dem Weg zum Bus.

»Rachel«, sagte er, den Kopf gesenkt, um das Handy vor dem Regen zu schützen.

»Linus hat sich gemeldet«, sagte sie. »Er ist bereit, sich mit Ihnen zu treffen. Morgen Nachmittag, am Kanupfad unter der North Shore Bridge. Wissen Sie, wo Sleigh Bay ist?«

»Ja.«

»Da wartet er auf Sie. Um zwei. Er hat mich gebeten, mitzukommen. Ist das okay?«

»Für mich ja. *Wollen* Sie dabei sein?«

»Nicht unbedingt. Aber Linus will es so. Und wenn es Grace hilft, dann, ja, will ich dabei sein.«

»Alles klar. Soll ich Sie mitnehmen?«

»Ja. Ich nehme mir morgen frei.«

»Ich hole Sie um eins zu Hause ab.«

Sie schwieg einige Sekunden lang, und Yakabuski dachte schon, das Telefonat wäre beendet. Aber als das Schweigen anhielt, wusste er, dass sie noch etwas sagen wollte. Er wartete, bis sie sagte: »Ich habe früher gedacht, dass mein Vater unbesiegbar wäre. Gabriel Dumont. König der Travellers. Der Mann, der meinen Vater ermordet hat – in seinem eigenen Büro, mit einem einfachen Messer –, muss sehr gut ausgebildet und zu allem bereit sein, ein gefährlicher Mann.«

»Da haben Sie sicher recht.«

»Manchmal habe ich das Gefühl, Grace und ich sind von Bösem umgeben. Ich weiß nicht, warum das so ist. Ich suche die Antwort jeden Tag. Wissen Sie, wo der Mann sich aufhält?«

»Der Mörder Ihres Vaters?«

»Ja. Wann haben Sie ihn zuletzt gesehen?«

Yakabuski überlegte, wie er die Frage beantworten sollte. Er wusste, dass Rachel Dumont nicht leicht zu belügen war und sich nicht mit Halbwahrheiten und Aussparungen abspeisen ließ. Sie wollte die Wahrheit wissen und würde sie ohnehin bald erfahren. Und sie verdiente die Wahrheit.

»Rachel«, sagte er, betrachtete den Regen und die Schatzsucher, die in Regenmänteln und Gummistiefeln über den Pfad stapften, »wir haben ihn noch *nie* gesehen.«

• • •

Yakabuski holte sie am nächsten Tag ab. Der Regen hatte nachgelassen, es nieselte nur, und von den großen Seen im Süden her wehte ein warmer Wind über die Northern Divide. Am Morgen hatte Yakabuski das Kreischen der Gänse am Himmel gehört, ungewöhnlich früh, denn eigentlich sollten sie erst in einigen Wochen zurückkehren, und es war ein Zeichen für das, was noch kommen würde.

Rachel Dumont trug einen dicken Wollpulli, Sorel-Stiefel und einen hellroten Parka. Es war das erste Mal, dass Yakabuski sie in etwas anderem als einem dunklen Rock und weißer Bluse sah. Sie saß auf dem Beifahrersitz seines Jeep Rubicon. Anders als die meisten Mitfahrer hatte sie sich weder über die mangelhafte Heizung noch über die außerordentlich unbequemen Sitze beklagt.

Sleigh Bay lag eine Viertelmeile flussabwärts von der North Shore Bridge. Um dorthin zu kommen, musste man den Wagen auf einem Parkplatz abstellen und hinunter zu einem alten Kanupfad laufen. Sie wanderten durch einen Wald aus Birken und Fichten, das frische Harz roch süßlich, ein Duft, den man sofort bemerkte, wenn der Wind vom Fluss her wehte. Nach einigen Minuten sagte Dumont: »Ich habe Sie letzte Woche gegoogelt.«

»Irgendwas Interessantes dabei?«

»Alles war interessant. Ihre Verdienste im Krieg. Die Geschehnisse in Ragged Lake. Sie haben eine bewegte Vergangenheit.«

»War nie mein Ziel.«

»Sie erinnern mich an Männer, die ich als Kind kannte, an die zähen Typen aus Fort Francis. Wissen Sie, was ich mit zähen Typen meine?«

»Ich glaube schon.«

»Ja, das dachte ich mir. Diese Männer haben in Buschlagern und Fischerhütten gearbeitet, sie kannten sich in der Wildnis so gut aus, dass man nie darüber nachgedacht hat, ob sie in einem Orkan den Weg nach Hause finden oder einfach eines Tages im Wald verschwinden würden. Wissen Sie, an was ich mich am besten erinnere?«

»Das werden Sie mir sicher gleich sagen.«

»Was aus ihnen wurde, als sie alt waren. Diese Männer hatten nie Frau oder Familie und sind alle in Pflegeheimen gelandet, aus denen sie immer wieder weggelaufen sind, und dann wurden sie in Schlafanzug und Hausschuhen eingefangen und zurückgebracht, und die Pfleger haben immer nur die Augen verdreht, wenn die Alten etwas erzählt haben.«

»Warum sagen Sie mir das, Rachel?«

»Weil Sie in letzter Zeit in meinen Träumen aufgetaucht sind. Sie waren einer der zähen Typen aus Fort Francis. Ich war nicht sicher, ob ich Ihnen davon erzählen soll. Aber dann habe ich gedacht, dass Sie es wissen sollten.«

»Wie viele solcher Träume haben Sie gehabt?«

»Drei.«

Das war kein gutes Omen. Ganz und gar nicht. Sollte sie ein viertes Mal von ihm träumen, musste Yakabuski das wissen.

»Sie sehen die Träume als Warnung, nehme ich an?«

»Ja. Und mir ist noch was in Erinnerung geblieben. Diese Männer hatten ein sehr gutes Situationsbewusstsein. Das ist der militärische Ausdruck, stimmts?«

»Stimmt.«

Sie zog sich die Kapuze ihres Parkas über den Kopf. »Das war eine ihrer großen Fähigkeiten. Sie wussten immer genau, was um sie herum vorging, wo sie sich befanden und womit sie zu rechnen hatten. Aber aus irgendeinem Grund, den ich nie ganz verstanden haben, hat keiner dieser zähen Typen diese Fähigkeit je auf sich selbst angewendet. Wieso ist das wohl so, Frank?«

Es klang für Yakabuski nicht nach einer Frage, die eine schnelle Antwort erforderte. Den Rest des Weges schwiegen sie.

• • •

Linus Desjardins wartete schon auf sie. Ein hochgewachsener Mann mit langen grauen Haaren, die ihm auf den Rücken fielen. Er trug dicke Handschuhe, aber keine Mütze. Die Stiefel waren von Sorel, dazu hatte er eine gefütterte, wasserabweisende Hose an, auf deren rechter Tasche der Name eines beliebten Outdoorladens in Montreal eingestickt war. Yakabuski erinnerte sich, dass Gabriel

Dumont immer in Leder und Felle gekleidet gewesen war – Hose und Mokassins aus Leder, eine Mütze aus Biberfell und die rote Schärpe der Voyagers, die an seinem Bein herabhing.

Linus Desjardins sah man an, dass er die Welt mit anderen Augen betrachtete. Er schaute zur North Shore Bridge hinüber, und sie standen sekundenlang schweigend neben ihm, bis er sagte: »Früher haben sich die jungen Burschen an einem Seil von der Brücke geschwungen. Ist das immer noch so, Detective Yakabuski?«

»Ja, das machen sie immer noch. Die Stadt lässt das Seil jeden Sommer mehrmals abschneiden, aber schnell hängt wieder ein neues.«

»Das war früher ein Initiationsritus für die Jungs an der North Shore. Man musste weit genug rausspringen, um das Brückenkabel nicht zu treffen, und genau den richtigen Winkel hinbekommen, damit das Seil unten frei schwingen konnte und nicht hängenblieb. Es gab mehrere Arten, sich bei dem Sprung umzubringen. Der Trick lag darin, zu wissen, wann man loslassen musste.«

Sie starrten die Brücke noch ein wenig länger an, dann sagte Yakabuski: »Sie meinen, ich soll die Finger von dem ganzen Mist lassen? Wollen Sie das sagen?«

»Ganz und gar nicht, Detective Yakabuski. Tatsächlich hat die Geschichte nichts mit Ihnen zu tun. Ein typischer Irrtum der Siedler.« Er lächelte. Nicht höhnisch. Nicht süffisant. Das wissende Lächeln eines alten Mannes. »Die Geschichte soll Ihnen vermitteln, was die Travellers machen werden. Deswegen haben Sie doch um dieses Gespräch gebeten, oder?«

»Sie lassen los?«

»Mehr oder weniger. Wir suchen die verschwundenen Diamanten nicht und werden auch nicht damit anfangen.«

Yakabuski betrachtete ihn genauer. Die Travellers hatten schon vor der Entstehung der ersten festen Siedlungen an der Northern Divide gelebt und französische Pelzhändler begleitet, um deren

Ware vor plündernden Banden von Mohawks oder englischen Freibeutern zu schützen. Sie waren Söldner, die einer geheimnisvollen Religion anhingen, älter als das Christentum. Es hieß, Travellers würden Kränkungen oder Ungerechtigkeiten niemals vergessen und konnten Generationen lang warten, um Rache zu nehmen.

»Das überrascht mich«, sagte er.

»Natürlich. Sie sind Siedler. Eins Komma zwei Milliarden Dollar in Bodenschätzen – wie sollten Sie die loslassen? Es wäre unmöglich. Deswegen seid ihr hier. Um das Land auszubeuten. Aber ich nicht.«

»Schöner Vortrag, Mr. Desjardins. Aber die Travellers haben versucht, die Diamanten zu stehlen, und sind von Sean Morrissey reingelegt worden. Gabriel Dumont wurde ermordet. Wollen Sie sagen, dass Sie das einfach auf sich beruhen lassen?«

»Gabriel hat es zu weit getrieben. Viele von uns haben ihm genau das gesagt, aber er wollte nicht hören. Er hat den Raub als eine Art *Wiedergutmachung* für altes Unrecht gesehen. Das Wort hat er ständig benutzt. Wiedergutmachung. Ich habe mir schon lange Sorgen um ihn gemacht.«

Danach sah er Rachel Dumont an. Neigte den Kopf.

»Ich will nicht respektlos sein, Rachel.«

»Du sagst die Wahrheit, Linus«, erwiderte sie. »Du brauchst dich nicht zu entschuldigen.«

»Vielleicht war es wirklich ein Versuch der Wiedergutmachung«, sagte Yakabuski.

»Nein, es war bloß ein Juwelenraub«, sagte Desjardins.

»Der größte aller Zeiten. Sie untertreiben ein bisschen.«

Desjardins sah Yakabuski traurig an. Dann sagte er: »Ich glaube, ich würde Sie mögen, Detective. Ich habe Gutes von Ihnen gehört, und Rachel schätzt Sie sehr. Aber, guter Mann, wenn Sie nicht aufhören, wie ein dummer Siedler zu reden, schlage ich zu.«

Sie sahen sich an. Yakabuski fragte sich, was passieren würde, wenn Desjardins seine Drohung wahr machen sollte. Er war gute fünfzig Pfund schwerer als der Traveller, aber Desjardins war schnell und zäh, ein Kampf wäre keine ausgemachte Sache. Ein Mann von dreiundsiebzig Jahren. Irgendwie ermutigend.

»Sie denken, Geld wäre nur im Moment da«, fuhr Desjardins fort. »Wenn Sie nicht zugreifen, verlieren Sie es. Sie glauben, wenn jemand anders zugreift, müssten Sie es sich zurückholen. Gleich heute. Sofort. Gabriel hatte auch begonnen, so zu denken. Sein Tod ist nicht vergessen, aber so hat er am Ende gedacht. Wissen Sie, dass es eine Milliarde Jahre dauert, bis ein Diamant entsteht?«

Desjardins sprach es nicht aus, aber die Botschaft war klar. Die Travellers würden bleiben. Der Verrat an Gabriel würde eines Tages gerächt werden. Und Diamanten waren nichts anderes als ein flüchtiges Glitzern. Selbst nach einer Milliarde Jahren.

»Ich habe mich mit Ihnen getroffen, damit Sie den Popeyes und den Shiners ausrichten können, was ich Ihnen gerade gesagt habe«, sagte Desjardins. »Wir sind raus. Und sagen Sie ihnen auch, wenn sie noch mal irgendetwas gegen Grace Dumont oder ihre Mutter unternehmen, dann wird das ihre letzte schlechte Entscheidung sein. Die beiden sind Travellers, die Kinder von Gabriel Dumont, und stehen unter unserem Schutz.«

Es war seltsam, einen Traveller das Wort *Travellers* aussprechen zu hören. Der alte Mann schien dabei kurz zu zwinkern. Dann wandte er sich noch einmal zur North Shore Bridge um. Die Stahlträger waren an diesem Morgen schiefergrau und ähnelten im Nieselregen so sehr dem trüben Himmel, dass es manchmal so aussah, als würden die Fahrzeuge in der Luft hängen wie über dem Fluss schwebende Spielzeugautos. Yakabuski wartete fast darauf, dass eins runterfiel.

»Ich werde es ausrichten, Mr. Desjardins. Sie halten sich also aus der ganzen Sache raus?«

»Oh ja. Diese Riesenscheiße ist allein Ihr Haufen, Detective. Viel Spaß.«

Er lachte, umarmte Rachel Dumont und ging, den alten Voyager-Pfad nehmend. Nach hundert Metern bog er ins Unterholz ab und war verschwunden.

23

Yakabuski sah das YouTube-Video am nächsten Morgen, als er von seinem täglichen Rundgang an der Mission Road zurückkam. Donna Griffin erwartete ihn.

»Das musst du dir ansehen«, sagte sie, folgte ihm in sein Büro und stellte den Laptop auf seinen Schreibtisch. Als sie das Video anklickte, sah Yakabuski das Standbild eines verängstigt aussehenden jungen Mannes in einem Sweatshirt der University of Vermont. Sein Haar war zerzaust, die Augen rot unterlaufen und glasig. Sein Gesicht glänzte vor Schweiß, obwohl der Boden mit Schlamm und Schnee bedeckt war und sein Atem dampfte.

»Bevor ich das abspiele, sieh dir den ATV an. Sag mir, ob dir was auffällt.«

Yakabuski betrachtete den ATV in der rechten oberen Ecke des Bildschirms. Er stand ein paar Meter hinter dem Jungen. War irgendwas im Seitenspiegel zu sehen? Yakabuski vergrößerte den Ausschnitt, bis er das Gesicht eines Mannes sehen konnte. Allerdings nicht viel davon. Dunkle Pilotenbrille. Texas A&M-Basecap.

»Also hatten wir recht. Er war die ganze Zeit hier.«

»Setz dich lieber hin, Yak.«

...

»Ich heiße Brady Dekker ... und studiere an der University of Vermont. Ich bin nach Springfield gekommen, um die verschwundenen Diamanten zu suchen. Zusammen mit Ryan Morrison, Josh Green und Bobby Friedman.«

Der Junge verstummte. Schaute sich um. Mit dem Gesichtsausdruck eines Menschen, der gerade einen schlimmen Autounfall überlebt hat.

»Erzähl mal, was du mit deinen Freunden gemacht hast, Brady«, sagte die Stimme eines Mannes, der nicht zu sehen war.

»Ich … ich …« Er begann zu weinen. »Ich wurde gezwungen …«

»Das kannst du weglassen. Es ist egal. Sag, was du gemacht hast.«

»Ich … ich, verdammte Scheiße, ich …«

»Das wird ein kurzes Video, Brady.«

»Ich hab sie getötet.«

Danach blickte der Junge direkt in die Kamera, er wirkte überrascht, als wären die Worte in einer fremden Sprache oder von einem anderen gesprochen worden. »Ich habe sie getötet«, wiederholte er. »Ryan Morrison und Josh Green – ich habe sie getötet. Bobby Friedman wurde auch getötet.«

• • •

Der Rest des Videos war schwer zu ertragen. Nicht nur wegen der Geschichte, die der Junge erzählte, sondern auch, weil Yakabuski wusste, wie es enden würde. Und nur die Perversen und Kranken unter uns sehen so etwas gern.

Brady Dekker berichtete, dass er und seine drei Kommilitonen im Internet auf die Schatzkarte gestoßen und daraufhin nach Springfield gefahren waren. Sie hatten vier Tage im Lager an der Mission Road verbracht und dann ATVs gemietet, um die Suche zu vereinfachen. Ein ATV war in einem Schlammsee versunken. Sie überlegten gerade, wie sie es bergen konnten, als ein Mann aufgetaucht war.

»Er sagte, wir hätten nicht herkommen sollen«, sagte Dekker. »Er meinte, die Diamanten würden uns nicht gehören, und es wäre falsch, nach ihnen zu suchen. Dann hat er Bobby getötet.«

Dekker hielt inne. Zumindest gab er keinen Laut mehr von

sich. Seine Lippen bewegten sich, aber der Junge war stumm. So schockiert war er von den Worten, die er gerade ausgesprochen hatte, dass sein Unterbewusstsein versuchte, ihn von weiteren abzuhalten.

»Du musst weitererzählen, Brady.«

Die Lippen bewegten sich, der Junge sprach weiter. Sein Unterbewusstsein hatte die größere Gefahr erkannt.

»Der Mann hat gesagt, er würde uns entweder alle umbringen oder einer würde als Zeuge überleben. Er hat uns keine andere Wahl gelassen. Nur das eine oder das andere. Ich … ich …«

»Brady.«

»Ich habe das Messer im Wald gefunden und Josh getötet. Auf ihn eingestochen. Ich weiß nicht, wie oft. Ich habe ihn im Schlamm liegen gelassen. Rob hatte sich unter einem Busch versteckt. Er wollte nicht gegen mich kämpfen. Ich hab ihm gesagt, er muss kämpfen, aber er wollte nicht. Ich … es war seine Entscheidung, nicht zu kämpfen.«

»Das machst du gut, Brady. Was willst du sonst noch sagen?«

»Alle, die hier nach den Diamanten suchen, ihr müsst abhauen. Wenn ihr bleibt, wird der Mann, der mich zu dem hier gezwungen hat, euch finden. Er wird bleiben, bis alle weg sind. Er meint es ernst. Er will, dass ihr das wisst.«

Der Junge hörte auf zu reden. Keine Lippenbewegungen, keine Laute mehr. Er starrte in die Kamera. Aus zwei Metern Entfernung bringt eine Kugel den sicheren Tod. Der Weg ins Ziel, kein Bruchteil einer Sekunde. Weder weiteten sich seine Augen. Noch wirkte er überrascht. Oder verängstigt. Dekker starrte in die Kamera. Dann explodierte sein Gesicht. Dann war er weg.

24

Das Gefängnis von Wentworth lag dreißig Meilen von Springfield entfernt auf einer Schäre, die in die Horsehead Bay hineinragte. Es war in den späten Dreißigerjahren erbaut worden, als Banditen und Gangsterbanden, die die Northern Divide während der Großen Depression unsicher gemacht hatten, in großer Zahl verhaftet wurden, Opfer einer Invasion von Polizeibeamten und besserer Telefonverbindungen. Da es nirgendwo ein Gefängnis gab, das der Bevölkerung sicher genug erschien, errichtete man Wentworth.

Und zwar ohne jedwede Rücksichtnahme auf Rehabilitation, Wohnlichkeit oder Ästhetik. Die Hässlichkeit war Programm und beabsichtigt. Zwei Ringmauern aus Zement und Ziegeln. Zwölf Wachtürme mit Schießscharten. Stacheldraht auf der äußeren und inneren Mauer. Was immer nötig war, um Ma Racines vier Söhne, die Cherry Hill Gang, Alvin Karpis und eine Heerschar von Shiners hinter Schloss und Riegel zu halten.

Ein junger Justizvollzugsbeamter, der Tyler Lawson kannte, holte ihn am Eingangstor ab.

»Guten Morgen, Mr. Lawson. Sie besuchen Mr. Morrissey?«

»Genau, Dan.« Er überreichte ihm seinen Führerschein. Der Beamte schrieb die Informationen auf einen Zettel an seinem Clipboard.

»Es ist ziemlich voll heute Morgen. Geben Sie François Ihre Schlüssel, dann schiebt er Sie dazwischen.«

»Danke.« Lawson steckte seinen Führerschein wieder ein. Als Strafverteidiger durfte er seine Mandanten jederzeit besuchen, aber Morrissey hatte ihn am Dienstag, dem Besuchertag, einbestellt, und so war er hier. Weil die Wachen viel mit den anderen Besuchern zu tun hatten, würde alles länger dauern, aber er beschwerte sich nicht.

Er händigte dem Beamten in der Wachkabine am zweiten Tor seine Schlüssel aus. Hier gab es einen Schlagbaum, der für Dienstfahrzeuge geöffnet wurde, und einen Tunnel für Fußgänger. Er musste sich an die Wand stellen, wurde abgetastet und musste drei Metalldetektoren passieren, bevor er die Besucherräume im Westflügel des Gefängnisses betreten konnte.

Lawson hatte eine Telefonkonferenz beantragt und wurde deshalb in einen privaten Besprechungsraum geführt, nicht in eine der Kabinen im Besucherraum. Auch hier war er von seinem Mandanten durch eine Plexiglasscheibe getrennt, aber auf beiden Seiten der Scheibe standen Tische, auf denen man Dokumente ausbreiten konnte, und an der Decke hingen Lautsprecher. Die Wände waren schmuddelig weiß und nikotingefärbt aus der Zeit, als Rauchen noch erlaubt gewesen war, was etwa zwei Jahrzehnte her sein musste. Verglichen mit dem Rest von Wentworth sah es hier fröhlich aus.

Lawson musste fast zwanzig Minuten warten, bis Sean Morrissey zugeführt wurde. Auch das lag am Besuchertag, sonst hätte es keine zehn Minuten gedauert. Auf der anderen Seite der Plexiglasscheibe ging eine Tür auf, und Morrissey trat ein.

Er war Mitte vierzig, das Haar grau gesprenkelt, Kinn und Hals waren etwas schlaff. Aber nicht viel Grau und nicht sehr schlaff. *Bestimmt stemmt er jeden Tag Gewichte,* dachte Lawson und betrachtete beeindruckt die kräftigen Arme und den muskulösen Nacken. Morrissey trug einen orangen Overall und weiße Sneakers, die Ärmel waren hochgekrempelt, sodass das tätowierte Keltenkreuz sowie Schlangen, Engel und Kobolde zu sehen waren.

Seine Hände waren hinter dem Rücken gefesselt, und der Wärter, der hinter ihm eingetreten war, warf eine Akte auf den Tisch und zeigte auf den Stuhl. Morrissey stellte sich neben den Stuhl, der

Wärter nahm ihm die Handschellen ab, er setzte sich und rieb sich die Handgelenke. Der Wärter, älter als die meisten Angestellten in Wentworth, drückte auf einen Knopf an dem an der Wand angebrachten Lautsprecher und sagte: »Hören Sie mich, Mr. Lawson?«

»Ja.«

»Wir haben die Telefonkonferenz für elf Uhr anberaumt, stimmt das?«

»Das stimmt.«

»Sie haben so was schon mal gemacht?«

»Ja.«

»Sie brauchen das Telefon nicht zu benutzen«, sagte der Wärter, als hätte Lawson nicht geantwortet. »Der Anruf wird auf die Lautsprecher gelegt. Die sind bereits an, Mr. Lawson, Sie können also mit Ihrem Mandanten reden, während Sie warten. Die Person, die wir für Sie anrufen, ist Alison Demers, Anwältin in der Kanzlei Lawson and Associates. Die Telefonnummer lautet 592-737-5549. Ist das korrekt?«

»Ja.«

»Sie haben die Gefängnisleitung darüber informiert, dass Ms. Demers Mr. Morrissey vertritt und dies ein vertraulicher Anruf ist. Hat sich daran etwas geändert?«

»Nein.«

»In dem Fall wird die Telefonkonferenz weder von der Justizbehörde noch einer anderen Regierungsbehörde überwacht. Sobald Ihre Kollegin den Anruf beendet, erlischt Mr. Morrisseys Vertraulichkeitsprivileg für Telefonate von außen. Haben Sie das verstanden?«

»Ja.«

»Wenn wir Ms. Demers erreicht haben, wird der Anruf in diesen Raum weitergeleitet. Sprechen Sie wie bei jeder normalen Konferenz. Noch mal, Sie brauchen das Telefon nicht zu benutzen.«

Lawson nickte, und der Wärter verließ den Raum. Morrissey sah ihm nach. Dann wandte er sich Lawson zu, lächelte und sagte: »Tyler, schön, dass du gekommen bist.«

»Danke für die Einladung.«

Die beiden Männer lachten, und Lawson öffnete seine Tasche, zog einige Akten heraus und breitete sie auf dem Tisch aus. Morrissey tat das Gleiche mit dem Inhalt der Akte, die der Wärter auf den Tisch gelegt hatte. Sie betrachteten die Papiere und schwiegen. Ein paar Minuten später erklang die Stimme einer Frau: »Tyler, bist du da?«

»Hi, Alison, ich bin hier. Mr. Morrissey ist auch da.«

»Hallo, Sean.«

»Hallo, Alison.«

»Wenn du die Akten dahast, Alison, können wir gleich loslegen.«

»Sie liegen vor mir, Tyler. Möchtest du mit den Entlassungsbedingungen anfangen, die die Justiz Sean auferlegen will? Was die vorschlagen, ist absolut drakonisch.«

»Ja, lass uns damit anfangen.«

Alison Demers begann, E-Mails vorzulesen, die die Justizbehörde an ihre Kanzlei geschickt hatte. Lawson schaute auf die Uhr. Er hatte sich die Rechtsprechung angesehen, und es gab einen Fall in British Columbia, bei dem die Regierung versucht hatte, ein vertrauliches Telefonat aus dem Gefängnis als Beweismittel in einem Strafprozess vorzubringen, mit dem Argument, die Polizei hätte die ersten vier Minuten versehentlich aufgenommen – in anderen Worten, ohne böse Absicht – und der Inhalt des Telefonats zeige deutlich, dass der Anwalt genauso ein Verbrecher sei wie sein Mandant, weswegen die anwaltliche Vertraulichkeit aufgehoben werden sollte.

Fast wären sie damit durchgekommen. Was den Anwalt gerettet hatte, war die Einschätzung eines Berufungsrichters, dass vier Minuten zu lang waren, um als echter Irrtum durchzugehen. Das hatte den Präzedenzfall gesetzt. Lawson gab zur Sicherheit fünf Minuten, dann sagte er: »Ich glaube, das reicht, Alison. Ist Mr. Bangles anwesend?«

»Ist er.«

»Und er weiß, dass er erst sprechen darf, wenn du den Raum verlassen hast? Kannst du das bestätigen?«

»Wir haben es besprochen, Tyler. Er weiß Bescheid.«

»Los geht's.«

Lawson ging zu dem Lautsprecher an der Wand und drehte die Lautstärke auf null. Er kehrte zum Tisch zurück, zog weitere Papiere aus seiner Tasche und begann zu lesen.

Los geht's? Seit wann redete er so?

· · ·

»Sean, bist du da?«

»Bobby, schön, dich zu hören.«

»Dich auch, Sean.«

Morrissey lehnte sich zurück. Er verschränkte die Hände hinter seinem Rücken, die Bizepse spannten sich an.

»Du hast gesagt, es wäre dringend, Bobby. Was ist los?«

»Die Popeyes haben einen Angriff gestartet. Sie wollten sich das Mädchen schnappen.«

»Wegen dem Diamanten, den du ihr gegeben hast.«

»Ja.«

»Das war ein Fehler.«

»Nein. Der Fehler war, sich das Mädchen schnappen zu wollen.«

»Du hast sie zur Zielscheibe gemacht, Bobby. Das ist eine Komplikation, die wir nicht brauchen können.«

»Ich sehe keine Komplikation. Die wollen an dich ran. Wir hauen ihnen auf die Finger.«

Morrissey lachte. Legte die Hände auf den Tisch, drückte leicht, als würde er Mini-Liegestütze machen, und schob Papiere hin und her. »Gib mir mal den Lagebericht«, sagte er.

Bangles begann mit dem Anschlag auf Grace Dumont und berichtete dann, dass das Grainger Hotel ausgebucht und an der Mission Road eine Art Goldgräberlager entstanden sei und täglich noch mehr Leute anreisten. Es sei eine Karte online, und jetzt gebe es kein Halten mehr, alle wären außer Rand und Band, und wahrscheinlich hatten die Popeyes es deswegen auf das Mädchen abgesehen gehabt, weil sie fürchteten, die ganze Sache könnte schnell den Bach runtergehen. Dann erzählte er von dem YouTube-Video.

»Dann ist er also hier.«

»Er ist die ganze Zeit hier gewesen, Sean. Und hat wegen der vielen Menschen an der Mission Road etwas unternehmen müssen. Er wartet auf dich.«

Sean Morrissey dachte an das letzte Telefonat, das er mit Cambino Cortez geführt hatte, am Morgen nach dem Raubüberfall, als er angerufen hatte, um die Aufteilung der Diamanten zu organisieren, und Cambino so beiläufig, als würde er einen Kaffee bestellen, erwidert hatte, dass er alle Diamanten behalten müsse. Es wäre ein Schatz aus dem Boden, und Morrissey hätte kein Recht darauf. Das hatte er gesagt. Irgendein Irrsinn, dem Morrissey nicht folgen konnte.

»Er will aufräumen, bevor ich entlassen werde«, sagte er.

»Sieht ganz so aus. Er wird nicht in deine Nähe kommen, Sean, das verspreche ich dir.«

»Ein paar von den Leuten, mit denen wir Geschäfte machen, halten ihn für einen Dämon, Bobby. Für einen Geist, den man nie zu fassen kriegt.«

»Dämonen begegnet man nur auf der anderen Seite, Sean. Hier auf dieser Seite sind *wir* die Dämonen. Ich habe schon eine Idee, was wir gegen ihn unternehmen können. Und gegen die Popeyes.«

Morrissey sah sich um, betrachtete Tyler Lawson hinter der

Plexiglasscheibe, die schmutzigweiße Wand, den Lautsprecher, der mit einem kräftigen Käfig gesichert war, den am Boden festgeschraubten Tisch, an dem er saß. Schließlich sagte er: »Leg los, ich höre.«

• • •

Tyler Lawson saß in einem stillen Raum mit einer Tür, die er nicht öffnen konnte, einem Mann gegenüber, den er nicht berühren konnte, und fürchtete sich davor, menschliche Stimmen zu hören, denn jedes mitgehörte Wort würde wahrscheinlich ein schlechtes Ende für ihn bedeuten. Die Szenerie kam ihm vor wie ein Albtraum, allerdings galt das inzwischen für den Großteil seines Lebens, vielleicht hieß es also nichts. Doch die besondere Absurdität dieser speziellen Situation ließ sich nicht verdrängen – ein stummer Anwalt in einem stillen Raum.

Er nahm einige Papiere vom Tisch und lächelte für die Kamera.

• • •

»Kein schlechter Plan«, sagte Morrissey. »Die Feinde aufeinander zu hetzen. Ja, ein guter Plan. Aber ich werde dich brauchen, Bobby, wenn ich hier rauskomme. Vielleicht sollten wir warten.«

»Ich glaube nicht, dass das geht. Die Popeyes sind bestimmt nicht die Einzigen, die von Grace Dumont wissen. Draußen an der Mission Road stehen schon über hundert Zelte, und jeden Tag kommen neue dazu. Und Linus Desjardins ist auch in Springfield gewesen. Hat sich mit dem Polackencop getroffen, der dich verhaftet hat. Warum, wissen wir nicht.«

»Yakabuski?«

»Ja, der.«

»Wann war das?«

»Vorgestern. Private Unterredung. Unter der North Shore Bridge. Die Mutter von dem Mädchen war auch dabei.«

»Was zum Teufel haben die vor?«

»Wer weiß? Das meine ich ja, Sean. Die Sache kann jederzeit hochgehen und uns um die Ohren fliegen.«

»Die Cops sind immer noch an der Mission Road? Und suchen nirgendwo anders?«

»Soweit wir wissen, nicht. Aber, Sean – was soll's? Ich hab langsam die Nase voll davon, Feuerwehr zu spielen und mich darum zu kümmern, was die anderen treiben. Ich finde, wir sollten die Leute dran erinnern, wer hier das Sagen hat.«

»Was du vorschlägst, ist verrückt, Bobby. Und dann willst du das auch noch im Alleingang durchziehen. Das ist mehr als verrückt.«

»Genau das werden die auch denken. Deswegen wird es funktionieren. Aber wir müssen jetzt aktiv werden, Sean, bevor alles noch komplizierter wird.«

Morrissey dachte eine Weile nach und sagte dann: »Genau das hätte dein Onkel auch gesagt.«

»Tommy? Fuck, der hätte längst gehandelt.«

25

Die Leute verließen das Schatzsucherlager. Als Yakabuski am Morgen dort ankam, hörte er das Klicken von Zeltstangen, die auseinandergenommen wurden, und sah bunte Nylonplanen ausgebreitet im Schlamm liegen, bereit, zusammengerollt und in Säcken verstaut zu werden. Bevor das YouTube-Video aus dem Netz genommen werden konnte, hatte es noch die Runde gemacht.

Auf dem Parkplatz wurden Motoren angelassen, Menschen umarmten sich. Vor allem Familien, die ihre Kinder in Sicherheit bringen wollten. Es regnete. Yakabuski wusste, wie es war, im Regen ein Zelt abzubauen. Man tat alles, um nicht selbst durchgeweicht zu werden, die Ausrüstung nicht nass werden zu lassen, die Schlafsäcke zu schützen, alles vergebliche Liebesmüh. Manche nahmen es hin. Die meisten nicht. Ein Zelt im strömenden Regen abzubauen war aus vielen Gründen ein trübsinniges Unterfangen.

Gegen Mittag waren die Familien weg. Auch die Rentner reisten ab, was Yakabuski nicht überraschte. Mit dem Alter wurde man vorsichtiger. Nicht, weil man behäbiger wurde, wie er früher gedacht hatte. Inzwischen war er alt genug, es besser zu wissen. Die meisten Rentner waren noch sehr rüstig. Es war eher so, dass sie nachrechneten und nicht sicher waren, ob die ihnen verbleibenden Jahre reichten, um eine weitere schlechte Entscheidung auszumerzen. Also hielten sie sich die Hintertür offen. Und gingen Ärger aus dem Weg, weil sie ahnten, dass sie mit den Folgen wahrscheinlich nicht mehr fertig werden würden.

In einer vernünftigen Welt hätte das Video wohl jeden verschreckt. Aber Yakabuski war klar, dass viele trotzdem bleiben würden. Die Habgierigen, deren Lebenssinn nur noch in der Suche nach den Diamanten lag. Und die Jungen, die überzeugt waren, dass das Schicksal der vier Studenten aus Vermont nichts mit ihnen zu tun hatte. Auch die vielen Verzweifelten würde bleiben, die sich einredeten, dass die Diamanten ihre letzte Chance auf ein besseres Leben wären. Ein seltsamer Glaube, wenn man in einem nassen Zelt auf einem Parkplatz an der Northern Divide lag, aber Yakabuski wusste, dass die Verzweifelten die Welt nie so sahen, wie sie war.

Er hielt die tägliche Lagebesprechung mit dem Ident-Sergeant ab. Sie hatten bereits zwei Meilen zurückgelegt, bis zum Rand des Suchgebiets blieb noch eine Meile. Zwei Meilen weiter lag das La Vase Basin, wo jetzt weitere Polizisten suchten, und als der Sergeant fragte, ob die Leichen der vier Studenten gefunden worden seien, musste Yakabuski verneinen. Der Sergeant schüttelte traurig den Kopf.

»Diese Jungs hätten die Diamanten niemals gefunden«, sagte er. »Sie waren nicht mal ansatzweise in der richtigen Gegend. Zwei Meilen zu weit draußen.«

Er sprach, als würde das ihren Tod irgendwie noch trauriger machen, noch sinnloser. Yakabuski war nicht sicher, ob es wirklich einen Unterschied gab. Wenn man für Soldaten, die in sinnlosen Kriegen ihr Leben lassen mussten, mehr Tränen vergoss als für andere Gefallene, würde man nie wieder aufhören zu weinen.

»Wir haben ihren ATV aufgefunden«, sagte Yakabuski. »Von den Jungs keine Spur.«

»So weit weg können sie doch nicht sein.«

»Schwer zu sagen. Der Mörder weiß, wie man Leichen verschwinden lässt.«

»Und noch dazu in einem Meer aus Schlamm.«

»Genau.«

Er wanderte weiter zu der Stelle, wo die Suchteams bei der Arbeit waren und sich alle Mühe gaben, eine ordentliche Rastersuche durchzuführen. Es war unmöglich, zwischen Bäumen und Schlamm und von Gletschern mitgerissenen Felsen in gerader Reihe zu gehen, manchmal stolperten sie und rempelten sich gegenseitig an. Hinter ihnen kamen zwei Ident-Cops, die den Boden mit Sonargeräten absuchten. Auf der anderen Seite des Pfads hielten Bodenexperten nach Anzeichen von Grabungen Ausschau und suchten die Bäume nach Seilen oder Flaschenzügen ab.

Newton hatte mit seinem Team und anderen Abteilungen viele Besprechungen abgehalten, um das erfolgversprechendste Vorgehen für die Suche nach den Diamanten abzustimmen, und dies war das Ergebnis. Yakabuski fiel auch nichts Besseres ein. Nur das hielt ihn davon ab, loszubrüllen oder auf irgendetwas eindreschen zu wollen, wenn ihm bewusst wurde, wie leicht die Diamanten zu übersehen waren. Aber irgendetwas mussten sie ja tun. Die Polizei wurde nicht dafür bezahlt, die Hände in die Taschen zu stecken und aufzugeben. Also suchten sie, und vielleicht hatten sie ja irgendwann Glück, aber mit jedem Tag wuchs in Yakabuski die Überzeugung, dass die Diamanten nicht von einem Streifenpolizisten auf Rastersuche gefunden werden würden. Sollten die Diamanten je wiederauftauchen, dann nicht so.

Zurück am Parkplatz sprach er erneut mit dem Ident-Sergeant. Sah sich noch einmal um. Die meisten verbliebenen Schatzsucher waren im Wald unterwegs, nur einer saß noch an seiner Kochstelle, trank Kaffee und schaute Yakabuski an.

Dann stand er auf, kam herüber, hob den Kaffeebecher und sagte: »Sie sind Yakabuski, stimmts?«

»Stimmt. Frank Yakabuski. Und Sie sind?«

»Tom Flanagan.«

»Suchen Sie heute gar nicht, Mr. Flanagan?«

»Ach, ich hab's nicht eilig. Wie lang geht das mit dem Regen noch weiter, glauben Sie?«

»Laut Wetterbericht zwei Tage. Kommt wohl hin.«

»Aber man kann nie wissen.«

»Man kann nie wissen.«

Der Mann lachte und trank einen Schluck Kaffee. Yakabuski schätzte ihn auf Anfang, Mitte vierzig, obwohl er älter aussah. Tiefe Furchen im Gesicht. Eine Nase, die mehrfach gebrochen war.

»Haben Sie das YouTube-Video gesehen, Mr. Flanagan?«

»Hab ich.«

»Viele reisen deswegen ab. Vielleicht sollten Sie das auch tun.«

»Kennen Sie den Kerl, der den Jungs das angetan hat?«

»Ja. Dem möchte man nicht begegnen.«

»Und er ist da draußen. An der Straße.«

»War er, ja. Etwa sechs Meilen von hier entfernt.«

»Wie viele Jungs wurden getötet?«

»Vier.«

Der Mann dachte nach. Dann trank er seinen Kaffee aus, schüttelte die letzten Tropfen ins Feuer, trat die Glut aus und schwang sich den Rucksack auf die Schultern.

»Sie gehen da raus?«

»Ja, denke schon. Vier sind nicht genug, um aufzuhören.«

26

Bangles belauerte das Clubhaus der Popeyes sechs Tage lang. Die ersten beiden Tage aus der Ferne, er ließ sich im Taxi ein paarmal vorbeifahren, aß zu Mittag in einem Diner an der Lacasse Street, einer Parallelstraße der Ladoucer, von wo aus man den Hinterhof des Clubhauses überblicken konnte. Zweimal spazierte er die Straße entlang, einmal hielt er direkt vor der Tür an, um sich die Schnürsenkel zu binden.

Am dritten Morgen bezog er Stellung auf dem Dach eines leer stehenden Lagerhauses neben dem Clubhaus. Er hatte Vorräte für vier Tage dabei, außerdem einen Bushnell-Feldstecher, einen Plastikeimer und einen Schlafsack. Ein Notizbuch oder einen Computer brauchte er nicht, sein Gedächtnis war hervorragend, Hilfsmittel überflüssig.

Auf dem Dach des Clubhauses stand etwas, das wie ein Wachhäuschen aussah, aber schon nach einem Tag wusste er, dass es nichts als eine Attrappe war. Das Häuschen stand immer leer. Die Werkstatt neben dem Clubhaus war ebenfalls so was wie eine Attrappe, tagsüber arbeiteten dort lediglich zwei alte Automechaniker und eine Rezeptionistin, nachts dagegen, etwa ab Mitternacht, herrschte Hochbetrieb.

Vier Männer wohnten durchgehend im Clubhaus, und nach zwei Tagen auf dem Dach hatte Bangles ihre Zimmer und den allgemeinen Wohnbereich ausgemacht. Die meisten Besucher kamen erst nach Sonnenuntergang, Stripperinnen und viele Männer in BMWs oder italienischen Sportwagen, auch ein paar Vollmitglieder der Popeyes, die normalerweise nach den Stripperinnen eintrafen. Tagsüber kamen weniger und andere Besucher: keine

Frauen, sondern wohlhabende Männer mittleren Alters in amerikanischen Mittelklassewagen, wie man sie normalerweise in der Springfielder Innenstadt in Anwaltskanzleien und Vorstandsbüros antraf.

Was Henri Lepine anging, so fand er sich jeden Morgen um kurz nach zehn ein und blieb bis zum Nachmittag. Dann kam er gegen Mitternacht wieder und hielt sich noch einmal zwei Stunden lang im Clubhaus auf. Damit hatte Bangles eine Wahl. Ein Angriff am Tag wäre einfacher. Weniger Leute, und die Männer, die dort wohnten, schienen sich um die Sicherheit nicht zu scheren. Sie verließen das Clubhaus sowohl tagsüber als auch nachts zu unvorhersehbaren und wechselnden Zeiten. Wenn er seinen Anschlag gut timte, würden sich weniger als ein halbes Dutzend Personen im Haus aufhalten.

Abends sah es anders aus. Ein Karneval der Meth-Junkies. Viele Menschen und viel Bewegung. In zwei Nächten war sogar ein Streifenwagen wiederholt am Haus vorbeigefahren.

Tag oder Nacht? Bangles überlegte. Wenn die Biker sich auch nur im Geringsten professionell verhalten hätten, wäre seine Entscheidung vielleicht anders ausgefallen, aber da seiner Überzeugung nach das Risiko ohnehin nicht groß war, beschloss er, ein deutliches Statement abzugeben. Schließlich basierte sein ganzer Plan darauf, warum also Vorsicht walten lassen?

Er wartete, bis die Sonne untergegangen war. Wartete, bis die Automechaniker und Nutten da waren, die reichen Sportwagenfahrer und die Vollmitglieder, und kletterte zwanzig Minuten nach Henri Lepines Eintreffen vom Dach des Lagerhauses herunter.

Er nahm aus seiner Reisetasche, was er benötigte, und versteckte sie hinter einer Mülltonne. Dann ging er auf die Eingangstür zu und drückte mehrere Sekunden lang auf die Klingel. Das rote Licht einer Überwachungskamera über der Tür begann zu blinken. Bangles schaut auf und lächelte. Drückte wieder den Klingelknopf.

»Schon gut, schon gut, verdammt, ganz schön ungeduldig. Wer zum Teufel bist du?«

Die Stimme eines Mannes. Aus einer kleinen Bose-Box neben der Kamera.

»Robert Bangles. Ich will mit Lepine reden.«

Sekunden verstrichen. Das rote Licht blinkte.

»Robert Bangles? Also Bobby Bangs, stimmts? Hab ich das richtig gehört?«

»Ich hab den Song nicht geschrieben. Sag Lepine, dass ich da bin.«

Jetzt klang die Stimme aus dem Lautsprecher verärgert. »Ich hab ja keine Ahnung, was zum Teufel du vorhast, Alter, aber du vergeudest meine Zeit. Weil, wenn du wirklich Bobby Bangs bist, bist du so gut wie tot. Wenn ich Lepine erzähle, dass du da bist, sagt er mir, dass ich dich abknallen soll. Wahrscheinlich sollte ich das gleich tun, schon weil du hier stehst.«

»Das wäre ein Fehler. Das, was ich zu sagen habe, dürfte Lepine sehr interessieren. Geh und sag ihm, dass ich da bin.«

»Du bist am Arsch. Scheißshiner.«

»Ein Shiner, ja, und zwar ein armer. Was ich ändern möchte.«

Wieder vergingen mehrere Sekunden, und als die Stimme sich wieder hören ließ, klang sie so selbstzufrieden, wie Bangles erwartet hatte. Der Türwächter hielt ihn jetzt für jemanden, der willens war, seinen Boss zu verraten, und wer illoyal war, der verdiente keinen Respekt mehr, erst recht nicht von denen, die von dem Verrat profitierten.

»Tja, Bobby Bangs, wer hätte das gedacht? Bleib da, ich hole Lepine.«

»Ich würde lieber drinnen warten.«

»Ja, kann ich mir denken.«

Ein lautes Klicken. Bangles legte die Hand auf den altmodischen Türknauf und stellte fest, dass er sich leicht drehen ließ.

Dann schob er die Tür ein kleines Stück auf, sodass sie fast noch den Rahmen berührte, und trat zurück.

Er hatte überlegt, ob er in der Lobby warten sollte, bis jemand ihn nach oben zu Lepine brachte. So würde er einen Eindruck vom Grundriss des Erdgeschosses bekommen.

Aber den kannte er schon.

Er knöpfte seinen Mantel auf, zog den Waffengurt zurecht, nahm zwei Glock-17-Pistolen aus den Manteltaschen und trat gegen die Tür.

• • •

Wider Erwarten stand niemand dahinter. Bangles schaute sich alarmiert um und sah dann einen Mann auf dem Absatz einer Wendeltreppe sitzen. Als er aufstehen wollte, schoss Bangles ihm zwei Kugeln ins Gesicht. Die beiden Frauen, die bei ihm saßen, sprangen auf, und Bangles legte beide um, erst die Kleine mit den blonden Stachelhaaren, dann die große Brünette.

Gleichzeitig feuerte er mit der Glock in der linken Hand blind ins Wohnzimmer hinein, aus dem Geräusche zu hören waren. Eine weitere Brünette rutschte an der Wohnzimmerwand herunter und hinterließ Blutschlieren. Ein Mann sprang von der Couch auf. Idiot. Während er noch versuchte, seine Hose hochzuziehen, jagte Bangles ihm zwei Kugeln in den Schädel, woraufhin er wieder auf die Couch sackte und die Hose ihm über die Knöchel rutschte.

Als im Wohnzimmer und auf der Treppe die Luft rein war, streifte Bangles den Mantel ab, zog die Uzi aus dem Waffengurt und feuerte zwei Salven in die Luft, damit niemand oben es wagen würde, die Treppe runterzukommen. Dann hörte er ein Geräusch aus einer anderen Richtung und stürmte in die Küche, wo sich der einzige andere Ausgang befand. Bangles musste verhindern, dass jemand fliehen konnte.

Und tatsächlich wollten gerade zwei Biker durch die Küchentür türmen; ein Riese, der den Weg versperrte, und ein anderer, der versuchte, über den Rücken des Riesen zu klettern. Bangles erschoss beide mit einer einzigen Salve aus der Uzi. Sozusagen zwei Fliegen mit einer Klappe. Er lächelte, verließ die Küche und kehrte zurück in die Lobby.

Er zählte die Treppenstufen und rechnete aus, dass es vom Absatz bis in den ersten Stock etwa drei Meter siebzig sein mussten. Er würde nach oben nur wenige Sekunden brauchen. Mehr als genug.

Er ging zu seinem auf dem Boden liegenden Mantel, nahm zwei Blendgranaten aus der Innentasche und kehrte zur Treppe zurück. Als er die erste gerade werfen wollte, kam ihm eine Idee. Eine irre Idee. Die niemals funktionieren würde und keinen Sinn ergab, aber je mehr er darüber nachdachte, desto irrer erschien es ihm, sie nicht auszuprobieren. Man konnte nie wissen.

Er zählte kurz nach und brüllte dann: »Hier unten liegen sieben Tote. Keiner konnte fliehen. Die Kavallerie wird nicht kommen. Ich bin nur wegen Lepine hier. Das hier unten ließ sich nicht vermeiden, aber jetzt muss keiner mehr sterben. Wer rauswill, kann gehen. Nur Lepine muss bleiben.«

Irre. Niemand würde bei einem einzelnen Angreifer eine gute Verteidigungsposition aufgeben. Er verschwendete seine Zeit. Er wog eine der Blendgranaten in der Hand, schätzte noch einmal die Höhe ab und hörte in dem Moment im ersten Stock eine Tür aufgehen. Ein Mann und eine Frau kamen schreiend aus einem Schlafzimmer gerannt, die Hände erhoben, der Mann vorneweg.

Sie rannten die Treppe hinunter, an Bangles vorbei, hielten dann inne und stützten keuchend die Hände auf die Knie. Der Mann war mittleren Alters und trug ein Toupet, wie, als er vornübergebeugt stand, leicht zu erkennen war. Die Frau war eine Stripperin, die Bangles schon ein paarmal im Silver Dollar gesehen hatte.

»Danke, vielen Dank. Wir wollten nur Drogen kaufen«, sagte der Mann. »Wir wissen gar nichts und sind schon so was von weg, dass ich nicht mal dein Gesicht gesehen hab, Bro.«

Bangles zog eine der Glocks aus dem Hosenbund seiner Jeans und schoss dem Mann durchs Toupet. Bevor die Frau schreien konnte, knallte er auch sie ab, sie hatte den Kopf gehoben und sah ihn an, eine Reaktion auf die erste Kugel, ohne wirkliches Bewusstsein von dem, was gerade geschah.

Bangles betrachtete die beiden Leichen und schüttelte erstaunt den Kopf. Es stimmte. *Man konnte nie wissen.*

Er schob die Ohrstöpsel noch ein wenig tiefer in seine Ohren, zog die Sicherungssplints der Blendgranaten und warf beide hoch in das obere Stockwerk. Er war ziemlich sicher, dass sich im vorderen Schlafzimmer niemand mehr aufhielt. Der Lärm der Explosion war schmerzhaft, aber erträglich, und er brauchte keine drei Sekunden für die Treppe. Seinen Berechnungen nach konnten nicht mehr als vier Männer übrig sein, inklusive Lepine. Wenn die komplett bescheuert waren – sehr gut möglich –, hatten sie sich alle im hinteren Büro verbarrikadiert, allerdings war es auch möglich, dass sich ein oder zwei im Wachraum befanden und nur Lepine plus einer im Büro. Ein Wachraum *im ersten Stock.* Bangles konnte es nicht glauben.

In ein paar Sekunden würden die Biker sich von den Blendgranaten erholt haben, kapieren, dass er allein im Flur stand und aus dem Wachraum stürmen. Bangles hatte nicht vor zu warten. Er legte die Uzi an und feuerte durch die Wand. Auf Brusthöhe. Die Kugeln flogen durch Latten und Gipsmörtel wie durch Butter. Er hörte Schreie und schwere Gegenstände rumpelnd zu Boden fallen, irgendetwas, vielleicht ein zerschossenes Telefon, klingelte wie verrückt, Papier flog durch die Luft, es klang wie die Flügel eines großen Vogels, der dicht an einem vorbeirauschte.

Bangles feuerte eine zweite Salve auf Kniehöhe und hörte weiteres Geschrei, dann ging am Ende des Flurs die Tür auf, und er schoss auch darauf, alles geschah jetzt ganz schnell, verschwamm, die Schwerkraft war aufgehoben. War das da ein Mann, der durch die offene Tür rückwärts ins Büro kippte, ein rotes Band flatterte hinter seinem Kopf, Arme und Beine bildeten ein X? Der Rauch war so dicht, dass Bangles es nicht genau erkennen konnte.

Er lief auf das Büro zu. Drehte sich von links nach rechts, die Uzi immer auf zwölf Uhr haltend. Feuerte eine Salve durch die offene Tür, ließ sich fallen und rollte ins Büro hinein. Sprang auf, aber ohne zu schießen. Vor ihm stand Henri Lepine, hielt ebenfalls ein Sturmgewehr in der Hand, feuerte ebenfalls nicht.

Eine Sekunde lang starrten die beiden Männer einander an. Dann sicherte Bangles seine Waffe, setzte sich auf einen unbeschädigten Stuhl und sagte: »Lepine, ruf Papa an.«

27

Die Stimme klang ungläubig. »Was ist passiert?«

»Sie sind alle tot, Papa. Wie viele, weiß ich nicht«, erwiderte Henri Lepine.

»Und er steht bei dir im Büro? Vor deinen Augen? Warum bringst du den Hurensohn nicht um?«

»Papa, bitte …«

»*Bitte?* Du sitzt auf meinem Scheißsessel, du sprichst in meinem Scheißnamen, du hast gerade einfach einen Angreifer mein Scheißclubhaus stürmen lassen, und jetzt sagst du *bitte*, scheiße noch mal? An deiner Stelle, Lepine, würde ich verdammt noch mal …«

Henri Lepine schloss die Augen und tat so, als würde er nicht hören, was Papa Paquette an seiner Stelle tun würde. Er war schon froh, dass Papa ans Telefon gegangen war. Hätte er das Risiko nicht auf sich genommen, wäre Lepine vermutlich schon tot.

Er wartete eine Pause in den Todesdrohungen ab und warf dann hastig ein: »Es ist Bobby Bangs.«

Ein paar Sekunden lang herrschte Schweigen. »Was hast du gerade gesagt?«

»Ich hab gesagt, es ist Bobby Bangs. Der Angreifer.«

»Und er steht neben dir?«

»Ja. Er will mit dir reden.«

Lepine gab Bangles den Hörer. Stand dann ratlos da und überlegte, was er tun sollte. Hinsetzen wollte er sich nicht. Und einfach gehen konnte er sicher auch nicht. Bangles hielt sich den Hörer ans Ohr und sagte: »Papa.«

»Spricht da wirklich Bobby Bangs, der Hurensohn?«

»Ich hab den Song nicht geschrieben. Ich heiße Roberts Bangles.«

»Wie auch immer du heißt, du bist tot. Hast du verstanden?«

»Zwölf.«

»Was?«

»Zwölf. Das ist die Zahl, die Lepine nicht wusste. Zwölf Leichen in deinem Clubhaus. Und du drohst, mich umzubringen? Das finde ich saukomisch.«

»Du durchgedrehtes Arschloch. Wenn ich dich in die Finger kriege ...«

»Dann muss ich dich töten, Papa. Ich habe mir viel Mühe gegeben, um deine Aufmerksamkeit zu erlangen. Vielleicht solltest du dir anhören, was ich zu sagen habe.«

»Deine letzten Worte? Nur zu. Ich höre.«

»Ich bin hier, um dir einen Deal anzubieten. Du kannst Sean die Diamanten nicht abnehmen. Das habe ich dir gerade bewiesen. Aber du kannst welche abbekommen. Durch eine Dienstleistung. Für die dir Sean fünfzehn Prozent des Nettowerts der Diamanten zahlt. Wir rechnen mit sechzig Prozent des Marktwerts.«

»Sechzig Prozent? Glaubst du echt, das kriegt ihr? Für so heiße Ware?«

»Die Diamanten können nicht nachverfolgt werden, wie du weißt. Sobald sie Springfield verlassen haben, ist das kein Problem mehr. Ja, wir gehen von sechzig Prozent aus.«

Am anderen Ende der Leitung herrschte Schweigen, und Bangles wusste, womit Paquette beschäftigt war. Er wartete einige Sekunden und sagte: »Einhundertacht Millionen Dollar. Aufgerundet auf hundertzehn. Das ist dein Honorar.«

»Nicht das Gleiche wie eins Komma zwei Milliarden, Kumpel. Sean hätte das Ding mit uns durchziehen sollen. Wir machen schon seit Jahren Geschäfte. Es war respektlos, uns nicht einzubeziehen.«

»Es war sein Ding, Papa. Und du warst respektlos, als du dir das Mädchen holen wolltest. Mach das nicht wieder. Du solltest den

Deal annehmen. Einhundertzehn Millionen sind auch was anderes als zwölf Tote und nichts dafür.«

»Du ziehst einen Stunt in meinem Clubhaus, *meinem* Scheißclubhaus ab, und jetzt sollen wir Geschäftspartner werden?«

»Ja. Und für hundertzehn Millionen solltest du dich am Riemen reißen können. Das alles kann heute Abend vorbei sein. Sean gibt dir sein Wort darauf. Es muss nicht in einen Krieg ausarten. Du wolltest ihm schaden und hast eins auf die Mütze bekommen. Mehr muss daraus nicht werden. Ich biete dir eine Gelegenheit, eine peinliche Lage in bare Münze zu verwandeln.«

»Und wen sollen wir dafür umbringen? Darum geht's doch, oder?«

»Jemanden, der leider schwer zu fassen ist.«

»Den irren Mexikaner.«

»Ja.«

»Macht sich Sean solche Sorgen wegen dem Typen?«

»Er ist nicht besorgt. Er ist vorausschauend. Wenn ihr den Typen ausschalten könnt, ist ihm das hundertzehn Mille wert. Aber wenn du meinst, du kriegst das nicht hin, dann erschieße ich jetzt Lepine und verschwinde.«

Papa lachte. Lepine starrte Bangles finster an, sagte aber nichts. »Du bist ein echt irrer Motherfucker«, sagte Papa. »Ich hab schon deinen Onkel für irre gehalten, aber möglicherweise übertriffst du den alten Tommy noch.«

»Verrückter als Tommy ist keiner. Haben wir einen Deal?«

»Weißt du überhaupt, wo der Scheißkerl steckt?«

»Zuletzt irgendwo an der Mission Road.«

• • •

Am nächsten Tag wickelte man die Leichen in Schlafsäcke und trug sie in die Werkstatt. Die Entsorgung dauerte eine ganze Woche. Die Toten wurden in Minivans abtransportiert und mit

Gewichten an den Fußgelenken unterhalb der Kettle Falls in den Fluss geworfen. Natürlich ohne die Schlafsäcke, weil die Popeyes wussten, dass die Füllung Auftrieb gab. So was lernte man mit den Jahren.

Die Minivans wurden auf einem Schrottplatz nahe Buckham's Bay entsorgt, und das Clubhaus wurde von einer Baufirma renoviert, deren Chef Mitglied war. Niemand fragte nach den toten Bikern. Auch nicht nach den Frauen. Der Mann, der nur Drogen hatte kaufen wollen, wurde drei Tage später von seiner Ex-Frau als vermisst gemeldet, und die Presse berichtete eine Weile darüber – einen Monat nach seinem Verschwinden lief sogar ein Fernsehbeitrag mit Jahrbuchfotos und einem Interview mit seinen noch jungen Töchtern, die über das Verschwinden ihres Vaters gleichzeitig traurig und verlegen wirkten. Danach kam nichts mehr.

Und so war es vorbei. In der ersten Aprilwoche machten sich die Popeyes auf die Suche nach Cambino.

28

Eine Woche später wurde Jason McAllisters Leiche gefunden. Yakabuski befand sich gerade im Schatzsucherlager an der Mission Road, als ein Polizeikollege anrief, ihn über den Fund informierte und ihm ausrichtete, dass Inspector Newton ihn schnellstmöglich vor Ort sehen wollte.

»Wo genau ist das?«, fragte Yakabuski, schüttelte dann den Kopf, steckte das Handy ein und machte sich auf den Weg. Es regnete leicht, aber in diesem Waldgebiet standen die Fichten so dicht, dass die Tropfen es kaum bis auf den Boden schafften. Er sprang von Stein zu Stein, wich Schlammlachen aus und bog nach einer halben Meile auf einen Rundweg ab, der zum McGregor Lake führte. Am Ufer des Sees kniete Fraser Newton neben einem großen, glatt geschliffenen Felsen.

»Im Ernst jetzt?«, sagte Yakabuski, als er ihn erreichte.

»Im Ernst«, erwiderte Newton und richtete sich auf.

»Eine halbe Meile von der Mission Road entfernt? Und nur ein kleines Stück außerhalb des Gebiets, das wir letzten Monat nach den Diamanten abgesucht haben?«

»Ja, leider.«

Yakabuski ging in die Hocke und betrachtete die Leiche. Sie steckte in einem Schlafsack, nur der Kopf schaute heraus. McAllister wirkte friedlich und entspannt, als hätte er sich eben erst hingelegt, wenn auch an einer seltsamen Stelle. In seinen Augen lag keine Panik, keine grauenvolle Vorahnung, die Pupillen waren in der Kälte nicht milchig geworden, sondern immer noch klar, und das Sonnenlicht brach sich in ihnen. Man konnte Jason McAllister eine ganze Weile ansehen, ohne den Axthieb zu bemerken, der seinen Hinterkopf gespalten hatte. Während Yakabuski die Leiche untersuchte, stand Newton hinter ihm. Der Himmel hatte die Farbe von ausgeblichenen Jeans, weiße Gänse zogen über ihn hinweg. Die wenigen Schäfchenwolken am Himmel sahen aus wie gezeichnet. An einem solchen Tag wollte man keine Leiche finden.

»Wie lang?«

»Wahrscheinlich, seit er vermisst gemeldet wurde. Ein paar Angler haben ihn heute Morgen entdeckt. Weil die Saison bald beginnt, wollten sie sich den See ansehen.«

»Wie konnten wir ihn übersehen?«

»Das ist ein gutes Versteck. Um den Felsen herum ist der Schnee erst spät geschmolzen. Und die Leiche war mit Benzin überschüttet worden. Jetzt riecht man nichts mehr davon, aber als sie hier abgelegt wurde, war sie getränkt mit dem Zeug.«

»Die Hunde hatten keine Chance.«

»Nichts als Gekläffe.«

Yakabuski betrachtete McAllisters friedliches Gesicht. Vor ein paar Tagen hatte er mit Jasons Mutter telefoniert, die jede Woche einmal anrief. Sie war Professorin für Mathematik an der University of Pennsylvania und hatte ihrem Sohn bei den Berechnungen für seine Online-Schatzkarte geholfen. Jetzt würde sie sich für alle Ewigkeit schuldig fühlen. Der Tod ihres Sohnes war das Einzige, das noch irgendeine Bedeutung hatte, bis sie selber sterben würde. Das gute Leben, das sie bisher geführt hatte, würde bald nur noch eine schmerzhafte Erinnerung sein, die man am besten verdrängte. Kein Richterspruch konnte das, was Yakabuski ihr mitteilen musste, jemals wiedergutmachen. Yakabuski schaute auf den See hinaus, der in der Mitte bereits frei war, am Ufer aber noch von einer breiten Eisschicht bedeckt. Vermutlich würde man zur Saisoneröffnung hier noch nicht angeln können. Eigentlich war das Ganze schon schlimm genug, aber es war noch nicht vorbei. Nach einer Weile drehte Yakabuski sich um und sagte: »Was kannst du mir über die zweite Leiche sagen?«

»Komm, ich zeig's dir.«

Sie gingen um den Felsen herum. Das Gesicht des zweiten Toten hatte nichts von der friedvollen Entrücktheit von Jason McAllister. Noch ein junger Mann, etwa im gleichen Alter, aber damit endeten die Übereinstimmungen. Die Leiche war mit schlecht gemachten Tätowierungen bedeckt, bis hoch zu den Wangenknochen; das Haar so kurz rasiert, dass man mit der Hand nicht über die scharfen Stoppeln streichen wollte. Und das Gesicht war entstellt. Eingeschlagen und zerschunden, trotzdem verrieten die Blutflecke auf dem Parka, dass nicht die Schläge den Tod herbeigeführt hatten.

»Er wurde erstochen?«

»Über ein Dutzend Mal, würde ich sagen.«

»Hast du schon mal zwei so unterschiedliche Leichen gesehen, Newt?«

»Nicht an ein und demselben Fundort.«

»Der eine wird verprügelt und gequält, der andere stirbt völlig sauber und schnell. Wissen wir, wer das hier ist?«

»Nein. Aber die Tätowierungen sollten bei der Identifizierung helfen. Wetten, dass Griffin bis heute Abend sein Verbrecherfoto findet?«

»Die Wette schlage ich aus.«

Newton stellte sich neben Yakabuski, gemeinsam betrachteten sie den See. Am gegenüberliegenden Ufer flatterten Meisenhäher um hohe Weißkiefern herum und bauten eifrig ihre Nester. Es war der erste Tag mit einem echten Hauch von Frühling, nicht nur eine eingebildete Hoffnung in den Köpfen der Menschen. Kein Tag, an dem man eine Leiche finden wollte, allerdings fiel Yakabuski auch kein geeigneterer Tag ein. Manche Gedanken waren Zeitverschwendung. *Reuige Gedanken erst recht*, dachte er.

»Komische Sache«, sagte Newton schließlich. »Ich stimme dir zu: Unterschiedlicher können Opfer kaum sein. Aber dass beide hier gefunden wurden, ist nie im Leben Zufall. Sie stehen in irgendeiner Verbindung.«

»D'accord. Vielleicht ist nicht der Mörder die Verbindung.«

»Wer sonst? Warum hierher zurückkommen, wenn man nicht schon den ersten Mord begangen hat?«

»Hierher zurückkommen? Was meinst du damit?«

»Das ist noch ein Unterschied, Yak. Dieser Mann wurde nicht an der Mission Road getötet. Er wurde hier abgelegt.«

»Bist du sicher?«

»Bis ich die Todesursache der beiden weiß, ist das erst mal das Einzige, von dem ich sicher bin.«

•••

Weil der Schlamm auf der Mission Road nichts anderes zuließ, wurden die Leichen auf Tragen aus dem Wald gebracht. Yakabuski blieb noch, bis die Toten in Krankenwagen lagen und die Fahrzeuge den Parkplatz verließen, ihr Blaulicht verblasste im Regen und verschwand hinter ein paar Fichten. Auf dem Weg zu seinem Jeep sah er Tom Flanagan, der auf dem Boden kniete und sein rotes Zelt zusammenrollte. Sein Rucksack lehnte an einer Zeder, daneben lagen ein grüner Müllbeutel und einige Seile. Flanagan trug keinen Hut, sein Haar war nass und fiel ihm in Strähnen ins Gesicht.

»Sie reisen ab, Mr. Flanagan?«

»Ja, ich denke schon.«

»Das überrascht mich. Ich hatte gedacht, Sie würden als Letzter gehen.«

»Bin ich auch fast. Oder sind Ihnen heute auf dem Pfad viele Leute begegnet?«

Yakabuski überlegte. Auf dem Weg zum Fundort hatte er wegen

des Regens die meiste Zeit den Kopf gesenkt, trotzdem entging ihm normalerweise wenig, und als er jetzt darüber nachdachte, fiel ihm auf, dass ihm niemand begegnet war.

»Wieso haben Sie sich umentschieden?«

»Hab ich gar nicht. Ich war immer bereit, bis zu einem gewissen Punkt zu gehen. Jetzt reicht's.«

»Diese Linie wollen Sie nicht überschreiten.«

»Das klingt zu bedeutsam. Die Lage hat sich geändert. Es ist einfach so weit.«

Flanagan schob das Zelt in einen Beutel und legte es oben auf seinen Rucksack. Er nahm den Müllbeutel und band alles mit den Seilen zusammen. Ohne Yakabuski anzusehen, sagte er: »Ich hab gesehen, dass sie zwei Leichen rausgeholt haben. Stimmt das?«

»Das stimmt.«

»Ja, Zeit abzuhauen.«

»Wegen der Toten? Bei vier Leichen haben Sie weitergesucht.«

»Vier sind nicht sechs, oder, Detective Yakabuski?«

Yakabuski sah ihm nach, als er den Parkplatz verließ und die Straße entlangwanderte, die die Krankenwagen genommen hatten. Er überlegte, ihn im Jeep nach Springfield mitzunehmen, wusste aber, dass Flanagan das Angebot ausschlagen würde. Flanagan passte auf sich auf, wie er es immer getan hatte, und Yakabuski vermutete, er würde sich in nächster Zeit von Menschen fernhalten, weil es besser so war.

Vier sind nicht sechs, dachte Yakabuski. Wohl wahr.

29

Cambino betrachtete sein Handy, das seit vier Monaten nicht geklingelt hatte, und fragte sich, wer das Schweigen beendete. Er tippte auf den Bildschirm und hörte einen Moment später eine männliche Stimme sagen: »Bist du da, alter Freund?«

»Papa.«

»Aaah, wie schön, deine Stimme zu hören. Sie weckt gute Erinnerungen. Ich war nicht sicher, ob du rangehen würdest.«

»Wieso rufst du an?«

»Direkt zum Punkt. So warst du schon immer. Ich plaudere ja gern am Telefon. Weißt du, woher ich anrufe?«

»Aus dem Gefängnis in Dorset.«

»Genau. Ich gehe ein großes Risiko ein, um mit dir zu sprechen, mein Freund. Wer mit einem Handy erwischt wird, dem blüht nichts Gutes … ich setze Jahre der Freiheit aufs Spiel, nur um dich anzurufen.«

»Ich verstehe, Papa. Bitte, sprich ganz offen.«

»Ich glaube, wir haben einen gemeinsamen Feind.«

»Den Shiner.«

»Ja, den Shiner. Er hat uns beide verraten.«

»Meine Angelegenheiten mit dem Shiner sind meine Angelegenheiten. Deine sind deine, Papa.«

»Da bin ich anderer Meinung. Ich glaube, wir können einander helfen.«

»Wie?«

»Du wirst nicht an ihn rankommen, mein Freund. Du wirst nicht mal in seine Nähe kommen. Er hat Bobby Bangs hergeholt und wird bei seiner Entlassung auf direktem Weg ins Silver Dollar fahren, und dann wirst du ihn nicht mehr zu Gesicht bekommen. Er wird einfach abwarten. Wie viele Jahre hast du?«

»Bobby Bangs? Aus Boston?«

»Genau. Sein Onkel war der beste Freund des Shiners. Und, mein Freund, du bist gut, du bist wirklich verdammt gut, aber Bobby Bangs und ein gut gesichertes Silver Dollar sind selbst für dich ein Problem.«

Cambino grinste höhnisch. »Du unterschätzt mich.«

»*Du* unterschätzt, wie hilfreich ich sein kann. Ich sorge dafür, dass dein Problem sich in Luft auflöst. Der Shiner rechnet damit, dass du Jagd auf ihn machst. Soweit ich weiß, scheißt er sich deswegen fast in die Hose. Aber uns hat er nicht auf dem Schirm. Wir waren an dem Überfall nicht beteiligt. Mit den Popeyes rechnet er nicht.«

»Bist du sicher? Ihr wolltet euch das Mädchen holen.«

Papa Paquette legte die Hand auf das Handy und hoffte, Cambino hatte sein scharfes Einatmen nicht gehört. *Also weiß er davon.* Das war die Schwachstelle in seinem Plan. Jetzt bloß nicht zögern und Cambino Anlass zum Grübeln geben. Er hatte seine Geschichte gut geprobt.

»Du meinst Grace Dumont. Das waren zwei Two-Patches-Typen im Alleingang«, sagte Paquette. »Ich habe Morrissey persönlich angerufen und ihm versprochen, dass er die beiden nie wiedersehen wird. Ich habe den Mord an meinen eigenen Männern in Auftrag gegeben. Morrissey glaubt, aus Respekt für das, was er am Flughafen abgezogen hat.«

»War es wirklich ein Alleingang?«

»Ist das nicht scheißegal? Morrissey glaubt es, und ich weiß, dass er es glaubt, weil wir ansonsten schon längst Besuch von Bobby Bangs bekommen hätten.«

Cambino schwieg eine Weile. Paquette hielt den Atem an. Erst als Cambino sagte: »Wie kannst du mir helfen?«, atmete er wieder aus.

»Aah, du hast es verstanden. Du bist schon immer ein kluges Köpfchen gewesen, mein Freund. Ich kann helfen, indem ich dir Morrissey bringe. Du kannst dir aussuchen, wohin. Wahrscheinlich musst du Bobby Bangs erledigen, aber das kriegst du hin.«

»Papa, ich fürchte, du sitzt schon zu lange hinter Gittern. Die Luft da drinnen vernebelt das Hirn. Wenn der Shiner vorhat, sich in seinem Nachtclub zu verbarrikadieren, dann wird ihn ein Popeye da nicht rauslocken.«

»Nein. Das machst du.«

Paquette begann zu lachen. Immer lauter, bis es wie heranziehendes Donnergrollen klang. Er keuchte und rang nach Luft, schließlich brachte er heraus: »Ich werde dem Shiner den gleichen Deal anbieten wie dir. Dein Kopf auf dem Silbertablett. Glaubst du nicht, dass ihn das aus dem Loch lockt, mein Freund?«

...

Cambino schaltete sein Telefon aus und fragte sich, ob es wahr sein konnte. Er lag nicht weit von der French Line entfernt bäuchlings am Nordufer des Springfield River im Wald, in der Nähe der Klippe, von der der Racine River neunzig Meter in die Tiefe rauschte. Der Wald bestand aus Zedern und Pappeln, weiter hinten standen Ahornbäume und Eichen, die ersten Blätter sprossen. Ein roter Granitfelsen bot ihm gute Deckung.

Mit dem Fernglas hatte er freie Sicht auf die Mission Road. Am Südufer standen weniger Laubbäume, zwischen den hohen Weißkiefern war der Pfad gut zu erkennen. Er sah das Le Vase Basin. Den Parkplatz am Anfang des Wanderpfads. Die beiden dort stehenden Polizeiwagen. Neben einem Jeep stand ein großer Cop mit langen Haaren.

Das gelbe Polizeiflatterband hing noch in den Ästen, aber es stieg kein Rauch mehr zwischen den Kiefern empor. Nirgendwo bunte Farbkleckse. Die Schatzsucher waren weg. Das YouTube-Video hatte seinen Zweck erfüllt.

Konnte es wahr sein? Die Popeyes und die Shiners waren seit Jahrzehnten verfeindet, schon lange wollten die Popeyes den Iren eins auswischen. Vielleicht war es so weit. Die lang ersehnte Gelegenheit.

Cambino senkte das Fernglas, schloss die Augen und versuchte, seinen Atem dem Wind über dem Springfield River anzupassen, dem Heulen und Pfeifen, das durch das herabstürzende Wasser des Racine River verursacht wurde und in den Höhlen und Nischen entlang des Steilufers widerhallte. Dann öffnete er die Augen wieder, stand auf und machte sich auf den Rückweg an die French Line.

Er würde sich an die Abmachung, die er mit Paquette getroffen hatte, halten. Wenn die Popeyes die Wahrheit sagten, hatte er viel zu gewinnen. Sollten sie lügen, würde er dafür sorgen, dass sie zu viel zu verlieren hatten.

30

Yakabuski fuhr in die Stadt zurück und dachte über den Fall nach. Über die bisher bekannten Fakten, die unanfechtbaren Fakten, die gar nicht so eindeutig waren, wie man meinen sollte, denn es galt, die eigenen Vermutungen, Vorurteile, vermeintlich logischen Schlussfolgerungen und irreführenden Glaubenssätze zu eliminieren. Die jeder hatte. Jeder glaubte, die unanfechtbaren Fakten zu kennen, aber das stimmte nicht. Die schlimmsten Beispiele für dieses Phänomen waren Medienberichte vor Kriegsausbrüchen.

Jason McAllister war tot. Das war eine unanfechtbare Tatsache. Seine Leiche war am Ufer des McGregor Lake auf einem Seitenweg der Mission Road gefunden worden. Er war Master-Student in Mathematik an der Syracuse University gewesen. Er hatte die gestohlenen Diamanten gesucht. Und eine Karte ins Internet gestellt, die zeigte, wo sie möglicherweise zu finden waren.

So weit, so gut. Was ließ sich noch sagen?

McAllister war von dem Taxifahrer Calvin Jayne zur Mission Road gebracht worden, der dann noch am selben Tag den Shiners davon berichtet hatte. Jayne hatte seine Geschichte zweimal erzählt, erst Billy O'Donnell, dann Bobby Bangs.

Stimmte das? Soweit Yakabuski wusste, war Bangs bisher in Springfield noch nicht gesichtet worden. Die Polizei in Boston hatte bestätigt, dass er dort in den letzten sechs Monaten nicht aufgetaucht war. Seine Beschreibung passte auf den zweiten Dieb.

Aber all das machte noch keine unanfechtbare Tatsache. Er strich Bobby Bangs von der Liste.

Neben McAllister war eine zweite Leiche gefunden worden, die noch nicht identifiziert war. Das zweite Opfer hatte Tätowierungen, die entweder aus dem Knast stammten oder von einem »Künstler« gemacht worden waren, den man wahrscheinlich schon vor langer Zeit umgebracht hatte. Der zweite Tote stammte nicht aus Springfield. Er war gekommen, um die Diamanten zu suchen.

Nein. Das war nicht korrekt. Zwar schien es logisch, dass der Tätowierte auf der Suche nach den Diamanten gewesen war. Warum hätte er sich sonst in Springfield aufhalten sollen, und warum hätte er sonst neben McAllister gelegen, der bekanntermaßen die Diamanten suchte? Aber es war keine unanfechtbare Tatsache.

Das war kein einfaches Spiel. Yakabuski erinnerte sich, es vor vielen Jahren zum ersten Mal gespielt zu haben, als eine christliche Revival Show nach High River gekommen war. Die Show hieß Jimmy Cochrane's Christian Jamboree. Jimmy Cochrane war zwar bereits in den Fünfzigerjahren gestorben, aber weil er nach dem Zweiten Weltkrieg mit einer Radioshow bekannt geworden war, in der er Hölle und Verdammnis gepredigt hatte und an die die Leute sich noch immer erinnerten, hatte man den Namen beibehalten. Abgesehen davon wollte der neue Besitzer kein Geld für neue Schilder ausgeben.

Dieser Besitzer stammte ursprünglich aus Kansas, hatte einst Meth gebraut und war mit einer exotischen Tänzerin verheiratet gewesen, die ihn unaufhörlich betrogen hatte. Er sprach ganz offen darüber. Als er kurz davor gewesen war, seine Frau umzubringen, bekam sie Krebs und starb. Er sah darin ein Zeichen Gottes, kassierte die Lebensversicherung und übernahm die Revival Show. Er sah immer noch wie ein Methjunkie aus. Lange fettige schwarze Haare. Unreine Haut. Manische Augen, tief in den Höhlen versunken. In seinen Predigten zitierte er gern und ausgiebig aus der Offenbarung des Johannes.

Yakabuski besuchte die Samstagabendvorstellung auf Betreiben einer Tante, die meinte, das wäre gut für ihn. Er war siebzehn und im letzten Schuljahr. Das Zelt der Revival Show war auf dem Parkplatz der High River Arena aufgebaut worden, der Methjunkie selbst hielt die Predigt. Um das große Zelt herum standen kleinere, in denen Wahrsager saßen, Frauen, die in Zungen sprachen, alte Männer, die russische Ikonen verkauften, Kinder, die ganze Bücher der Bibel auswendig konnten, exkommunizierte Priester, die vor der Verdorbenheit des Papsttums warnten, ehemalige Zirkusdarsteller, die in Kunstleder gebundene Bibeln, Sand aus Jerusalem in Fläschchen und Splitter vom Kreuze Jesu feilboten.

Nach dem Gottesdienst wurde ein großes Lagerfeuer entzündet und Campingstühle hervorgeholt. Vor dem Feuer stand eine kleine Bühne, auf der Nachwuchspriester predigten. Dabei fanden üblicherweise »Wunder« statt, und die meisten Zuschauer blieben nach der eigentlichen Predigt aus Neugier noch da.

An dem Abend, den Yakabuski miterlebte, vollbrachte ein Junge von erst zwölf oder dreizehn Jahren das Wunder. Er hielt die letzte Predigt und betrat erst gegen Mitternacht die Bühne. Das Publikum hatte schon vermutet, dass der Junge – mit seinen langen blonden Haaren und dem weißen Gewand – etwas Besonderes war, und war gespannt.

Aber die Predigt war überraschend einfallslos und langweilig. Schließlich kamen zwei Frauen und schütteten vor der Bühne heiße Kohlen auf den Boden. Einige Zuschauer stöhnten. Sie hatten so etwas schon oft gesehen.

Trotzdem heuchelten sie höfliches Interesse, als der Junge begann, über die Kohlen zu gehen. Er machte tänzelnde Schritte, hielt die Augen geschlossen, die Arme weit ausgebreitet, um nicht aus dem Gleichgewicht zu kommen, und als er das Ende der Kohlen erreicht hatte und die Leute damit rechneten, dass er umkehren und zurückgehen würde, lief er einfach weiter. Direkt auf das Feuer zu.

Die Zuschauer reagierten sofort, viele sprangen auf und schlugen sich die Hände vor den Mund. Manche schrien. Ein paar fielen auf die Knie und beteten laut.

Der Junge ging weiter. Als er das Feuer erreichte, stürmten einige Zuschauer los, aber es war zu spät. Er lief direkt in die Flammen, und sein weißes Gewand brannte lichterloh. Auch seine Haare brannten. Er hob die Arme gen Himmel, Flammen loderten aus seinen Fingern, er gab einen langen, qualvollen Schrei von sich, der nicht enden wollte, auch nicht, als der Junge vom Feuer verschlungen worden war. Die Menge starrte in die Flammen, die immer höher loderten, als hätte jemand einen großen Zedernscheit hineingeworfen.

Alle schrien. Menschen wälzten sich auf dem Boden und sprachen in Zungen. Der Methjunkie-Prediger rannte auf das Feuer zu, als wollte er hineinspringen und den Jungen retten, doch die Hitze ließ ihn innehalten, er stand dicht vor den Flammen und hielt schützend den Unterarm vor sein Gesicht.

Und dann tauchte der Junge wieder auf. Hoch über ihnen schwebend. Immer noch in sein weißes Gewand gehüllt. Die Arme ausgebreitet. Ein Lächeln im Gesicht, das entweder selig oder bekifft wirkte. Er schwebte hinunter zu der Bühne, auf der er gepredigt hatte, und als seine Füße die Bretter berührten, kniete er nieder, senkte den Kopf und bekreuzigte sich. Die Menge drehte durch. Der Prediger umarmte den Jungen. Die Spendenteller kreisten.

Früh am nächsten Morgen, bevor die Zuschauer zum Sonntagsgottesdienst eintrafen, kehrte der junge Yakabuski an den Ort des Geschehens zurück. Er durchsiebte die Asche und Glut nach Anzeichen von verbranntem Stoff oder Haaren. Als er keine fand, untersuchte er die umstehenden Bäume und fand schnell bestätigt, was er gestern Abend vermutet hatte. Kein Baum stand nah genug, um den Jungen an einem Seil über dem Feuer schweben zu lassen.

Er schaute in jedes der kleinen Zelte, unter die Bühnen und Pritschenwagen, suchte nach Holzbalken, Metallschienen oder Seilen, die sich als Zugwinde hätten nutzen lassen, aber er entdeckte nichts.

Er fand den Trick nie heraus. Einen Monat später schloss er die Schule ab, meldete sich zur Armee und machte sich auf den Weg in die Edmonton Garrison. Er vergaß den Jungen, doch in letzter Zeit waren die Erinnerungen an jenen Abend wiedergekehrt und brachten Yakabuski dazu, über fehlgeleitete Religiosität und gute Menschen, die an die falschen Dinge glaubten, über unglaubliche Todesfälle und unwahrscheinliche Auferstehungen nachzudenken, über verzweifelte Menschen, die sich nachts versammelten und die Rätsel der Welt bestaunten und sich fragten, ob sie Wunder oder Tricksereien miterlebten.

Jemand hatte die zweite Leiche an die Mission Road gebracht. Warum?

31

Yakabuski stand mit Donna Griffin vor der Karte, auf der zu sehen war, welchen Weg der Econoline-Van am Abend des Überfalls genommen hatte. Sie starrten sie mehrere Minuten lang schweigend an, dann sagte er: »Geh noch ein letztes Mal die Zeitabfolge durch.«

Griffin begann. Der Van hatte den Flughafen um null Uhr sechsundvierzig verlassen. Die nächsten acht Minuten und siebenunddreißig Sekunden lang war er lückenlos überwacht worden, bis er in der Doucet Street in eine Parkgarage fuhr. Dort verblieb er elf Minuten, vierzehn Sekunden lang. Dann kam er mit neuem Look wieder heraus und nahm im French Quarter die Auffahrt auf den Highway 7. Um ein Uhr dreiundzwanzig wurde er gesichtet, als er unweit des Wanderparkplatzes an der Mission Road an der Irving-Tankstelle vorbeikam, danach ward er nicht mehr gesehen, bis eine Kellnerin von O'Toole's ihn um zwei Uhr zehn brennend in einer Seitenstraße der Belfast Street entdeckte.

»Warum fragst du immer wieder?«, sagte Donna zum Schluss. »Habe ich was übersehen?«

»Wir haben alle was übersehen, Donna. Deswegen ist der Fall noch nicht gelöst.«

»Aber irgendwas hat sich geändert. Was?«

»Die zweite Leiche an der Mission Road, der unbekannte Tote, ist dorthin gebracht und abgelegt worden. Getötet wurde er woanders.«

»Willst du damit sagen, das Opfer war gar nicht hinter den Diamanten her?«

»Das ist das Problem, Donna. Wir suchen die Diamanten

schon so lange an derselben Stelle, dass es für uns eine Tatsache geworden ist: Dort liegen sie. Wenn wir neue Fakten auf den Tisch bekommen, versuchen wir, sie an die alten anzupassen. Was wir jetzt brauchen, sind ein paar gute, saubere, solide Fakten.«

»Warum habe ich das Gefühl, dass gerade eine Bombe geplatzt ist?« Donna sah ihn an.

»Weil es vermutlich so ist. Die Wahrheit ist, wir haben keine Ahnung, was der tätowierte Mann in Springfield verloren hatte. Wahrscheinlich hat er die Diamanten gesucht, aber sicher sind wir nicht. Wir wissen nur, dass laut Newt seine Leiche erst nach der Ermordung an die Mission Road gebracht wurde. Darüber denke ich schon den ganzen Tag lang nach, und mir fallen bloß zwei mögliche Antworten ein, warum jemand so etwas tun würde. Entweder, damit keiner rausfindet, wo der Mord verübt wurde, oder damit alle denken, er wäre an der Mission Road verübt worden, um die Polizei vom Tatort wegzulocken.«

»Was genau willst du damit sagen, Yak?«

»Dass wir uns das Parkhaus noch mal ansehen müssen.«

• • •

Yakabuski stand im Parkhaus, über ihm zwei Ebenen, unter ihm eine. Es war Nachmittag, die Garage voll. Neben ihm standen Donna Griffin und Fraser Newton, außerdem der Parkwächter, ein Junge von etwa neunzehn Jahren. Er hatte Newton, der als Erster eingetroffen war, nach einem Durchsuchungsbeschluss gefragt, seit Yakabuskis Eintreffen fragte er nichts mehr. Er erklärte, sein Boss habe ihn angewiesen, solche Beschlüsse einzufordern, aber er helfe der Polizei gern.

Kaum zwei Minuten später ließ der Junge durchblicken, dass er am Springfield College Kriminologie studierte. Und dass er *Die Schlacht in Ragged Lake* gelesen hatte. Und was für eine Dienstpistole Yakabuski benutze? Er wette auf was Altmodisches. Irgendeinen Colt Kaliber 45.

»Eine ganz gewöhnliche neun Millimeter Glock«, sagte Yakabuski freundlich, aber nicht zu freundlich, weil er den Jungen, dessen Boss recht hatte mit dem Durchsuchungsbeschluss, zwar nicht vor den Kopf stoßen, aber auch nicht den Rest des Nachmittags über Ragged Lake reden wollte.

»Wir wissen Ihre Hilfe zu schätzen«, fuhr er fort. »Wie wäre es, wenn wir später noch mal vorbeikommen und berichten, was wir herausgefunden haben.«

»Das wäre toll!«

»Ich komme dann zu Ihnen ins Büro.« Damit schüttelte Yakabuski dem Jungen die Hand, der zuerst überrascht wirkte, dann rot wurde und nicht einmal merkte, dass er sanft umgedreht und in Richtung Büro geschoben wurde, bevor der Handschlag beendet war.

Als der Junge weg war, sagte Newton: »Fuck, sollte ich dich um ein Autogramm bitten? Vielleicht ist das eines Tages was wert.«

»Vermutlich nicht mehr als das Papier, auf dem es steht. Zeig mir, wo die am Van gearbeitet haben.«

Sie gingen in die nordöstliche Ecke des Parkdecks. Zwar parkten dort Autos, aber Farbreste am Boden zeigten, wo der Econoline-Van gestanden hatte. Yakabuski bückte sich, untersuchte die Sprayspuren, richtete sich auf und sagte: »Und es gibt nur eine Kamera?«

»An der Einfahrt, auf die Straße gerichtet. Der Betreiber will Autos abfangen, die ohne Bezahlung wegfahren. Was drinnen passiert, ist ihm egal. Glaubst du, wir finden hier die Diamanten? Sind wir deswegen hier?«

»Ich habe keine Ahnung, wonach ich suche, Newt.« Yakabuski sah sich um.

»Sie können nicht hier sein. Wir haben die Garage vier Stunden nach dem Überfall dicht gemacht«, sagte Newton. »Nach dem Van hat kein Auto die Garage mehr verlassen. Wir sind hier mit Röntgengeräten, Sonar und Hunden durch. Die Diamanten können unmöglich hier sein.«

Yakabuski gab keine Antwort. Ging umher. Ein paarmal drückte er gegen Wände.

»Kein geheimer Zugang, Yak. Wir haben hier jeden Zentimeter überprüft.«

»Was ist mit den Wänden weiter oben?«

»Jeden Ziegelstein.«

Yakabuski nickte und ging hoch zur nächsten Ebene, Griffin und Newton folgten. Es roch stark nach Schimmel. Die uralten Ölflecke auf dem Boden sahen aus wie fleckige Haut. Es standen nur wenige Autos hier.

Er tastete die Wände ab, begutachtete die beiden Treppenhäuser, die Rampe nach oben, die Rampe nach unten, ganz hinten den Bretterverschlag mit dem Schild *Dan's Auto Wash,* so alt wie die Ölflecke. Das Fenster war mit Sperrholz zugenagelt. Hier war schon lange kein Auto mehr gewaschen worden. Yakabuski betrachtete die Eimer und die löchrigen Plastikschläuche neben dem Verschlag.

»Der Betreiber hat's nicht so mit Instandhaltung«, sagte Griffin. Yakabuski untersuchte den Verschlag, der auf Holzpaletten und damit leicht erhöht stand. Er ging auf die Knie, leuchtete den Spalt darunter mit einer Taschenlampe aus und zog weitere Plastikschläuche hervor, außerdem zwei Metallschienen, etwa drei Meter lang und dreißig Zentimeter breit, die er nachdenklich betrachtete. Dann stand er auf und ging um den Verschlag herum. Kam zurück. Stemmte sich gegen den Verschlag.

»Newt, Donna, kommt her und helft mir.«

Alle drei stemmten sich gegen die Hütte, bis die Paletten zu rutschen begannen. Sie schoben und drückten, bis sie den Verschlag etwa vier Meter weit verrückt hatten. Dann traten sie zurück und betrachteten die große Sperrholzplatte an der Wand.

»Das hier war früher mal eine Lagerhalle, Yak«, erklärte Newton. »Beim Umbau zum Parkhaus wurden die Fenster zugemauert. Das haben wir von außen gesehen. Wahrscheinlich sind dem Betreiber die Ziegel auf die Füße gefallen, er war zu geizig, um das Loch reparieren zu lassen, und hat einfach Sperrholz genommen.«

Yakabuski betrachtete die Holzplatte. Strich mit den Fingern an den Rändern entlang. Newton begriff, was er vorhatte, und zog ein Multitool aus der Manteltasche. Acht gelöste Schrauben später lag die Sperrholzplatte auf dem Boden, und sie schauten durch eine große Öffnung nach draußen. Yakabuski packte eine der Metallschienen und zog sie an die Öffnung. Newton holte die zweite.

»Nie im Leben«, sagte er, während er Yakabuski half, die Metallschienen auszurichten. »Ausgeschlossen.«

Als sie fertig waren, traten sie zurück, und Griffin fragte: »Im Ernst?«

Newton musste so sehr lachen, dass er keine Luft mehr bekam und keuchend sagte: »Fuck. Sie hat recht, Yak. Völlig unmöglich. Sieh dir die Höhe an.«

Yakabuski lehnte sich aus dem Fenster. Unter ihm lag die Doucet Street, eine kurze Straße, eher eine Gasse, die hinter der Parkgarage verlief. Er schloss die Augen und bewegte ein paar Sekunden lang stumm die Lippen. Dann öffnete er die Augen wieder und ging zum Treppenhaus. Auf halbem Weg schaute er zurück und rief: »Die Schienen müssen genau richtig liegen, Newt. Ich rufe dich gleich an und sage dir den Abstand.«

• • •

Ein Meter siebenundneunzig. Newton maß es mit dem Maßband an seinem Multitool nach, und dann gingen er und Griffin hinter einem Betonpfeiler in Deckung, wie Yakabuski es angeordnet hatte. Sie betrachteten die Rampe, die vom Erdgeschoss hochführte, und sahen sich an.

»Das macht er nicht wirklich, oder?«

»Gibt nicht viel, was er nicht tun würde, Donna.«

»Das sollte aber dazugehören.«

»Bist du sicher?«

»Newt! Das ist Selbstmord.«

»Tommy Bangles zu stellen war auch Selbstmord. Oder Undercover zu ermitteln und Papa Paquette zu verhaften.«

»Das waren Kämpfe, Newt. Krieg. Das hier ist ein Sturz in den Tod. Und deshalb was ganz anderes.«

»Für dich und mich vielleicht. Aber was ist mit ihm?«

»Sind hier jetzt alle verrückt geworden? Du siehst doch, dass die Öffnung nicht groß genug ist!«

Newt warf ihr einen ausdruckslosen Blick zu und brach dann in Gelächter aus.

»Herrgott, ich kann das nicht länger durchziehen. Natürlich fährt er *nicht* durch das Loch, Donna. Er holt den Jeep wegen der Maße. Mehr nicht. Um zu prüfen, ob es möglich *wäre*. Was es nicht ist.«

Griffin dachte nach. *Natürlich, er will bloß Fotos machen. Belegen, ob es machbar wäre.*

Aber warum gibt er die Maße telefonisch durch?

In dem Moment hörte sie den Rubicon die Rampe hochkommen. Die Scheinwerfer glühten, das Dach war abgenommen, das tiefe Brummen des Motors hallte laut von den Wänden wider. Der Jeep machte einen Satz, als er von der Rampe auf das Parkdeck fuhr, er hatte ordentlich Fahrt aufgenommen. Er kam auf und hüpfte wieder, wie bei einer holprigen Flugzeuglandung, dann fand er Halt, und man hörte den Motor einen Gang höher schalten.

Der Jeep fuhr direkt auf das Loch zu. Als er noch vierzig Meter entfernt war, fing Griffin an zu schreien. Bei dreißig stimmte Fraser Newton ein. Zwanzig. Zehn.

Yakabuski senkte den Kopf, als die Reifen des Jeeps die Metallschienen berührten. Der Rubicon war halb oben, als sich das Gleichgewicht verschob und die unteren Enden der Schienen nach oben schossen, wie bei einer Wippe. Die Nase des Jeeps tauchte ab, aber die Vorderreifen hatten die Öffnung bereits passiert. Der Jeep machte einen Satz, flog durch die Luft und durch das Loch nach draußen. Die Metallschienen fielen mit einem Knall zu Boden, es klang, als würde es in der Garage donnern.

Griffin hörte auf zu schreien und starrte das Fenster an. Newton hatte die Augen aufgerissen. Keiner der beiden rührte sich, bis unten auf der Straße die Stimme des Parkwächters erklang.

»Heilige Scheiße!«

Als sie aus dem Fenster schauten, sahen sie Yakabuskis Jeep etwa zehn Meter tiefer auf der Doucet Street stehen. Der Parkwächter tanzte um das Fahrzeug herum und raufte sich wie ein Irrer auf Ecstasy die Haare. Er gab Yakabuski ein High Five. Raufte sich wieder die Haare. Minutenlang brachte er nichts anderes hervor als »Heilige Scheiße.«

Yakabuski schaute nach oben und rief: »Überprüft noch mal die Überwachungskameras. Wir suchen einen Jeep Cabrio mit zwei Türen. Wahrscheinlich ist er in die Deschamps Street abgebogen.«

32

Als Yakabuski sein Büro betrat, wartete dort Tyler Lawson auf ihn. Sein Schwager hatte den Termin vor einigen Tagen verabredet. Yakabuski kam fast eine halbe Stunde zu spät und war überrascht, dass Lawson noch da war. Er saß auf einem der Henderson-Stühle vor dem Schreibtisch, die Aktentasche neben sich auf dem Boden, und rutschte unruhig hin und her.

Berufliche Gespräche zwischen Yakabuski und seinem Schwager waren immer heikel und liefen mehr oder weniger nach demselben Muster ab. Zuerst freundliches Plaudern über die Familie, vielleicht wurde irgendein bevorstehendes Ereignis erwähnt, auf dem sie beide anwesend würden sein müssen, und dann, meistens nach einer linkischen Überleitung, kam Lawson auf den eigentlichen Grund seines Besuchs zu sprechen.

»Tut mir leid, dass ich spät dran bin, Tyler. Ich hätte anrufen sollen.«

»Wo kommst du her?«

»Laufende Ermittlung, tut mir leid.«

»Du verbringst viel Zeit draußen an der Mission Road.«

»Das ist vermutlich kein Geheimnis. Vielleicht kannst du deinen Mandanten fragen, wo er die Diamanten vergraben hat. Das würde uns die Arbeit erleichtern.«

Lawson richtete sich auf und drückte den Rücken durch. Schlug die Beine übereinander und beugte sich vor. Yakabuski wartete auf die freundliche Plauderei, aber stattdessen sagte Lawson: »Ich würde gern Seans Entlassung nächste Woche besprechen.«

»Was genau möchtest du besprechen?«

»Ob es dazu kommen wird. Vielleicht fangen wir damit an.«

Lawson sah ihn böse an. Kein Small Talk, kein Versuch, die Stimmung zu lockern. Das war nicht der Schwager, den Yakabuski mit jedem Jahr, in dem Sean nicht ins Gefängnis kam, etwas mehr verachtete.

»Von unserer Seite aus geht alles klar, Tyler.«

»Also verlässt er Wentworth am Dienstagvormittag?«

»Ich wüsste nicht, was dagegenspräche. Du?«

»Hast du die Entlassung mit den Mounties und der Provinz-polizei abgesprochen?«

»Wie du weißt, lässt sich mit den Feds nur schwer etwas abspre-chen, Tyler. Die wollen, dass man stillhält und zuhört.«

»Also hast du nicht mit ihnen geredet?«

»Das habe ich nicht gesagt. Nur, dass ich nichts mit ihnen ab-gesprochen habe. Was sollte ich denn überhaupt absprechen?« Er lächelte seinen Schwager unschuldig an.

»Oh, keine Ahnung, Yak. Vielleicht, ob es zu einer erneuten Inhaftierung meines Mandanten kommt? Im Ernst, ihr könnt euch die Scharade doch sparen, ihn erst zu entlassen, wenn ihr ihn vor dem Gefängnis gleich wieder festnehmt.«

»Das befürchtest du?«

»Mein Mandant hat diesbezüglich Besorgnis geäußert. Ich würde sagen, er hat allen Grund dazu. Solche Dinger habt ihr schon öfter gedreht.«

Das stimmte. Einen Kriminellen zu entlassen und noch vor dem Gefängnis wieder festzunehmen war eine gute Methode, ihn zu brechen. Erlaube ihm einen Blick auf das Gelobte Land, dann zieh den Vorhang zu. Manche Cops hielten das für eine bessere Verhörtechnik als grelles Licht und wütendes Gebrüll. Außerdem war es völlig legal.

Aber niemand glaubte, dass diese Mohrrüben-Taktik bei Sean Morrissey funktionieren würde. Abgesehen davon war die Polizei unschlüssig gewesen, ob man Morrissey noch länger hinter Gittern behalten wollte. Nach mehreren Gesprächen mit den Mounties und der Provinzpolizei lautete die Entscheidung: wollte man nicht.

»Was könnten wir ihm denn vorwerfen, Tyler?«

»Erwartest du darauf eine Antwort?«

»Die Auswahl ist zu groß? Ja, ich verstehe dein Problem.«

»Es ist sinnlos, ihn vorzuführen, Yak. Das funktioniert nicht, und das weißt du. Ich bin bloß hier, um die Sache für alle etwas einfacher zu machen.«

»Mir brauchst du nichts einfacher zu machen, Tyler. Was ist mit dir? Brauchst du Hilfe mit den Diamanten?«

Lawson seufzte und strich sich durchs Haar. Er sah sich im Büro um und sagte: »Yak, wenn ich keine klare Antwort von dir bekomme, gehe ich jetzt und sage Sean, dass er seine Koffer nicht zu packen braucht.«

»Du glaubst, die haben Koffer in Wentworth? Gepäckträger vielleicht auch?«

»Wieso führst du dich wie ein Arschloch auf?«

Yakabuski zuckte fast zusammen. Das war das Schockierendste, das er je aus Tyler Lawsons Mund gehört hatte. Sein Schwager legte Wert auf gute Manieren – auf Anstand, auf seine Fähigkeit, auch dann noch höflich und galant zu bleiben, wenn er sich für die Entlassung eines eiskalten Killers einsetzte. *Er muss völlig übermüdet sein,* dachte Yakabuski. Bevor Tyler sich für seinen Ausbruch entschuldigen konnte, was er ganz sicher tun würde, fragte Yakabuski: »Tyler, hast du mal richtig darüber nachgedacht, was du hier tust?«

»Ich weiß genau, was ich tue, Yak. Ich bin hier, um herauszufinden, ob mein Mandant nächsten Dienstag aus Wentworth entlassen wird, oder ob ich mich auf irgendeinen Zirkustrick einstellen muss. Und was ist mit dir?«

»Ich frage mich, warum du immer noch der Rechtsbeistand der Shiners bist.«

»Ich vergeude also meine Zeit.«

»Tyler, ist dir eigentlich klar, welches Chaos dein Mandant über diese Stadt gebracht hat? Das wird für Sean nicht gut enden. Und wenn du zu dicht an seiner Seite stehst, für dich vielleicht auch nicht. Wenn du je überlegt hast, Abstand zu diesen Typen zu gewinnen, dann wäre jetzt der richtige Zeitpunkt dafür.«

Lawson öffnete den Mund und brachte einen Laut hervor, der der Anfang des Wortes *hör* oder *halt* hätte sein können, Yakabuski wusste es nicht. Doch dann schloss Lawson den Mund wieder. Betrachtete seine Florsheim-Schuhe. Mit seinem noch immer dichten, blonden Haarschopf glich er in diesem Moment einem Schuljungen, der vor dem Büro des Schuldirektors auf Bestrafung wartete.

Als Yakabuski erkannte, dass mehr nicht kommen würde, sagte er: »Wir wollen ihn in Wentworth nicht länger haben. Sean Morrissey wird nächsten Dienstagvormittag entlassen, er kann um elf den Justizbus zurück zum Gericht in Springfield nehmen.«

Lawson hob den Blick. In seiner Miene lag keine Erleichterung. »Mein Mandant wird abgeholt. Ich gebe ihm Bescheid. Danke.«

Er stand auf, richtete sich so kerzengerade auf wie ein Tambourmajor, beugte sich über den Schreibtisch, um Yakabuski die Hand zu geben, und bedankte sich noch einmal. Yakabuski sah ihm nach, als er durch den Flur zu den Aufzügen ging, die Aktentasche wirkte schwerer, als sie vermutlich war.

Es hatte Yakabuski nie gefallen, dass seine Schwester einen Mafiaanwalt geheiratet hatte. Er schaffte es nicht, die moralischen Bedenken beiseitezuschieben und sich zu sagen: *Na gut, wir können trotzdem Freunde sein.* Unterschiedliche Auffassungen. Ebenbürtige Gegner. Die ganzen Klischees.

Aber als er Lawson jetzt nachsah, machte er sich zum ersten Mal Sorgen um die Sicherheit seiner Schwester. Und fragte sich, wie viele Menschen dem Orkan, den Sean Morrissey entfesseln würde, wenn er in zehn Tagen aus dem Gefängnistor hinaus in die Freiheit trat, zum Opfer fallen würden.

• • •

Tyler Lawson fuhr nach Hause und dachte über Schuld nach. Ein Rechtsbegriff, mit dessen Definitionen und Nuancierungen er vertraut war, auch mit der großen Idee dahinter, mit den Konzepten, Theorien und Debatten, die dem Wort im Lauf der Jahre übergestülpt worden waren, sodass die eigentliche Bedeutung fast nicht mehr greifbar war.

Mitschuld. Das war schon klarer. Damit konnte man anfangen, denn an einem bestand kein Zweifel: Er war mitschuldig. Seit fast zwanzig Jahren arbeitete er jetzt für die Shiners. Am Anfang hatte er geglaubt, eine Grenze ziehen zu können zwischen der Gang und seiner Arbeit als ihr Anwalt, aber diese Selbsttäuschung hatte nicht lange Bestand gehabt. Schon nach kaum drei Jahren war er zu der Karikatur eines Mafiaanwalts geworden. Er kannte die geheimen Schmuggelrouten und Liefertermine; er arbeitete wie besessen daran, Mörder freizubekommen, indem er, wie er sich einredete, wichtige Rechtsfragen aufwarf, aber in Wahrheit nutzte er bloß Detailfragen und Schlupflöcher aus.

Bis vor Kurzem hatte er geglaubt, noch nicht ganz auf der dunklen Seite zu stehen. Ja, er hatte Mörder vertreten, deren Schuld ihm bekannt war, wie Millionen andere Anwälte auch. Und ja, die Ermordung von Konkurrenten war gängige Geschäftspraxis bei den Shiners, aber das kam auch in der Politik vor und galt ebenso für andere Kriminelle, deren Söhne in Penthäusern an der Upper East Side von Manhattan lebten.

Also, wieso sollte es da einen Unterschied geben? So hatte er argumentiert, als noch niemand umgebracht und an einem Zaun an der North Shore aufgehängt oder in einem Büro in Cape Diamond ausgeweidet oder in Ragged Lake erschossen worden war.

Mitschuld kann vor Gericht leicht verbogen und angezweifelt werden, aber Lawson hielt das für Rechtsverdrehung. Mitschuld war etwas Absolutes. Sie ließ sich weder mildern noch verschärfen. Für Mitschuld galt: mitgefangen, mitgehangen. Von anfänglicher Selbsttäuschung bis zu dem Moment, an dem man sich die eigene Schuld nicht länger schönreden kann, an dem das ganze Gerüst der Unschuldsargumentation zusammenbricht und man entblößt dasteht, ein grotesker Anblick, der einen genau so sehr überrascht wie alle anderen.

Auf der Fahrt vom Centretown-Polizeirevier nach Hause in den Mission Road Estates gab Tyler Lawsons Magen keine Ruhe. Er fuhr in die Garage, übergab sich im Hauswirtschaftsraum ins Spülbecken und ging in die Küche, wo Trish und das Abendessen auf ihn warteten.

33

Auf dem Hauptplatz des French Quarter stand eine Statue von Samuel de Champlain. Sie war zwölf Meter hoch und wurde allabendlich von blauen Flutern angestrahlt, deren Licht in ganz Springfield zu sehen war. Die Boote auf dem Fluss richteten sich danach, wenn sie flussabwärts Hog's Bay Bend umrundeten, drei Seemeilen vom Hafen in Cork's Town entfernt.

Jetzt am frühen Nachmittag waren die Flutlichter noch aus. Cambino lehnte an einer Hausfassade in der Governeur Street und betrachtete die Statue. Nie im Leben hatte der französische Forschungsreisende so ausgesehen, der in einer Zeit, in der schon zwei Reisen ihn berühmt gemacht hätten, den Atlantik siebenundzwanzigmal überquert hatte. Niemals war er ein Dandy mit Perücke und gewachstem Schnurrbart gewesen. Aber so war er dort dargestellt, allabendlich in blaues Licht gebadet wie ein Kabarettkünstler.

Das Problem war, dass kein Porträt von Champlain existierte und damit der Fantasie keine Grenzen gesetzt waren. Aber Cambino war sicher, dass Champlain das Haar kurz geschoren getragen hatte, um sich gegen die Insekten zu schützen, die diese Gegend plagten, und seine Kleidung hatte aus Lederhose und Felljacke bestanden, nicht aus Samt mit albernen Rüschen. Was die Geschichte mit einem Menschen machte, war manchmal echt peinlich.

Es war einer der ersten warmen Frühlingstage, die umliegenden Terrassen waren geöffnet. Cambino sah einen schwarzen Cadillac Escalade auf den Platz fahren, die Statue umrunden und in der Lafontaine Street parken. Der Fahrer stieg aus und steckte sich eine Zigarette an. Er trug eine schwarze Jeans und ein gemustertes

Cowboyhemd. Ein zweiter Mann blieb auf dem Beifahrersitz sitzen, starrte vor sich hin und telefonierte.

Dreißig Minuten später fuhr ein weiterer Escalade auf den Platz, umrundete die Statue und hielt keine zwanzig Meter von Cambino entfernt an. Zwei Männer. Einer telefonierte. Nach ein paar Minuten steckte er das Handy ein, stieg aus und überquerte den Platz.

Er hielt an einigen Marktständen an. Kaufte am Kiosk in der Baude Street eine Zeitung. Setzte sich auf eine Bank neben der Statue und las. Nach etwa zwanzig Minuten stand er auf, warf die Zeitung in einen Mülleimer und kehrte zum Cadillac zurück.

Er hatte ihn nicht bemerkt. Cambino war so geübt darin, nicht aufzufallen, sich überall anzupassen, dass er nur gesehen wurde, wenn er es darauf anlegte. Jedenfalls meistens. Innerhalb der nächsten Stunde umrundeten zwei weitere Escalades den Platz, keiner hielt an. Ein Transporter einer Stromfirma kam und parkte neben dem Baude Café, aber niemand stieg aus. Ein Nissan 380ZX umrundete den Platz ein paarmal und fuhr wieder weg. Beim Nissan war er sich nicht sicher.

Henri Lepine traf um Viertel vor drei ein, spazierte die Baude Street entlang, betrat das Café, folgte einige Minuten später einem Kellner auf die Terrasse hinaus und bekam einen Tisch zugewiesen. Er war fünfzehn Minuten zu früh. Damit hatte Cambino gerechnet.

Genau wie mit allem anderen, das er beobachtet hatte. Mehrere Fahrzeuge hatten den Platz observiert, einer zu Fuß, drei der vier Straßen, die an dem Hügel vor Champlains Statue endeten, waren besetzt worden, sodass nur ein Ausweg blieb, der aber zweifellos zwei Blocks weiter an der Gouverneur Street gesichert war.

Die wussten, was sie taten. Die Falle war gut vorbereitet. Der einzige Fehler war gewesen, dass sie zwei Stunden vor dem Treffen vor Ort gewesen waren. Cambino dagegen vier.

• • •

Der Junge hatte noch nie einen Hundert-Dollar-Schein gesehen. Er hielt ihn in der Hand und drehte ihn hin und her, nickte zu allem, was der Mann, von dem er ihn bekommen hatte, sagte, ohne ihn anzuschauen, und versicherte, das wäre kein Problem. Für einhundert Ocken würde er mit seinem Fahrrad sogar in einen Streifenpolizisten hineinfahren.

Der Junge legte eine gute Show hin. Besser als erforderlich. Er tat so, als würde er vor dem Escalade durch ein Schlagloch fahren, schlingerte und radelte direkt in die Fahrertür hinein. Er flog über den Lenker, landete auf der Kühlerhaube und rollte sich ab. Das Fahrrad kippte um.

Das war für einhundert Dollar weit mehr, als nötig gewesen wäre. Der Junge hatte Talent. Der Fahrer öffnete die Tür und stieg aus. Immer noch mit der Kippe im Mund.

»Was zum Teufel tust du da, Junge …«

Cambino trat hinter ihn und schoss ihm in den Kopf. In die rechte Schläfe, sodass er nach links fiel, weg von der geöffneten Tür. Dann feuerte er, ohne zu zögern, vier weitere Kugeln in den Mann auf dem Beifahrersitz, dem nicht einmal die Zeit blieb, das kurze Schnellfeuergewehr auf seinem Schoß zu heben.

Cambino lehnte sich in den Wagen und nahm das Gewehr an sich. Dann richtete er sich auf, feuerte mehrere Salven in die Luft und sah sich um. Menschen flüchteten schreiend, rannten sich gegenseitig um, trampelten übereinander hinweg. Das Geschrei übertönte das Flattern der Fahnen im Wind und die weiter entfernten Verkehrsgeräusche. Eine seltsame, stille Welt jenseits des Chaos, das ihn umgab.

Cambino ging auf den zweiten Escalade zu und sah, dass der Junge mit dem Fahrrad erst jetzt ebenfalls flüchtete, was ihn überraschte. Er hatte ihn für flinker gehalten.

Er legte an und feuerte dem Jungen eine kurze Salve in den Rücken. Das war nicht geplant, aber wenn man die Chance bekommt, einen möglichen Zeugen umzulegen, jemanden, den die Cops eines Tages finden und befragen könnten, dann ergreift man sie. Grundprinzip. Mehr gab es da nicht zu überlegen. Cambino tötete den Jungen, ohne sich noch einmal nach ihm umzusehen, als er fiel.

• • •

Wie Cambino erwartet hatte, waren die beiden Männer aus dem zweiten Escalade gestiegen, standen jetzt aber ratlos herum. Sie wussten nicht recht, was hier los war. Wo die Fronten verliefen. Sie standen mit Uzis in den Händen da und suchten die Fenster in den oberen Stockwerken der Bürogebäude an der Governeur ab. Schoben Menschen beiseite, die in sie hineinliefen.

Die Männer glaubten, die Schüsse würden von oben kommen, sie rechneten mit Snipern. Das ergab Sinn, denn genau so würden ausgebildete Scharfschützen vorgehen, wenn sie Zeit und ein festes Ziel hatten. Cambino hatte beides nicht. Deswegen sahen die Biker ihn nicht kommen.

Es war fast zu einfach. Eine kurze Salve in die Brust des ersten Mannes, Cambino fing ihn auf und legte ihn auf den Asphalt. Das Gleiche beim zweiten, der angerannt kam, um seinem Kumpel zu helfen, weil er dachte, jemand hätte ihn umgestoßen. Der zweite Mann fiel so sauber auf den ersten, dass Cambino einfach weitergehen konnte. Schon stolperten die ersten Flüchtenden über die beiden. In Kürze würden sie alle auf einem Haufen liegen.

Die beiden Männer aus dem Stromwagen standen jetzt auf der Straße und hatten Cambino gesehen, aber sie waren die Observierungscrew, und Cambino hatte sie aus gutem Grund bis zuletzt aufgehoben. Sie hielten Handwaffen und sahen verängstigt aus. Cambino ging auf sie zu, ihre Kugeln verfehlten ihn, dann hob er das Schnellfeuergewehr und tötete sie mit zwei schnellen Salven.

Er sah sich nach Lepine um, der reglos an seinem Tisch saß. Die Tische und Stühle um ihn herum waren umgeworfen worden, der Zaun, der die Terrasse begrenzte, umgerissen. Überall lagen Scherben und Sonnenschirme. Menschen rannten an Lepine vorbei, er schien es nicht zu merken. Und trank weiter seinen Espresso.

Als Cambino auf ihn zuging, zog sich ein lässiges Grinsen über das Gesicht des Bikerchefs. Lepine nahm noch einen Schluck Espresso, stellte die Tasse vorsichtig ab und sagte: »Ich finde, es gibt leichtere Wege, um …«

Cambino schoss ihm in den Kopf und lief weiter.

34

Champlain Square war abgesperrt worden, vor dem Flatterband standen Dutzende von Polizei- und Krankenwagen, deren Blaulicht in der zunehmenden Dunkelheit immer greller wirkte. Als Yakabuski durchgewunken wurde, erkannten einige Journalisten seinen Rubicon und riefen ihm im Vorbeifahren Fragen zu.

»Angeblich acht Tote. Stimmt das? Acht ...«

»...die Shiners? Haben die ...«

»Hat das was mit den Diamanten zu tun? Wissen Sie schon irgendwas ...«

Er ließ die Fenster oben, parkte am Baude Café, stieg aus und sah sich um. Die Opfer waren leicht zu erkennen. Jedes war mit Flatterband markiert und von Polizisten und Ersthelfern umringt.

Er ging zu dem an der Governeur Street geparkten Cadillac. Dort lag ein Mann mit einer Schusswunde in der Schläfe auf dem Asphalt. Einem zweiten Mann, der im Wagen saß, war der Kopf abgeschossen worden. Er war fast nicht mehr als Mensch zu erkennen, eine blutige, zerfetzte Masse, deren Proportionen und Position verwirrten, weil man einen Kopf als Anhaltspunkt gebraucht hätte.

Yakabuski ging zu dem zweiten Cadillac und sah zwei aufeinanderliegende Männer, kaum eineinhalb Meter vom Fahrzeug entfernt. Er bückte sich und rollte ihre Ärmel hoch. Was überflüssig war. Er hatte bereits den Mann vor dem ersten Cadillac erkannt: Yves Vachon, ein Vollstrecker der Popeyes und einer von Papa Paquettes ältesten Freunden. Achtzehn gesicherte Morde, darunter sieben verfeindete Biker bei der Lennoxville-Säuberung. Jedenfalls hieß es so. Vachon war nie für einen Mord verurteilt worden und hatte lediglich zwei Jahre wegen Totschlags hinter Gittern gesessen, mit achtzehn. Eine lange Glückssträhne, an die sich jetzt niemand mehr erinnern würde.

Beide Männer vor dem zweiten Wagen hatten Tätowierungen in Form eines Donnerkeils. Er schaute zu dem von Kugeln zersiebten Stromwagen auf der anderen Seite des Platzes hinüber, dort befanden sich zwei weitere Leichen. Und noch ein Toter lag bereits abgedeckt mitten auf dem Platz.

»Wer ist das?«, fragte er einen Ident-Officer.

»Ein Junge, Yak. Unbeteiligter Zuschauer. Ins Kreuzfeuer geraten.«

Yakabuski wusste, dass die Nachrichten den Bericht über die Schießerei mit diesem Jungen aufmachen würden. Er hatte das schon einmal erlebt, als sich die Popeyes und die Hells Angels während des Biker-Kriegs auf den Straßen von Quebec zwei Jahre lang gegenseitig massakriert hatten, was niemanden groß kümmerte, bis eines Tages in Laval bei einem misslungenen Mordanschlag aus einem vorbeifahrenden Wagen ein elfjähriger Junge ums Leben gekommen war. Zwei Tage später war die Armee in Montreal einmarschiert.

Yakabuski ließ seinen Blick über den Platz schweifen, dann sagte er: »Nur der Junge?«

»Ja. Wir können wohl von Glück reden.«

Yakabuski sah dazu keinen Anlass. Er betrachtete den Jungen. Sah sich auf dem Platz um. Umrundete ihn noch einmal und ging zum Baude Café, auf dessen Terrasse Bernard O'Toole stand. Neben ihm lag die Leiche von Henri Lepine, ordentlich ausgestreckt, das hätte ihm gefallen. Nur der umgekippte Stuhl und das bleistiftgroße Loch in seiner Stirn verrieten, dass irgendetwas anders an ihm war.

»Ein einziger Scheißkerl hat das hier angerichtet?«, fragte O'Toole.

»Sieht so aus«, erwiderte Yakabuski.

»Und ein Junge kommt im Kreuzfeuer ums Leben. Das Ganze läuft aus dem Ruder, Yak.«

»Der Junge gehörte dazu.«

» *Was?*«

»Wahrscheinlich wohnte er hier irgendwo und wurde zur Ablenkung benutzt. Überprüft seine Taschen. Ich wette, da findet sich Geld.«

»Wie kannst du das sagen, Yak? Das ist ein toter Junge.«

»Und ich sage dir, wie er gestorben ist. Ein einziger Angreifer bringt sieben Menschen um, ohne dass ein Schuss danebengeht, aber den Jungen erschießt er versehentlich? Wohl kaum.«

»Scheiße, Yak, das kann nicht dein Ernst sein. Er war unbeteiligt.«

»Wahrscheinlich war er unschuldig. Ich werde nie was anderes behaupten. Aber nicht unbeteiligt.«

Yakabuski ging auf die Knie und begann, Lepines Taschen zu durchsuchen, glaubte aber nicht, etwas Interessantes zu finden. Cambino Cortez war vermutlich mit der Aussicht auf irgendeine Belohnung hierhergelockt worden, aber es sah nicht so aus, als hätten die Popeyes vorgehabt zu zahlen. Es war von Anfang an ein Hinterhalt gewesen.

Yakabuski bezweifelte, dass sich die Motorradgang rasch erholen würde. Lepine war tot, Paquette saß noch zwei Jahre in Dorset ein und die meisten Vollstrecker der Gang lagen tot auf dem Champlain Square. Es würde eine Weile dauern.

Langsam lief alles darauf hinaus, dass nur einer überlebte. Alle anderen waren tot oder geflohen oder klug genug gewesen, sich rauszuhalten, wie Linus Desjardins und die Travellers. Diejenigen, die jetzt noch nach den Diamanten suchten oder aber sie versteckten, würden bis zum bitteren Ende durchhalten. So nannte man das bei der Armee, wenn Umkehren keine Option war, weil man sich einredete, versagen wäre schlimmer als der Tod. Diese absurde Logik war erforderlich, damit man weiterkämpfte. Yakabuski wusste das. Als Junge hatte er Zeitungsberichte über japanische Soldaten gelesen, die im Dschungel irgendeiner Pazifikinsel aufgestöbert worden waren, immer noch dachten, sie wären im Krieg, und sich partout nicht ergeben wollten. Er hatte nachrecherchiert, am längsten hatte Teruo Nakamura durchgehalten. Neunundzwanzig Jahre lang.

Yakabuski hatte nicht gewusst, was er von den japanischen Soldaten halten sollte. Einerseits war es heldenhaft, sich derart für eine Mission einzusetzen, den eigenen Prinzipien so treu zu bleiben. Andererseits war es dumm.

Geschichten über Menschen, die wider den gesunden Menschenverstand oder entgegen dem eigenen Selbsterhaltungstrieb an einer Mission festhielten, gab es viele an der Northern Divide. Schon immer. Etwa gleichzeitig mit den Berichten über die verschollenen japanischen Soldaten brachte die *Springfield Sun* auch einen Artikel über den letzten Mormonen der unglückseligen Mission-Road-Kolonie. Er hieß Clifford Dulmage, war zweiundneunzig Jahre alt und wohnte in einem Pflegeheim in der Albert Street. Zweiundsiebzig Jahre lang hatte er im O'Hearn-Sägewerk in Entrance Bay gearbeitet, seine Frau und die beiden Töchter waren längst gestorben.

Auf die Frage, warum er nach dem katastrophalen Ende der Mission-Road-Kolonie in Springfield geblieben war, erwiderte Dulmage, wegen des Tabernakels. Er erklärte, dass die Familien, die man von der Mission Road vertrieben hatte, in einer alten Arbeiterhütte am Ufer des Springfield River ein Tabernakel geweiht hatten. Den gab es immer noch, und nur Dulmage wusste von ihm.

Der Journalist stellte dem alten Mann irgendwann eine Frage, die Yakabuski ziemlich mutig fand: Wie es sich anfühle, zweiundneunzig Jahre alt zu sein und auf wenig mehr als geplatzte Träume und Hoffnungen zurückblicken zu können? Die Antwort des Alten fiel kurz aus, aber er wirkte nicht verstimmt oder schroff.

»Ich habe immer noch Hoffnung«, sagte er, »dass vielleicht eines Tages ein Glaubender zu mir kommt und ich den Tabernakel weitergeben kann.« Dulmage starb sechs Monate später. Im Nachruf der *Sun* stand nicht, ob er sein Geheimnis hatte weitergeben können.

Für Yakabuski war Clifford Dulmage wie Teruo Nakamura gewesen. Heldenhaft, aber auch dumm. Und er hatte sich damals gefragt, wie so etwas sein konnte – ein dummer Held? Ihm war keine bessere Antwort eingefallen als die, dass manche Menschen bestimmte Dinge in ihrem Leben einfach bis zum bitteren Ende durchziehen, ohne zu zweifeln oder zu überlegen, ob sie eine Wahl hatten.

Blieb die Frage, warum den Menschen manche Dinge wichtig waren und andere nicht. Darüber dachte Yakabuski schon viele Jahre nach, aber es schien keine überzeugende Antwort darauf zu geben.

III
MISSION

35

Der Wind hatte über Nacht gedreht und brachte kalte Luft aus der Upper Divide. Die Böen wurden immer stärker, bis sie sich gegen Morgen zu einem Sturm auswuchsen, der im Wald Bäume abknickte und abgerissene Äste herumwirbelte wie Trümmerteile nach einem Autounfall. Der Fluss schäumte. Die Wellen krachten teilweise meterhoch tosend gegen den Strand. Auch am Morgen behielt der Himmel sein trübes Grau bei, das nie dunkler oder heller wurde, keine Wolken oder Schichten erkennen ließ, ein nahtloses Leichentuch über einer Welt in Angst.

Mit der Dämmerung kam eisiger Regen, im Wind scharf und schnell wie Schrot bei der Vogeljagd, die Eissplitter so spitz, dass sie die Haut zerschnitten. Am späten Morgen war jedes Fenster in Springfield so vereist, dass man nicht mehr hindurchsehen konnte. Wer nicht zur Arbeit musste, saß zusammengekauert vor dem Kamin oder dem Gasofen, lauschte den von draußen hereindringenden Geräuschen, dem Stöhnen und Kreischen, dem Pfeifen und Klopfen, und fragte sich, ob sie von Menschen oder Tieren stammten, vom Wind oder aus dem Wald. Als sich der Sturm im Laufe des Vormittags noch verstärkte, verlor die physische Welt all ihre Konturen.

Yakabuski und Griffin saßen im Rubicon und starrten das Tor des Wentworth-Gefängnisses an.

»Ich hab das Gefühl, auf dem Vorderdeck der *Titanic* zu sitzen«, sagte sie.

»Die *Titanic* ist nicht im Sturm gesunken, sondern wegen eines Navigationsfehlers.«

»Hat das am Ende einen Unterschied gemacht?«

Eine kluge Frage. Yakabuski sah sie an. Sie trug ihre Polizeiuniform, dunkelblau mit gelben Streifen, von der Uniform der Mounties abgekupfert, und ihm wurde klar, dass sie die so lange tragen würde, bis ihre Versetzung zu Major Crimes endgültig wurde.

Es war der letzte Apriltag, vor zwei Tagen war die Forellensaison eröffnet worden, aber es waren keine Angler gekommen. Vielleicht wegen der starken Regenfälle im Frühling. Vielleicht wegen der Diamanten. Man wusste es nicht genau, nichts in Springfield schien im Moment noch so zu sein wie früher, nicht einmal Wentworth. Die Wachtürme und Stacheldrahtzäune waren mit Eis überzogen, das Gefängnis sah aus wie ein Schloss aus Zuckerguss, wie eine Kindergeburtstagtorte am Straßenrand.

Trotz des Regens und der ungewöhnlichen Düsterkeit war der Besucherparkplatz gut gefüllt. Fernsehübertragungswagen und Minivans im Leerlauf. Ziemlich viele Taxis. Außerdem ein Observierungsfahrzeug der Polizei, ein gepanzerter Mannschaftstransportwagen und zwei Streifenwagen, die neben dem Wachhaus parkten. Die Blaulichter der Polizeiwagen waren an diesem Vormittag die einzigen Farbtupfer weit und breit.

Auf der anderen Seite des Wachhauses stand Tyler Lawsons BMW. *Mit dem schwarzen Glanzlack und der abgerundeten Form sieht er aus wie ein großes schwarzes Ei,* dachte Yakabuski, ein perfekt geformtes, glattes Metallei. In das man bei Wetter wie diesem sicher gern stieg.

»Hast du heute schon mit deinem Schwager gesprochen?«, fragte Griffin.

»Zweimal.«

»Macht er sich solche Sorgen, dass irgendwas passieren könnte?«

»Ich glaube, beim zweiten Anruf hat er gehofft, wir hätten es uns anders überlegt. Das ist nicht sein Wetter.«

»Oh nein, der Arme. Wir anderen finden's toll. Es ist also ausgeschlossen, dass Morrissey doch noch von irgendeiner anderen Behörde abgefangen wird?«

»Soweit mir bekannt ist, wird er heute entlassen.«

Plötzlich tauchten auf der Wentworth Road zwei Lichter auf, erst weit entfernt und immer wieder in den Senken der Straße verschwindend, dann waren allmählich Scheinwerfer zu erkennen, schließlich fuhr ein Wagen langsam an Yakabuskis Jeep vorbei, wendete und hielt neben Lawsons BMW.

Es war ein Cadillac, mehr ließ sich in der nassen Düsternis kaum erkennen. Die Tür wurde geöffnet, der Fahrer stieg aus, ein undeutlicher Schatten im flackernden Laternenlicht des Parkplatzes.

»Er steigt aus?«, sagte Griffin. »Wer zum Teufel ist der Typ? Das ist Morrisseys Wagen, oder?«

»Ja«, sagte Yakabuski.

Seine Augen gewöhnten sich langsam an die Lichtbrechungen im Regen, er sah das lange Haar des Fahrers, den hochgeklappten Kragen seiner Lederjacke, die rechte Hand, mit der er sich von Zeit zu Zeit durch die Haare strich, die linke Hand, die er nie aus der Tasche nahm. Einmal drehte der Mann das Gesicht gen Himmel, als wollte er den Eisregen und den Wind auf der Haut spüren.

Yakabuski hatte schon einmal einen Mann so stehen sehen, auf der Veranda einer Hütte in Ragged Lake, mit einer Waffe in der Hand, die er einem alten Mann an den Kopf hielt, und der Mann hatte sein Gesicht in einen tobenden Schneesturm gehalten.

Um nichts auszulassen. Alles zu erleben.

»Das ist Bobby Bangs«, sagte er leise. »Er steht neben dem Wagen, weil sein Onkel es so gemacht hätte.«

• • •

Um Viertel vor elf fuhr ein zerbeulter hellgrüner Gefängnisbus vor das Tor, um die frisch entlassenen Häftlinge einzusammeln. Selbst im Leerlauf gab es mehrere Fehlzündungen. Yakabuski wartete nur darauf, dass der Motor absoff und man alle Entlassenen auf morgen vertrösten müsste, und fragte sich, ob das jemals passiert war. Der Fahrer gab nach jeder Fehlzündung jaulend Gas, vermutlich, um den Motor nicht neu starten zu müssen.

»Sieht aus wie der Bus, in den Buddy Holly nicht einsteigen wollte«, sagte er.

»Steinzeit, Yak. Du musst mit den Verweisen auf tote Musiker aufhören. Aber die Farbe ist super.«

Um elf öffnete sich das innere Tor des Gefängnisses und zwei bewaffnete Wachposten traten heraus. Ihnen folgten der Reihe nach dreizehn Häftlinge, dahinter weitere bewaffnete Justizangestellte, die gelbe Regenmäntel und kniehohe Gummistiefel trugen. Die Gefangenen hatten Baumwollsneakers und dünne Windjacken an. Sean Morrissey war der dreizehnte Mann.

Mehrere der TV-Wagen hatten Kameraarme, und Morrissey wurde schon lange vor dem Haupttor entdeckt. Türen wurden aufgerissen und zugeknallt, Leute sprangen aus den Wagen und liefen zum Tor. Fotografen schützten ihre Tele-Objektive vor dem Regen, zogen die Kapuzen ihrer Regenmäntel hoch und bezogen neben ihren Kollegen vom Fernsehen Position. Die Leute mit den Regenschirmen schienen Reporter zu sein.

Als Morrissey aus dem Haupttor trat, kam es fast zu einem Handgemenge. Er war etwa eins fünfundachtzig groß, in seiner Jugend hatte man ihn oft mit Jim Morrison zu Lizard-King-Zeiten verglichen, damals hatte er mit Tommy Bangles Juwelierläden und Banken in der ganzen Northern Divide ausgeräumt. Jetzt war wenig davon übrig. Er wog sicher über hundert Kilo, das Haar war kurz geschoren, die Locken verschwunden. Unter den Ärmeln der Windjacke lugten Tätowierungen hervor. Er stand neben Lawson im Regen und wartete darauf, dass die Wachleute ihm die Handschellen abnahmen.

Die ließen sich Zeit. Befreiten erst die anderen zwölf Männer und ließen sie in den Bus steigen, der Wachhabende erklärte die Transportvorschriften, dann noch ein zweites Mal, damit auch wirklich jeder sie verstanden hatte. Danach kamen sie zu Morrissey. Der Wachmann mit dem Schlüssel hatte ein fettes Blödmann-der-sich-clever-vorkommt-Grinsen im Gesicht. Morrissey streckte die Hände aus. Als der Wachmann den Kopf senkte, um die Handschellen zu lösen, beugte sich Morrissey vor, als würde er etwas sagen wollen. Yakabuski meinte zu sehen, dass der Wachmann zusammenzuckte, und als er sich aufrichtete, war sein Grinsen verflogen. Morrissey rieb sich die Handgelenke und wandte sich ab.

Bangles und Lawson bahnten ihm einen Weg durch die Reporterschar. Morrissey ignorierte die Fragen, die ihm zugerufen wurden – »Wo sind die Diamanten, Sean?«, »Führen die Shiners noch Krieg gegen die Travellers? Die Öffentlichkeit hat das Recht zu erfahren …«, »Sean, hier, ganz kurz nur.«

Als sie steckenzubleiben drohten, eilten zwei Streifenpolizisten herbei, um ihnen den Weg freizumachen. Morrissey stieg in seinen Cadillac, Bangles setzte sich ans Steuer und folgte Lawsons BMW vom Parkplatz. Türen knallten, Motoren wurden gestartet, und die Übertragungswagen und Taxis nahmen die Verfolgung auf.

• • •

Sie saßen schweigend im Jeep. Die hellen Lichter und der Lärm waren abgezogen, jetzt waren nur das rhythmische Geräusch der Scheibenwischer und das Summen der nutzlosen Heizung zu hören. Die Steinmauern des Gefängnisses hatten sich in die Düsterkeit zurückgezogen und verschwanden fast im Regen.

»Du willst ins Silver Dollar?«, fragte Griffin.

»Denke schon.«

»Soll ich mit?«

»Danke, aber allein habe ich wahrscheinlich mehr Glück.«

»Glück oder Pech?« Sie drehte ihre Hände kurz vor dem Heizgebläse hin und her, eine Geste, deren Sinnlosigkeit ihr bewusst war, aber die Bewegung wärmte ihre Hände auf. »Du hast Morrissey im Dezember festgenommen. Nicht lange nachdem du seinen besten Freund getötet hattest. Da kommt einiges zusammen. Bist du sicher, dass ich nicht doch mitkommen sollte?«

»Hier kommt immer einiges zusammen, Donna. Liegt wohl in der Luft oder so. Keine Sorge, ich mach das schon.«

Griffin nickte, zog den Reißverschluss ihres Regenmantels hoch und öffnete die Tür. Die Kapuze gut festhaltend, rannte sie quer über den Parkplatz zu ihrem Streifenwagen. Sie war flink und brauchte nicht lang. Als die Scheinwerfer des Streifenwagens aufleuchteten, legte er den Gang ein und fuhr vom Parkplatz.

36

Die Übertragungswagen und Taxis folgten Morrissey noch eine Weile, nahmen dann die Ausfahrt nach Centretown und verschwanden. Die Bilder von Morrisseys Entlassung vor den Toren von Wentworth reichten den Journalisten. Was er danach trieb, interessierte sie nicht. Und sie waren nicht heiß darauf, ihm irgendwo anders als auf dem Gefängnisparkplatz zu begegnen, unter den wachsamen Blicken der bewaffneten Gefängniswärter auf den Türmen.

Die Polizeiautos nahmen dieselbe Ausfahrt, ihre Aufgabe war es gewesen, sicherzustellen, dass die Entlassung reibungslos über die Bühne ging. Nur Yakabuski folgte dem Cadillac und dem BMW weiter auf dem Highway 7.

Der Eisregen sorgte dafür, dass die Straße fast menschenleer war. Vor Yakabuski waren lediglich zwei Paar Rückscheinwerfer und ein glattes Stück Straße zu sehen. Die meisten Referenzpunkte waren wie verschluckt, der Himmel ein eintöniges Bleigrau. Bei diesen Bedingungen wurde man am Steuer schnell müde.

Er wusste, wohin die beiden Autos wollten und dass bis zum Ziel etwa fünfzehn Minuten blieben. Er drückte auf einen Knopf am Armaturenbrett des Rubicon. Seine Schwester hatte ihn an diesem Morgen bereits zweimal zu erreichen versucht und beide Male Nachrichten hinterlassen. Sie nahm beim ersten Klingeln ab.

»Frankie, endlich. Ich erreiche Tyler schon den ganzen Morgen nicht. Seid ihr immer noch in Wentworth? Mein Gott, was für ein Wetter.«

»Ich bin auf dem Rückweg.«

»Ist alles gut gegangen? Hast du mit Tyler gesprochen?«

»Nein, nur gesehen.«

»Der hatte heute Morgen vielleicht eine Laune. Mein Mann hat sich an das Wetter in Springfield nie gewöhnt. Wie du wahrscheinlich weißt. Hast du Sean gesehen?«

»Hab ich.«

»Wie sieht er aus?«

»Wie immer. Vielleicht ein bisschen muskelbepackter als vorher. Bobby Bangs war auch da.«

Seine Schwester sagte nichts. Yakabuski fragte sich, ob die Information sie überraschte.

»Bobby Bangs? Der aus dem Lied?«, fragte sie.

»Genau der.«

»Meine Güte, Frank, ich hab nicht gewusst, dass es den wirklich gibt, ich dachte, der ist bloß erfunden. Nein, halt, das habe ich nicht gedacht. Ich muss es gewusst haben. Er ist irgendwie mit Tommy Bangles verwandt, oder?«

»Sein Neffe. Du solltest ihn sehen, Trish. Er will mehr Tommy sein als Tommy. Jeder vernünftige Mensch wechselt die Straßenseite, wenn Bobby auf ihn zukommt.«

Wieder schwieg seine Schwester, und Yakabuski sagte nach einigen Sekunden: »Trish, er hat zwanzig Minuten lang im strömenden Regen gestanden und mit deinem Mann gesprochen.«

Er beobachtete die beiden Rückscheinwerferpaare vor ihm. Als seine Schwester nichts erwiderte, fügte er hinzu: »Trish, ich mache mir Sorgen um dich.«

»Ach, Frank, das ist lieb von dir, aber nicht nötig. Tyler weiß, was er tut.«

»Ich weiß, dass du das denkst, Trish. Ein paar Jahre lang habe ich das auch gedacht. Inzwischen nicht mehr.«

»Was willst du mir damit sagen?«

»Dass das hier böse enden wird. Die Leute, die nach den Diamanten suchen oder die Diamanten verstecken, sind nicht die Art

Menschen, die mit leeren Händen aufgeben. Dein Mann steht quasi auf einem Schlachtfeld. Findest du, er gibt einen guten Soldaten ab?«

»Wenn du mir Angst machen willst, Frank, dann herzlichen Glückwunsch.«

»Genau das will ich, Trish. Dir Angst machen. So viel Angst, dass du dir überlegst, mit Julie und Jason in einen Flieger zu steigen und für eine Weile zu verschwinden.«

»Die haben Schule ... Bald sind Ferien.«

»Du hörst nicht zu, Trish. Echt, du hörst nicht zu.«

• • •

Das Silver Dollar war eine der ältesten Kneipen in Cork's Town. Sie war in den 1840ern von den Shiners erbaut, 1856 während der Reformaufstände zum ersten Mal, 1915 während der Einberufungsaufstände zum zweiten Mal niedergebrannt worden, hatte danach viele Jahre unter dem Namen Shamrock Tavern firmiert und hieß seit den Fünfzigerjahren Silver Dollar, eine Springfielder Institution, die für viele die gleiche Bedeutung hatte wie das Grainger Hotel und das Rathaus aus der edwardianischen Zeit. Sie war mit Abstand der größte Nachtclub in Cork's Town, verfügte über einen abgetrennten Tanzsaal und eine traditionelle Bar mit Billardtischen, Flaschenbier und runden Tischen.

Als er auf den Parkplatz fuhr, war Yakabuski nicht sicher, was ihn erwarten würde. Halb rechnete er damit, in eine Art Willkommensparty für Morrissey hineinzugeraten, auf der sich in der Hoffnung auf Freibier alle Shiners von Cork's Town versammelt hatten.

Aber der Parkplatz war genauso verlassen wie der Highway. Vier Fahrzeuge standen in der Nähe des Eingangs, darunter die beiden, denen er gefolgt war. Das Neonlicht des Nachtclubs war ausgeschaltet. Der Vorraum dunkel.

Yakabuski hielt auf der anderen Seite des Eingangs und wartete. Er würde ihnen zehn Minuten geben. Damit alle in Ruhe saßen.

Als er eintrat, sah er, dass die Innenbeleuchtung ausgeschaltet war, nur eine Leiste über der Bar gab diffuses gelbes Licht ab. Die Stühle standen umgekehrt auf den Tischen. Der Barmann warf Yakabuski einen kurzen Blick zu und widmete sich dann wieder dem Glas, das er abtrocknete. Yakabuski ging an die Bar und sah sich um.

»Ich dachte, hier würde heute eine Party steigen.«

»Sean wollte keine.«

»Klingt nicht nach ihm.«

»Er will sich gleich um die Geschäfte kümmern.«

»Ja, vermutlich. Aber wieso habt ihr geschlossen, Bernie?«

»Sean will erst die Sicherheitsmaßnahmen überprüfen. So hab ich es jedenfalls gehört. In ein paar Tagen machen wir wieder auf.«

»Was für Sicherheitsmaßnahmen?«

»Ach, komm schon, Yak.«

»Wo ist euer Türsteher?«

»Hab ihn schon länger nicht gesehen.«

»Eddie O'Malley? Der ist doch immer hier. Ich dachte, er wäre eure Sicherheitsmaßnahme.«

Der Barmann zuckte die Achseln und wischte weiter das Glas in seiner Hand ab. Nach einer Weile sagte er: »Wenn du Sean suchst, er ist in seinem Büro.« Er stellte das Glas ans Ende einer Reihe perfekt polierter Gläser, griff zu einem neuen Glas und fing an zu reiben.

37

Vor Morrisseys Büro stand ein bewaffneter Wachmann. Zumindest hielt Yakabuski ihn für einen bewaffneten Wachmann, weil sich die linke Seite seiner Jacke verdächtig wölbte, eine weitere, kleinere Wölbung war an der rechten Hüfte zu erkennen. Pistole mit Stummellauf und irgendeine Art von Schlagstock, dachte Yakabuski. Der Mann war nicht groß, aber wie ein Hydrant gebaut, bis hin zu seinem spitzen Kopf. Yakabuski tippte darauf, dass der Schlagstock seine bevorzugte Waffe war.

»Ich will Sean sprechen«, sagte er, aber der Mann sah ihn nur an.

»Ich bin Detective Frank Yakabuski. Sagen Sie Sean, dass ich da bin.«

»Ich weiß, wer Sie sind. Haben Sie einen Beschluss?«

»Für ein freundliches Gespräch brauche ich keinen Beschluss.«

»Er will keinen Besuch. Auch nicht von Cops. Kommen Sie wieder, wenn Sie einen Beschluss haben.«

Yakabuski trat zurück und musterte den Mann. Harter Kerl. Boxschläge würden ihn nicht kratzen. Schwer zu packen. Wenn er in Capoeira-Manier mit dem Schlagstock durch den Raum fegte, könnte er wahrscheinlich den Nachtclub ganz allein räumen.

In einem Kampf war er sicher schwer zu besiegen. Aber auf den legte Yakabuski es auch nicht an. Außerdem konnte er mit Größe und Gewicht dagegenhalten.

»Haben Sie einen Namen?«, fragte er.

»Kommen Sie mit einem Beschluss wieder.«

»Okay. Also, ich sage Ihnen jetzt, wie es laufen wird, Mr. Kommen-Sie-mit-einem-Beschluss-wieder. Sie werden an die Tür da klopfen und Sean sagen, dass ich da bin. Oder ich klopfe selber, und zwar mit Ihrem Schädel.«

Nach diesen Worten streckte Yakabuski den Rücken durch und hob leicht die Arme, damit der Mann einen Eindruck davon bekam, mit wem er sich hier gerade anlegen wollte. Der Mann wich zurück und klopfte an die Tür.

»Billy«, schnauzte jemand von drinnen, es klang genervt. Bevor er irgendetwas anderes sagen konnte, rief der Wachmann: »Yakabuski steht hier vor der Tür, Mr. Morrissey. Sagt, er muss Sie sprechen. Hat keinen Beschluss dabei.«

Nach einigen Sekunden der Stille sagte Morrissey: »Das letzte Mal, als der Polacken-Mistkerl warten musste, hat er den halben Club zerlegt. Lass ihn rein, Billy.«

• • •

Sean Morrissey saß hinter einem Schreibtisch aus Glas und Chrom. Die Ärmel seines schwarzen Hemdes waren hochgekrempelt und entblößten beeindruckende Unterarme. Keine Frage – er hatte im Kraftraum von Wentworth Gewichte gestemmt. Tyler Lawson saß ihm am Tisch gegenüber. Ein dritter Mann hockte auf einem Sofa an der hinteren Wand, das Gesicht halb im Schatten verborgen. Eine Stehlampe und eine Lampe auf Morrisseys Schreibtisch waren die einzigen Lichtquellen im Raum.

»Wollen Sie mir zur Heimkehr gratulieren, Yak?«

»So in der Art. War in Wentworth alles in Ordnung?«

»Keine Beschwerden.«

»Toller Frühlingstag heute. Komisch, gestern war es wunderschön.«

»Hat das was zu bedeuten?«

»Keine Ahnung. Ist mir so durch den Kopf gegangen. Was meinen Sie?«

Die beiden Männer starrten sich an. Yakabuski zog einen Stuhl neben den von Lawson und setzte sich. Morrissey öffnete eine Schublade und nahm, ohne Yakabuski aus den Augen zu lassen, einen großen Gegenstand aus Chrom heraus. Lawson sog leise die Luft ein, und der Mann auf dem Sofa beugte sich vor. Yakabuskis Muskeln spannten sich an, bereit zu reagieren, sobald die Waffe gehoben wurde.

Aber dann zog Morrissey eine andere Schublade auf, holte eine Tüte mit Kastanien hervor und legte eine zwischen die Zangen des klobigsten Nussknackers, den Yakabuski je gesehen hatte, fast so groß wie eine Rohrzange.

»Tyler kennen Sie natürlich«, sagte Morrissey. »Haben Sie Bobby schon getroffen?«

Als sein Name erklang, lehnte sich Bobby Bangs etwas weiter vor, sodass Licht auf sein Gesicht fiel. Yakabuski überlegte, ob andere beim Anblick dieses Gesichts entsetzt reagierten, wenn es so wie eben aus dem Dunkeln auftauchte, dann überlegte er, was diesen anderen ein oder zwei Minuten später widerfahren mochte. Bangles' Gesicht war von dicken Narben überzogen, die an die blauroten Adern in Trinkergesichtern erinnerten, so zerfurcht, dass es wie geätzt oder versteinert aussah. Das Haar war blond und lang. Er hatte ein kräftiges Kinn, eine kräftige Nase, Augen, so blau wie dickes Eis – ein gut aussehendes Gesicht, von den Narben und den Tätowierungen am Hals und den nikotinvergilbten Zähnen abgesehen. Er strich eine Haarsträhne beiseite und betrachtete Yakabuski, als wäre der ein Gemälde an Morrisseys Bürowand. Mit genau derselben Leidenschaftslosigkeit. Nichts an diesem Blick ließ vermuten, dass hier ein Mann einen anderen ansah.

»Wir sind uns nie begegnet«, sagte Yakabuski. »Ich habe ein paar Geschichten gehört.«

Bangles starrte ihn an. Sagte nichts.

»Tommy war sein Onkel«, sagte Morrissey. »Das wissen Sie vermutlich.«

»Ja, das weiß ich.«

»Weswegen sind Sie hier, Yak?«

»Ich dachte, wir sollten mal reden.«

»Beim letzten Mal haben Sie mich verhaftet.«

»Ich habe Sie zur Vernehmung mitgenommen. Für die Verhaftung haben Sie selbst gesorgt. Warum eigentlich?«

»Die Cops, die bei euch in den Verwahrzellen arbeiten – unterste Schublade, Yak. Keine Ahnung, wo ihr solche Spacken herkriegt.«

»Der Cop, den Sie geschlagen haben, arbeitet seit siebenundzwanzig Jahren in den Verwahrzellen. Es gab nie Beschwerden. Arbeitet freiwillig in der Gefangenenhilfe. Ein echtes Monster, genau.«

Morrissey lachte. Er hatte begonnen, Kastanien zu knacken, und schaute Bangles an, der endlich seinen Blick von Yakabuski abwandte und die Achseln zuckte. Morrissey sagte: »Tyler, ich glaube, wir sind hier fertig.«

Lawson wirkte überrascht. Morrissey schickte ihn weg wie einen Kellner, der in der Hoffnung auf Trinkgeld zu lange um den Tisch herumlungerte.

»Wir sind die Bewährungsauflagen noch nicht durchgegangen, Sean. Du musst noch ein paar Sachen unterschreiben.«

»Morgen.«

Mehr sagte Morrissey nicht. Mehr brauchte er nicht zu sagen. Lawson sammelte die Papiere auf dem Schreibtisch zusammen, steckte sie in seine Aktentasche und ging zur Tür. Im Vorbeigehen nickte er Yakabuski leicht zu. Er war offensichtlich verlegen.

Als Lawson das Büro verlassen hatte, sah Yakabuski Bangles an, der den Blick erwiderte und einige Sekunden lang hielt. Nein, immer noch nichts.

• • •

»Also, was wollen Sie mir sagen, Yak? Sie sind doch gekommen, um mir etwas zu sagen, stimmts?« Morrissey knackte eine weitere Kastanie, legte den Kopf in den Nacken und warf sich die Stückchen in den Mund. Dann untersuchte er die nächste Kastanie nach dem besten Knackpunkt.

»Ich finde, wir sollten unser Gespräch über die verschwundenen Diamanten zu Ende führen. Das wir damals begonnen haben, als ich Sie abgeholt habe.«

»Ich meine mich zu erinnern, dass diese Unterhaltung beendet wurde.«

»Klar, gut möglich, dass Sie das damals gedacht haben. Aber die Lage hat sich geändert, Sean. Durch zwei Leichen an der Mission Road, die Ermordung der Popeyes im French Quarter und vier abgeschlachtete Collegejungs draußen im La Vase Basin. Es gibt also neue Themen.«

»Sie glauben doch nicht, dass ich mit diesen Morden was zu tun habe, oder, Yak?« Wieder drückte Morrissey den Nussknacker zusammen, es knackte laut.

»Wieso sollte ich das glauben?«

»Sie wissen, dass wir mit der Sache im French Quarter nichts zu tun haben.« Zum ersten Mal machte Bangles den Mund auf. Yakabuski sah ihn an. Sollte er aus Verärgerung oder Leidenschaft heraus gesprochen haben, so war ihm nichts davon anzusehen.

»Sie streiten Ihre Rolle bei der Ermordung der beiden Männer an der Mission Road nicht ab, Mr. Bangles? Das ist vermutlich klug.«

»Der Grund für Ihr Kommen, Yak«, unterbrach Morrissey ihn. »Wir warten.«

Yakabuski sah sich um. Der Wächter von der Eingangstür stand jetzt im Büro. Ohne sich zu rühren oder auch nur zu zucken. Stillstehen konnte er, das musste man ihm lassen.

»Sind Sie nie mehr allein, Sean? Immer unter Bewachung, wie

ein Mafiaboss? Wäre trotzdem besser, wir würden das nächste Thema unter vier Augen besprechen.«

»Wir sind unter Freunden, Yak. Es bleibt alles, wie es ist.«

»Gut, also, ich will Ihnen einen Vorschlag machen. Inoffiziell, nichts, was Sie später belasten könnte. Warum sagen Sie mir nicht, wo die Diamanten sind, und ich sorge dafür, dass Sie als freier Mann aus der Sache rauskommen?«

Morrissey sah Bangles an, der wiederum Yakabuski betrachtete. Schließlich sagte Morrissey: »Hypothetisch gesprochen, und nur, weil Sie mir gerade versichert haben, dass Sie nicht verkabelt sind und nichts, was ich sage, vor Gericht gegen mich verwendet werden kann – das haben Sie doch gerade gesagt, stimmts?«

»Das habe ich gerade gesagt.«

»Tja – warum um alles in der Welt sollte ich das tun?«

Bangles lachte und wandte den Blick von Yakabuski ab.

»Weil Sie es allen gezeigt haben«, sagte Yakabuski. »Der größte bewaffnete Raubüberfall der Geschichte. Das wird Ihnen niemand nehmen können, Sean. Der beste Juwelendieb, den die Welt je gesehen hat. Herzlichen Glückwunsch.«

»Ruhm interessiert mich nicht«, sagte Morrissey. »Ich sehe das so, wenn man etwas klaut, dann will man es behalten.«

»Nicht immer. Für Sie gilt das jedenfalls nicht.«

»Was soll das heißen?« Er umklammerte den Nussknacker fester.

»Sie sind ein Spieler, Sean. Eher Dieb als Gangster, und von dieser Sache konnten Sie einfach nicht die Finger lassen. Ich tippe darauf, dass es Gabriel Dumont war, der mit dem Plan zu Ihnen kam, und Sie haben sofort begriffen, was das bedeutete. Und dann haben Sie auch noch Dumont ausgetrickst, damit er leer ausging. Das sollte doch reichen, Sean. Warum sterben bei dem Versuch, die Diamanten zu Geld zu machen?«

»Das glauben Sie also?«

Yakabuski registrierte, dass Morrissey nichts von dem Gesagten abstritt. »Ich weiß nicht, wie schlimm es für Sie enden wird, aber ich halte es für möglich. Natürlich. Sie nicht?«

»Sie glauben nicht, dass ich bei den großen Jungs mitspielen kann?«

»Ich glaube, Sie wissen nicht mal, was für ein Spiel die großen Jungs spielen. Wissen Sie, dass De Kirk die Stadt verlassen hat? Denen ist scheißegal, was aus den Diamanten wird. Die Versicherung hat bereits bezahlt. Zahlen auf einem Blatt Papier. So sollten Sie die Diamanten sehen, Sean.«

»Interessantes Argument, Yak. Also, wenn ich mich darauf einlasse, garantieren Sie mir vollständige Immunität?«

»Für den Diebstahl ja, das kriege ich hin. Ich weiß sowieso nicht, wem ich die Klunker im Moment wiedergeben sollte.«

»Und der Rest?«

Yakabuski hatte mit der Frage gerechnet, aber gehofft, er würde sie nicht stellen. »Da kann ich vermutlich nichts drehen. Sie sind im Moment der Hauptverdächtige in mehreren Ermittlungen, einige davon liegen außerhalb unserer Zuständigkeit. Die werden mit Sicherheit weiterlaufen.«

»Ich gebe also den Jackpot auf, soll aber mit den Konsequenzen leben. Was für ein Angebot, Yak.«

»Es gibt keinen Jackpot. Hat es wohl auch nie gegeben. Das versuche ich Ihnen ja klarzumachen, Sean.«

Yakabuski saß still da, während Bangles wieder im Schatten versank. Der Wachmann stand regungslos an der Tür. Morrissey untersuchte eine weitere Kastanie. Schließlich stand Yakabuski auf und ging.

38

Als Yakabuski aus dem Silver Dollar trat, überraschte ihn der ungewohnte Anblick des verlassenen Parkplatzes erneut. Das hatte er bisher erst zweimal erlebt. Auch das Neonschild an der Belfast Street, das normalerweise bei Sonnenuntergang aufleuchtete, blieb dunkel. Noch nie war er nachts in der Belfast Street gewesen, ohne von den Worten *Silver Dollar* halb geblendet zu werden. Beim Wegfahren überlegte er, ob es irgendetwas gab, das so überzeugend »Bin weg« verkündete wie ein unbeleuchtetes Neonschild. Vernagelte Fenster? Aufgebockte verrostete Autos? Ja, vielleicht.

Das Silver Dollar fühlte sich wie tot an. Allerdings hatten Morrissey und Bangles ganz und gar nicht den Eindruck gemacht, als würden sie das Schlachtfeld räumen. Im Gegenteil: Sie wirkten zu allem entschlossen.

Während Yakabuski die Derry Street entlangfuhr, dachte er an einen ehemaligen Angelführer aus High River, einer der Besten, die je im Highland Inn gearbeitet hatten. Er hatte mit Mitte vierzig Krebs bekommen. Der Tumor streute rasch, und der Angelführer musste regelmäßig zur Behandlung nach Springfield fahren. Kurz darauf wurde er vom Sozialamt frühverrentet, was kein gutes Zeichen war, wie alle in High River wussten. So was passierte nur, wenn das Amt sicher war, dass es nicht lange würde zahlen müssen.

Im Herbst desselben Jahres tobte ein schlimmer Sturm am Dore Lake, und danach wurde der Angelführer vermisst. Da er nicht mehr arbeitete, war er allein im Boot gewesen. Seinem Bruder hatte er gesagt, er wolle seine Elritzenreusen überprüfen.

Schnell waren Suchtrupps organisiert, und als er drei Tage später gefunden wurde – so lange dauert es, bis ein Ertrunkener durch

Gasentwicklung im Körper wiederauftaucht –, brachte man seine Leiche auf die Farm des Bruders. Yakabuski war damals noch ein Teenager gewesen, gehörte aber zu dem Trupp, der den Toten gefunden hatte, und war einer der vier Männer, die ihn zum Haus trugen.

Sie legten ihn vor der Veranda auf den Boden. Der Bruder breitete einen geöffneten Schlafsack über dem Toten aus. Die Männer bildeten einen Halbkreis und betrachteten schweigend den Schlafsack. Schließlich sagte William Dore, der Älteste unter ihnen und derjenige, der den Angelführer am längsten gekannt hatte: »Schade, dass Edmund an so einem Tag rausgefahren ist, Tom. Er brauchte nicht mehr zu arbeiten. Wirklich schade.«

Der Bruder, der in Yakabuskis jungen Augen älter wirkte als Methusalem, starrte den Schlafsack noch ein paar Sekunden lang an, wandte sich dann an Dore und sagte in höflichem Ton: »Was verdammt noch mal hätte er denn sonst tun sollen, Bill?«

Dann gaben sie sich die Hände, und die Männer aus dem Suchtrupp brachen wieder auf. Als Yakabuski sich umsah, hatte der Bruder bereits eine Schaufel in der Hand. Treue bis in den Tod. Man erlebte es immer wieder.

Auf seiner Fahrt durch Cork's Town suchte er die Schatten um die Gebäude herum ab, hielt Ausschau nach Männern mit Schaufeln. Als er die Auffahrt zum Highway 7 erreichte, war er überrascht, keine gesehen zu haben.

• • •

Morrissey hatte den Wachmann weggeschickt, saß allein mit Bangles im Büro und dachte über das Gespräch mit Yakabuski nach. Irgendwann würde er ihn fragen, was wirklich in Ragged Lake passiert war, was Tommy und Lucy Whiteduck zugestoßen war, denn die Geschichte ergab keinen Sinn. In Wentworth hatte er gemerkt, dass er Lucy vermisste. Abgesehen von Tommy und seiner Mutter war sie der einzige Mensch, den er je vermisst hatte. Das überraschte ihn. Jemanden zu vermissen war ein trauriges und gefährliches Gefühl, das Sean Morrissey fast sein ganzes Leben lang verdrängt hatte.

»Was denkst du, Bobby?«

»Der ist total durchgeknallt.«

Morrissey lachte. »Wieso?«

»Weil er denkt, dass wir schon verloren hätten. Die Schlacht hat noch nicht mal begonnen. Er war Soldat. Er sollte es besser wissen.«

»Du findest nicht, dass der Kampf schon tobt?«

»Cambino ist in Springfield. Damit haben wir gerechnet, jetzt wissen wir es mit Sicherheit. Das Video mit den Jungs am La Vase Basin – wir sollten ihm dankbar sein für den Tipp.«

»Das siehst du in dem Video?«

»Klar. Was siehst du denn?«

Morrissey musterte ihn einen Augenblick lang. Bobby ähnelte seinem Onkel so sehr, dass es manchmal gruselig war. »Dein Plan hat nicht funktioniert«, sagte er leise und schob den Nussknacker an die Tischkante.

»Die Popeyes haben Scheiße gebaut. Ich hab ihr Clubhaus gesehen und hätte es wissen müssen. Das sind Vollidioten.«

»Das bestreite ich nicht«, sagte Morrissey. »Immerhin war es kein völliger Fehlschlag. Die Popeyes sind jetzt weg von der Bildfläche. Und alle, die in die Stadt gekommen waren, sind wieder abgehauen. Außer Cambino. Du bist ihm schon mal begegnet, stimmts?«

»Zweimal. Einmal bei ihm zu Hause in Heroica. Einmal bei dem Gipfeltreffen im Queen Elizabeth Hotel, an dem du mit Tommy teilgenommen hast, zusammen mit Papa und Lepine und ein paar von den Kartell-Jungs. Ich war mit Billy Adams da.«

»Ich erinnere mich. Was hast du damals von ihm gehalten?«

»Nicht viel. Weniger großspurig als die Kartell-Jungs. Und du?«

»Ich fand ihn tödlich. Vom ersten Moment an. Ruhig und selbstsicher, altmodisch, obwohl er nicht alt war. Er hat die Mädels, die Papa mitgebracht hatte, nicht angerührt. Das weiß ich noch.«

»Du auch nicht, Sean.«

»Nur ein Idiot würde Papas Mädels trauen. Ich bestimmt nicht.«

»Er ist also vorsichtig. Du wirst noch vorsichtiger sein müssen. Das ist alles. Du solltest mich fragen, Sean.«

Morrissey lehnte sich zurück, betrachtete Bangles und bemerkte überrascht, dass der, abgesehen von den Halstätowierungen, den Narben und den blonden statt grauen Haaren, seinem Onkel wie aus dem Gesicht geschnitten war.

»Direkt zum Kern, wie, Bobby? Tommy war genauso. Wie du ja weißt. Das gehört zu den Dingen, die ich an deinem Onkel sehr geschätzt habe. Er hat nie Zeit vergeudet. Man wusste immer, woran man war.«

»Also frag mich, Sean. Ich bin dir gegenüber loyal. Wie früher Tommy. Und jetzt ist die Zeit gekommen, mich zu fragen.«

»Kannst du ihn töten?«

»Ja«, sagte Bangles mit Überzeugung.

»Wie willst du es machen?«

»Das sage ich dir nicht.«

»Wie lange wirst du brauchen?«

»Er ist in der Nähe. Gib mir eine Woche.«

»Also gut. Lös das Problem, Bobby.«

»Danke.«

»Aber sag mir vorher noch eins – ein Mann, der keinen Eindruck hinterlässt, ist schwer zu jagen, stimmts? Du hast nichts gespürt? Bist du sicher?«

Bangles dachte erneut über die Frage nach. Schloss die Augen und erinnerte sich an das Haus in Heroica, mit den Terrakottafliesen und der warmen Brise aus dem Golf vom Mexiko, an das Hausmädchen mit den langen schwarzen Haaren und der weißen Uniform, an den Mann in schlackernden Shorts und Sandalen, der lächelte und sich am Kinn kratzte und ihn betrachtete wie einen Vogel, der gerade auf dem Verandageländer gelandet war.

»Ich glaube, er lebt in einer Fantasiewelt«, sagte Bangles, als er die Augen öffnete. »Das macht ihn gefährlich, weil er seine eigenen Regeln hat. Er wirkt auf mich wie ein Mann mit Prinzipien, aber ich habe keine Ahnung, was für Prinzipien das sein könnten. Er kam mir vor wie ein krankes Arschloch, Sean.«

39

Als Yakabuski aufs Revier zurückkkam, wurde er von Donna Griffin erwartet, die in seinem Büro auf dem Sofa saß und an ihrem Laptop arbeitete. Er war nicht überrascht. Seine Tür stand immer offen, buchstäblich. Oft schon hatte er morgens irgendeinen auf seinem Sofa schlafenden Detective wachrütteln müssen.

»Du hattest recht«, sagte Griffin, als er eintrat. »Du hattest verdammt noch mal recht.«

»Du hast einen Jeep gefunden, der vom Parkhaus wegfährt.«

»In der Deschamps Street, genau wie du gesagt hast. Hier, guck.«

Griffin stellte den Laptop auf den Schreibtisch und drückte eine Taste. Yakabuski sah die Kreuzung von Deschamps und Doucet, einen Block vom Parkhaus entfernt. Das Video war schwarz-weiß, grünlich verfärbt wie immer bei Nachtaufnahmen, die Linien verwischt, die Straße mit einem Dunst überzogen, der Hitzeflimmern glich. Fünf Sekunden lang passierte nichts, dann tauchte ein Jeep auf, der auf der Deschamps in nördliche Richtung fuhr. Ein Cabrio. Zwei Türen. Der Zeitstempel zeigte ein Uhr dreiundzwanzig.

Der Jeep war sechs Sekunden lang im Bild, hielt an der Kreuzung, fuhr dann weiter geradeaus und verschwand in den Schatten und Verzerrungen am Bildrand.

»Das ist ein Wrangler Sport«, sagte Yakabuski.

»Genau. Nicht gerade selten. Es sind fast dreitausend registriert.«

»Gehört einer davon Sean Morrissey?«

»Ach, wäre das nicht schön? Nein.«

»Irgendwelche interessanten Namen dabei?«

»Nein.«

»Na dann«, Yakabuski gab ihr den Laptop zurück, »fang mal an zu zaubern.«

...

In den Senken tief im Wald und auf den nördlichen Hängen lag noch Schnee, aber der Pfad war frei. Die Mission Road bestand jetzt aus Schlamm, Pfützen und verrottendem Laub aus dem letzten Herbst, das zusammenklebte und sich in Torf verwandelte. Es war kaum möglich, hier keine Spuren zu hinterlassen. Bangles suchte den Pfad zwei Tage lang ab.

Die Umgebung erinnerte ihn an Burk's Falls, auch wenn kein Wasserrauschen zu hören und die Luft nicht so kühl war, aber die Hügellandschaft war ganz ähnlich. Mischwälder aus Lärchen und Fichten, Ahorn und Weißkiefern auf einer Gesteinsfläche, die sich wie Wellen im Sturm hob und senkte. Keine zehn Meter waren eben. Keine zehn Acres waren gerodet.

Er wanderte die Mission Road und die kreuzenden Holzfällerwege ab, die Wildwechsel und Flussbetten in der Nähe. In der ersten Nacht schlug er sein Lager auf einer Anhöhe mit Blick über das Springfield Valley auf, verzichtete auf ein Feuer und beobachtete das Tal durch ein Nachtsichtgerät, sah jede Bewegung, jede gerade Linie, alles von Menschenhand Gemachte. Er suchte nach Anzeichen von Lagerfeuern, bis die Sterne am Himmel verblassten, dann hievte er sich den Rucksack auf den Rücken und marschierte weiter.

Während er suchte, dachte er über sein Problem nach. Der Mann, den er jagte, kannte sich im Wald bestens aus. Seine Flucht aus Chicago bewies das: Obwohl zahllose Cops nach ihm suchten, überquerte er die Landesgrenze so spielend leicht, als hätte er eine Busfahrkarte gekauft. Schlug sich querfeldein von Cook County an die Northern Divide durch und blieb völlig unsichtbar, dabei lief eine der größten Verbrecherjagden, die es in Illinois und Michigan je gegeben hatte. Das war mehr als beeindruckend. Es war legendär.

Nördlich der Mission Road lag bis an die James Bay praktisch nichts als Wildnis. Natürlich machte sich Cambino auch hier seine Fähigkeiten zunutze. Bewegte sich durch den Wald wie der Nachtwind.

Oder doch nicht? War es für Cambino sinnvoll, sich im Wald zu verstecken? Chicago hatte er verlassen wollen. Springfield nicht.

Bangles überlegte.

Cambino war nicht unterwegs. Weder wollte er irgendwo weg noch irgendwohin. Sondern unentdeckt bleiben, bis es Zeit war, zuzuschlagen. Das erforderte andere Entscheidungen und Vorgehensweisen.

Gegen Mittag machte Bangles eine Pause und setzte sich auf einen großen Felsen, den die Eiszeit vor zehntausend Jahren mitgeschleift und auf der Nordseite des Hügels abgelegt hatte. Der Boden war mit Moos überzogen, sein Atem dampfte in der kalten Luft. Die hohen Kiefern ließen nur wenig Licht durch, er hörte Flügelrascheln in den Ästen, sah aber keine Vögel.

Cambino musste sich irgendwo verkrochen haben. In einer Stadt, in der er keinen kannte, außer dem Mann, den er berauben wollte. Wo also würde er hingehen? Bangles saß über eine Stunde lang mit geschlossenen Augen auf dem Felsen und dachte über diese Frage nach. Dann sprang er runter und marschierte weiter.

Eine Stunde später hatte er das La Vase Basin erreicht. Er sah sich eine Weile um, verließ dann den Pfad und bahnte sich in südöstlicher Richtung einen Weg durch den Busch. Er stapfte durch Schlamm und kalte Pfützen, die Sonne stand bereits in seinem Rücken, sein Atem bildete große Wolken. Zwei Stunden später trat er endlich aus einem Fichtengehölz heraus auf die French

Line. An mehreren Stellen entlang der Straße sah er zwischen Fichten Rauchsäulen aufsteigen, dort lagen die alten Siedlerhütten.

Als der nächste Morgen graute, hatte er eine gefunden, die ihm gefiel.

...

Der alte Mann saß am Küchentisch und betrachtete den Sonnenaufgang. Zuerst war da nur ein rotes Glühen über den Bäumen am Saum seines Grundstücks, als wäre die Sonne eine Art Rücklicht. Ein Sonnenaufgang über einer Ebene wie den Great Plains oder draußen auf dem Meer wäre sicher etwas ganz anderes. Dort kündigte die Sonne ihr Kommen an. An der Northern Divide schlich sie sich an.

Er sah, dass das ferne Glühen sich langsam in eine schmale rote Linie über den Bäumen verwandelte, die schimmerte und flirrte wie elektrisch aufgeladen. Dann erschien der obere Rand eines hellen Kreises über den Bäumen, und die Schatten zogen sich zurück. Eine Dreiviertelstunde später stand die Sonne am Himmel.

Es war ein Fließen. Schatten und Licht. Form und Illusion. Dem alten Mann würde es schwerfallen, auf dem platten Land zu leben, er fand nicht, dass das, was in seiner Welt zählte, sich ankündigen müsste, das käme ihm unangenehm vorwitzig, geradezu aufdringlich vor. Die Sonne so sehen zu müssen, würde ihn traurig machen.

Er wandte sich vom Fenster ab und starrte den Mann an, der mit ihm am Tisch saß. Vielleicht hätte er überraschter über die Ankunft des Fremden sein sollen, aber wenn man sein ganzes Leben, zweiundsiebzig lange Jahre, an einem Ort verbracht hatte, an dem sich die Sonne an einen anschleicht, an dem die ersten Stunden des Tages immer voller Ungewissheit sind, ist man nicht so leicht überrascht.

Er war gekommen, als die Sonne gerade über die Baumwipfel stieg, um kurz nach sechs. Er hatte an die Tür geklopft, im Rückblick war schon das seltsam, weil nicht erforderlich. Der alte Mann hatte nicht geantwortet. Er hatte an seinem Tisch gesessen, als der Fremde zur Tür hereinkam, sie hinter sich schloss, sich umschaute und sagte: »Ich werde eine Weile hierbleiben müssen, mein Freund.«

»Wieso? Ist die Polizei hinter Ihnen her?«

»Ja.«

»Es gibt bessere Verstecke. Mein Onkel hat sich über zwei Jahre lang in einer Höhle vor den Cops versteckt, nicht weit von hier. Die Vorräte sind immer noch da. Ich kann Sie hinbringen.«

»Um die Polizei mache ich mir keine Sorgen.«

Der alte Mann wusste nicht, was er dazu sagen sollte. Der Fremde war mittleren Alters, trug eine braune Windjacke und weiße Sportschuhe mit Klettverschluss. Er sah aus wie der Fahrer eines dieser Wohnmobile, die man an Autobahnraststätten in Florida antraf. Die Behauptung, er mache sich keine Sorgen um die Polizei, klang nicht nach Angeberei. Auch nicht, als würde er sich Mut zusprechen müssen. In seiner Stimme lag keinerlei Gefühl. Kein Zweifel. Er sprach einfach eine Tatsache aus. Er machte sich keine Sorgen.

»Wieso wollen Sie hierbleiben?«

»Ich brauche einen Platz zum Arbeiten.«

»Was machen Sie?«

»Beratung.«

»Was, wenn ich keine Gäste will?«

»Das wäre ein Fehler, mein Freund. Gastfreundschaft ist jetzt das Gebot der Stunde.«

Der alte Mann setzte Kaffee auf.

Das war dreizehn Tage her.

40

Bangles ließ den Feldstecher sinken. Die Gardinen vor den kleinen Fenstern waren zugezogen, der Schnee um die Hütte herum unberührt, nur Tierspuren waren zu sehen. Aus dem Schornstein stieg Rauch auf. Auf dem Weg hierher hatte er sechs Hütten überprüft. Zwei waren verlassen, in dreien lebten Familien, in einer ein Trinker. Er hatte die bewohnten Hütten beobachtet, bis er sicher war, dass niemand Weiteres eingezogen war. Kein Anzeichen, dass jemand gefangen gehalten wurde oder in Bedrängnis war, jedenfalls nicht mehr Bedrängnis, als das Leben an der French Line eben mit sich brachte.

Bei dieser Hütte war es anders. Er hatte sich mit dem Wind genähert, am Ufer eines schnell fließenden Flusses entlang. Er hatte sie von drei verschiedenen Positionen aus beobachtet, sie in dreißig und dann in fünfzehn Metern Entfernung umrundet und im Inneren bisher noch niemanden gesehen. Trotzdem stieg unaufhörlich Rauch aus dem Blechschornstein auf.

Er kehrte noch einmal auf alle drei Positionen zurück, überprüfte die Sichtachsen, kroch dann auf dem Bauch zurück auf die zweite Position. Die befand sich auf einem kleinen Hügel in fast direkter Linie etwa dreißig Meter von der Haustür entfernt. Von dort observierte er die Hütte noch weitere dreißig Minuten, sah aber hinter dem Bleiglas der beiden Fenster keine Bewegung. Vielleicht schlief dort jemand. Vielleicht las jemand am Ofen ein Buch.

Vielleicht mied jemand die Fenster.

Für das Vorgehen war das einerlei, und Bangles war klar, dass er mit seiner Grübelei nur Zeit verschwendete. Wenn er seinen Gegner besiegen wollte, durfte es weder Zögern noch Zweifel geben: Er musste zuerst zuschlagen und durfte keine Gnade zeigen.

Wer immer in der Hütte wohnte, war so gut wie tot. Sollte dort doch jemand schlafen oder lesen, war das eben Pech. Um einen Mann wie Cambino Cortez zu schlagen, gab es nur einen Weg. Das Überraschungsmoment. Gnadenlosigkeit. Nur so blieb man im Vorteil.

Und Bangles war im Vorteil. Wenn Cambino sich dort in der Hütte aufhielt, war das Spiel so gut wie gewonnen. Er ließ den Feldstecher sinken. Rieb sich die Augen. Zog den Rucksack heran, der zu seinen Füßen lag, und nahm das Scharfschussgewehr heraus. Hatte es in siebenunddreißig Sekunden zusammengesetzt, das Zielfernrohr aktiviert und das Stativ positioniert. Weitere dreißig Sekunden, und er hatte Wind und Entfernung berechnet, bis zu seinem Zielpunkt einen Meter vor der Hüttentür.

Er öffnete eine Außentasche des Rucksacks und zog zwei Brand-granaten heraus. Die Hütte hatte ein Reetdach. Nur eine Tür. Fenster, die zu klein für einen Mann waren. Das Ganze als Gottes-geschenk zu betrachten wäre verfrüht, aber so fühlte es sich für Bangles an, als er den ersten Stift zog.

• • •

Der alte Mann hatte sich dreizehn Tage lang gefragt, wie es für ihn enden würde, und war in seiner Vorstellung nie über moderat pes-simistisch hinausgekommen. Er war sein Leben lang stolz auf seine Ehrlichkeit gewesen, die höchste Tugend eines Buschmanns, aber jetzt wünschte er, sich selbst etwas vormachen zu können.

Es überraschte ihn nicht, dass der Fremde plötzlich von seinem Buch aufsah, der Blick so aufmerksam, dass man an ein Raubtier bei der Witterung dachte. Er hatte damit gerechnet. Oder mit etwas Ähnlichem.

»Ist jemand da draußen?«, fragte er.

»Ja.«

»Dann auf dem Hügel gegenüber der Tür.«

Der Fremde stand auf, trank mit zwei großen Schlucken seinen Kaffee aus und stellte den Becher ab. Dann begann er, die Rückwand der Hütte einer genauen Untersuchung zu unterziehen. Strich mit den Fingern über den Mörtel zwischen den Ziegeln. Als er fertig war, wischte er sich den Kalk von den Händen, ging zum Ofen und zog die Axt aus dem Holzkorb. In dem Moment explodierte auf dem Dach die erste Granate. Der alte Mann sprang auf, hielt sich die Ohren zu, senkte den Blick. Als er den Kopf wieder hob, stand der Fremde vor ihm und schob ihn sanft zurück auf den Stuhl.

»Tut mir leid, mein Freund«, sagte er. »Ich wünschte, es würde anders für dich ausgehen. Du bist ein guter Gastgeber gewesen und hättest es besser verdient.«

Cambino fesselte den alten Mann mit einem Nylonseil, das neben der Tür an einem Haken hing, in aller Eile an die Stuhllehne. Dann begann er, die Rückwand mit der Axt zu bearbeiten, und schlug große Mörtelstücke heraus. Als die zweite Granate landete, schlug er noch schneller zu. Mit zweien hatte er nicht gerechnet, das verkürzte die Zeit, die ihm blieb. Dreizehn Minuten? Schätzungsweise. Weniger als fünfzehn, mehr als zehn. Er baute darauf, dass die Schreie des Alten ihm Zeit verschaffen würden.

Ohne die Schreie könnte der Mann da draußen misstrauisch werden und zu früh angreifen. Die Schreie hielten ihn ab, bis die Hütte niedergebrannt war. Dreizehn Minuten.

• • •

Bangles sah die Spuren, sobald die Flammen klein genug waren, dass er sich der Hütte nähern konnte. Als der Rauch verflogen und der Wind stärker geworden war und er sein Gewehr auseinandergenommen hatte und von seiner Position auf dem Hügel zu dem qualmenden Haufen gelaufen war, der eben noch eine Hütte gewesen war.

Die Spuren führten von der Rückwand der Hütte bis zu dem Fluss, der Bangles hierhergeführt hatte. Die Sonne ging langsam unter, schon fielen Schatten auf das Wasser, sodass man keine acht Meter weit sehen konnte. Bangles stand am Ufer und bemühte sich, seine Wut zu zügeln.

Er hatte ihn fast gehabt. Hatte die richtige Hütte ausfindig gemacht. Er wusste nicht, was Cambino bei seiner Flucht hatte mitnehmen können, vermutlich nicht viel. Er hatte keine zehn Minuten Vorsprung. Jede Faser seines Körpers rief zur Jagd.

Aber das wäre ein Fehler. Er hatte den Vorteil nicht mehr auf seiner Seite. Jetzt würden ihn Wut und Rachsucht antreiben, nicht die rationale Entschlossenheit, die für diese Mission erforderlich war. Er wandte sich von den ersterbenden Flammen ab und machte sich auf den Weg zur French Line. Wer da im Feuer geschrien hatte, kümmerte ihn nicht. Es war egal.

41

Zwei Tage vergingen, dann erhielt Yakabuski einen Anruf von Fraser Newton. Er müsse zur French Line kommen und sich etwas ansehen. Die verbrannten Überreste einer Siedlerhütte. Newton war bereits vor Ort.

Es kam recht häufig vor, dass an der alten Siedlerstraße eine Hütte abbrannte. Die darin verbauten Holzbohlen waren bis zu zweihundert Jahre alt, und überall wurde mit Kaminöfen geheizt, was im Prinzip nichts anderes war, als sich ein brennendes Ölfass ins Wohnzimmer zu stellen.

Die Hütten entlang der French Line waren nicht für ihre Wohnlichkeit bekannt. Anders als die Siedlerhütten in Buckham's Bay und in den Vororten westlich von Springfield waren sie nie vergrößert oder ans Stromnetz angeschlossen worden, sondern seit dem Tag ihrer Erbauung größtenteils unverändert geblieben. Und wenn der Blechschornstein verstopfte und der Kaminofen explodierte, brannten sie eben nieder.

Bei Yakabuskis Eintreffen wirkte Newton zerknirscht und entschuldigte sich wortreich. So voller Reue hatte Yakabuski ihn noch nie erlebt. Newton machte nur ungern Fehler, Yakabuski war klar, dass er einen ziemlich gravierenden gemacht haben musste. Wie gravierend, konnte er nur ahnen, aber Newton schien nahezu bereit, sich von einer Klippe zu stürzen.

»Wir haben es übersehen, Yak«, sagte Newton. »Ich hätte selbst herkommen sollen, aber im Moment ist so viel los, dass ich jemand anders geschickt habe. Ein alter Mann, der bei einem Hüttenbrand ums Leben kommt – da hat einfach nichts geklingelt.«

»Wer war er?«

»Pinot Degrasse. Zweiundsiebzig Jahre alt. Hat zweiundvierzig Jahre lang im Straßenbau gearbeitet. Wir haben Schwierigkeiten, Verwandte ausfindig zu machen.«

»Gab es irgendeine Verbindung zu Morrissey?«

»Nein, keine. Degrasse war der, der er zu sein schien. Jedenfalls soweit wir bisher wissen.«

»Und was habt ihr übersehen, Newt?«

»Das hier.« Newton zog einen Beweismittelbeutel aus der Jackentasche und gab ihn Yakabuski. Ein Stück verbranntes Metall, so groß wie ein Teelöffelkopf, aus dem blaue und grüne Drähte ragten, auf dem Metall waren Zahlen und einige Worte in einer Fremdsprache eingraviert.

»Weißt du, was das ist, Yak?«

»Eine Zündkapsel. Vermutlich tschechisches Fabrikat. Vielleicht eine BS-8.«

»Stimmt genau«, sagte Newton. »Der Officer, den ich hergeschickt hatte, kam heute Morgen mit dem Ding in der Hand in mein Büro und hat gefragt, ob ich weiß, was das ist.«

»In der Hand?«

»In der Scheißhand.«

»Mist.«

»Genau.«

»Die Hütte wurde nicht abgeriegelt?«

»Genau. Stell dir einfach das Schlimmste vor, Yak, denn genau das ist der Fall. Ein völlig verunreinigter Tatort.«

Yakabuski betrachtete den Haufen aus Asche und verkohltem Holz, ringsherum kein Schnee, nur Schlamm und Pfützen, an der Wetterseite ein bisschen Raureif, wo die Sonne nicht hinkam.

»Du musst hier sofort absperren, Newt. Im Umkreis von zwanzig Metern vom Brandherd. Niemand darf rein, bevor du nicht mit mir gesprochen hast.«

»Verstanden, Yak. Es tut mir so leid.«

»Spar's dir, bis wir wissen, wie schlimm es ist. Weißt du, welche Schuhgröße dein Officer haben könnte?«

»Hmm, er ist nicht sehr groß. Zweiundvierzig. Vielleicht dreiundvierzig. Ich frage nach. Ich habe zweiundvierzig.«

»Okay, dann geh zurück. Lass das Flatterband spannen und gib mir ein paar Minuten.«

• • •

Yakabuski suchte sich einen Punkt aus und ging in einer geraden Linie darauf zu. Der Punkt lag etwa neun Meter von der Stelle entfernt, an der sich früher die Hüttentür befunden haben musste. Dort angekommen, verschaffte er sich einen Eindruck von der Umgebung: Er sah den Fluss und den Mischwald, rechnete aus, wo die Sonne auf- und unterging und aus welcher Richtung häufig der Wind kam. Dann stellte er die Füße eng zusammen und drehte sich auf den Absätzen einmal im Kreis, wobei er jeweils nach fünfundvierzig Grad innehielt, um den Boden zu untersuchen.

Als er fertig war, kehrte er zum zweiten Fünfundvierzig-Grad-Abschnitt zurück. Dort hatte die Krankentrage gestanden, die vier runden Löcher im Schlamm waren deutlich zu sehen. Er betrachtete die Fußabdrücke drum herum. Hatte schnell die Stiefel der Sanitäter ausfindig gemacht. Die Stadt stellte sie, er kannte das Profil. Sorels mit gedämpfter, rutschfester Sohle.

Er suchte nach anderen Spuren und entdeckte einen Stiefel Größe zweiundvierzig, der so oft vorkam, dass er von dem Ident-Cop stammen musste. Er prägte sich die Stelle ein, schloss die Augen und dachte all die Abdrücke weg, die er identifiziert hatte. Sah, was übrig blieb.

Immer noch Chaos. Er drehte um, ging in weitem Bogen um die verbrannte Hütte herum und zum Fluss hinunter. Dort wiederholte er das Drehen im Kreis in Fünfundvierzig-Grad-Abschnitten. Ging zum Ufer und zupfte Kiefernadeln aus einigen

Stiefelabdrücken. Lief fünfzig Meter erst in die eine, dann in die andere Richtung. Dann kehrte er zu den Löchern der Krankentrage zurück und rief: »Hast du Nummern dabei, Newt?«

»Im Auto.«

»Hol sie her.«

Yakabuski wartete, während Newton zu seinem Wagen rannte und mit einigen Plastiktüten zurückkam. Darin befanden sich kleine nummerierte Plastikaufsteller.

»Ich brauche zwei Farben.«

»Ich hatte gehofft, dass du das sagst. Irgendwelche Vorlieben?«

»Keine. Schmeiß rüber.«

Newton warf ihm zwei Plastiktüten zu, und Yakabuski machte sich an die Arbeit.

Er hatte geahnt, dass der Fluss ihm helfen würde.

• • •

Eine Stunde später hatte er alles vor sich. Ein Angreifer und eine Person, die aus der Hütte geflohen war. Yakabuski hatte siebzehn gute Abdrücke vom Angreifer und achtundzwanzig vom Flüchtenden. Sie waren in unterschiedlichen Farben nummeriert, und der Ablauf ließ sich leicht erkennen.

»Er hat den Angriff von da oben aus gestartet.« Yakabuski zeigte auf einen halb abgeschmolzenen Schneehügel, der jetzt mit Flatterband abgesperrt war und auf dem ein gelber Plastikaufsteller mit der Zahl eins stand. »Such die Umgebung gründlich ab, Newt. Er wird da eine Weile Position bezogen haben.«

»Nur da?«

»Ich denke ja. Vielleicht hat er noch andere Stellen ausgekundschaftet, sich aber letztendlich für die da entschieden. Der Mann, hinter dem er her war, ist durch die Rückwand der Hütte geflüchtet, da drüben.«

Sie gingen um die abgebrannte Hütte herum zu einem roten

Plastikaufsteller mit der Zahl eins. »Die Spur des Flüchtenden ist bis zum Fluss und etwa zwanzig Meter flussaufwärts gut zu erkennen.«

Die beiden Männer starrten die Abdrücke an, die Yakabuski im Schlamm und Wasser und in den letzten Schneewehen markiert hatte. Eine Zickzacklinie aus roten und gelben Aufstellern.

»Hat der eine den anderen gejagt?«

»Es gibt keine Anzeichen von Schusswaffengebrauch. Kein Blut. Und das ist kein Jagdmuster. Nein, jemand ist aus der Hütte entkommen, und der Angreifer hat es erst später gemerkt. Sieht aus, als wollte er ihm am Fluss entlang folgen und hat sich dann anders entschieden. Er muss ihn knapp verpasst haben.«

»Von wem reden wir deiner Meinung nach, Yak?«

»Von denen, an die du denkst, Newt.«

»Bobby Bangs treibt sein Unwesen an der French Line. Wenn ich das meiner Frau erzähle, macht sie eine Woche lang kein Auge zu. War er das in der Hütte?«

»Ich glaube nicht.«

»Du weißt, dass diese Hütten hinten raus weder Türen noch Fenster haben, ja?«

»Das weiß ich.«

»Wie ist er da rausgekommen?«

»Ich bin nicht sicher, Newt. Schnappen wir uns die Scheißkerle und fragen sie.«

42

Bangles brauchte eine Pause und ging davon aus, dass ihm genug Zeit blieb. Wenn man einen Gegner aus seinem Versteck bombte, brauchte der normalerweise ein oder zwei Tage, um sich zu sammeln, bevor er zum Gegenangriff überging. Also suchte Bangles seinen Unterschlupf in der Derry Street auf, eine von drei Wohnungen und zwei Hotelzimmern, die er nach seiner Ankunft in Springfield angemietet hatte. Er wechselte beliebig zwischen ihnen hin und her und schlief nie mehr als drei Nächte in Folge im selben Bett.

Jetzt schlief er sechsundzwanzig Stunden lang durch. Als er wieder wach war, verließ er die Wohnung mit einer gepackten Reisetasche. Als Erstes besorgte er sich bei einem Shiner neue Magazine für seine Uzi; der Shiner wartete in einer Tiefgarage in Cork's Town auf ihn und öffnete den Kofferraum, ohne seinen Cadillac zu verlassen. Dann deckte er sich bei Foster's Sporting Goods mit Trockennahrung und Salztabletten ein. Zog Geld aus einem Automaten im French Quarter. Als alles erledigt war, fuhr er nach North Shore.

Er war nicht sicher, ob er sie sehen würde. Sie stand unter Polizeischutz, aber das konnte alles heißen. Wie er erfahren hatte, waren sie und ihre Mutter immer noch in ihrer Wohnung, also nicht woanders hingebracht worden. Vor und hinter Gebäude C parkten dauerhaft Streifenwagen. Eine Polizistin begleitete sie auf dem Schulweg.

Er saß im hinteren Treppenhaus von Gebäude D, trank einen Coffee to go und beobachtete durch das Fenster den Pfad durch den Wald, der von Filion's Field zur Northwest Elementary School führte. Da die Birken und Pappeln gerade erst austrieben, war der Pfad gut zu erkennen. An manchen Stellen lag noch Schnee, hier an der North Shore schmolz er immer als letztes.

Um fünfzehn Uhr dreiundzwanzig kam sie, wegen einer Senke im Pfad sah er zuerst nur den Kopf. Eine rote Mütze, das zu Zöpfen geflochtene schwarze Haar hing unter den Ohrklappen hervor. Sie stieg den Hügel hinauf, er sah ihren offenen Parka leicht im Wind wehen. Eine Sekunde später kam sieben Meter hinter ihr der Kopf der Polizistin zum Vorschein.

Das Mädchen lief leichtfüßig, fast hüpfend. Sie ließ den Blick schweifen, nahm alles auf, diesen neuen Tag im beginnenden Frühling, so voller Abenteuer.

Sie zog den Kopf ein, um sich durch eine Lücke im Maschendrahtzaun zu quetschen, dahinter schaute sie auf, und ihr Blick schien einen Moment lang auf dem Fenster des Treppenhauses zu verweilen. Die Sichtachse stimmte genau. Bangles sah sie nach oben starren, dann legte sie zum Schutz gegen die Sonne die Hand über ihre Augen, ein fragender Blick, und ein Lächeln erschien und verschwand so schnell, dass er es sich vielleicht nur eingebildet hatte. Sie hob die linke Hand, eine Geste, die vielleicht ein Winken, vielleicht auch etwas anderes sein konnte, senkte den Kopf und verschwand durch die Hintertür ihres Wohnhauses.

Er sah sie nicht mit der Polizistin sprechen und fragte sich, ob sie die Frau nicht mochte oder sich von ihr gegängelt fühlte. Vermutlich Letzteres. In spätestens zwei, drei Jahren würde sich dieses Mädchen von niemandem mehr Vorschriften machen lassen. Sie würde tun und lassen, was ihr gefiel. Nicht anders als das Wetter.

Bangles trank den Kaffee aus, lief die Treppe hinunter und ging zu seinem Pick-up, ohne das in der Nähe geparkte Auto zu bemerken. Ebenso wenig den Mann mit der Texas A&M-Cap hinter dem Steuer. Er ahnte nicht, welches Risiko er eingegangen war, um sie zu sehen.

43

Bangles saß auf dem Dach des Lagerhauses in der Ladoucer Street, neben ihm lag seine Tasche mit Vorräten für zwei Tage. Er ging nicht davon aus, dass es länger dauern würde. Cambino würde annehmen, dass die Popeyes ihn in der Hütte hatten hochgehen lassen wollen, aus Rache für das Massaker im French Quarter. Und er war nicht jemand, der seine Probleme auf die lange Bank schob. Cambino Cortez sah keinen Sinn darin, das Unausweichliche aufzuschieben und seine Feinde länger leben zu lassen.

Er würde Jagd auf die Biker machen. Und diesmal würde Bangles sofort handeln und Cambino erschießen, sobald er ihn zu Gesicht bekam, ohne Rücksicht auf Verluste. Und ihm zur Sicherheit noch zwei weitere Kugeln in den Kopf jagen. Ein verifizierter Mord aus unmittelbarer Nähe. Basta.

Die Sonne ging auf, verjagte die Schatten auf der Ladoucer Street und zog langsam den Vorhang von den roten Backsteinbauten und Autohöfen. Mit den Schatten verschwanden auch die Automechaniker der Nacht. Um fünf Uhr fünfundvierzig rollte zum ersten Mal der 85er Bus durch die Straße. Um genau sechs Uhr fuhren zwei Müllwagen vom Hof der Spedition Levesque. Eine Stunde später waren die Parkplätze um die Lagerhäuser herum gut gefüllt und an den meisten Gebäuden die Lichter verloschen.

Um halb neun war die Ladoucer Street fast verstopft mit Müllwagen und Lieferautos und Stadtbussen. Am späteren Vormittag kamen Imbisswagen und blieben bis zum späten Nachmittag, Frauen und Männer in Arbeitsoveralls und Lieferuniformen bildeten Schlangen vor ihnen. Um kurz nach drei liefen Schulkinder die

Straße entlang, und um genau vier begannen sich die Parkplätze wieder zu leeren. Die Straßenlaternen leuchteten um kurz vor sieben auf, wenig später krochen die Schatten heran.

Das Clubhaus der Popeyes war weniger gut besucht als noch vor einem Monat, auch wenn vormittags Männer in teuren Anzügen zu Besprechungen eintrafen. Ein halbes Dutzend Biker bewohnte das Clubhaus, wie die Beobachtung der Schlafzimmer und Büros im oberen Stockwerk ergab. Gegen Mitternacht kamen Frauen aus den Stripclubs im French Quarter. Aber alles wirkte gedämpfter. Weniger Besucher. Weniger Frauen.

Bangles bemerkte jeden, der das Clubhaus betrat oder verließ, ob bei Tag oder in der Nacht. Auch die beiden schwarzen Limousinen, die in der Abenddämmerung die Garage verließen und an beiden Enden der Straße Position bezogen, eine neue Sicherheitsmaßnahme der Popeyes, entgingen ihm nicht. Er nahm seine Anti-Schlaf-Pillen, blieb wachsam und beobachtete nicht nur das Clubhaus, sondern auch die Umgebung. Um sicherzugehen, dass nicht noch jemand auf der Lauer lag.

Als am nächsten Morgen die Sonne aufging, wusste er, dass etwas nicht stimmte.

• • •

Kurz vor dem Morgengrauen des zweiten Tages klingelte Bangles' Handy. Es war verschlüsselt, nur ein Mensch kannte die Nummer. Er zog das Handy aus seiner Ausrüstungstasche und schaute aufs Display. Nicht die Nummer, die dort hätte stehen müssen. Er nahm an, meldete sich aber nicht. Nach einigen Sekunden erklang die Stimme eines Mannes: »Bobby, sind Sie das?«

Morrisseys Anwalt.

»Ja.«

»Ich habe eine Nachricht für Sie«, sagte der Anwalt mit mehr Angst in der Stimme, als Bangles lieb war. »Vor zwei Stunden wurde Ihre Wohnung in der Derry Street zerbombt. Die Polizei ist vor Ort. Die Person, die mich beauftragt hat, Sie anzurufen, will wissen, ob dort irgendetwas zu finden ist, das sich zu ihr zurückverfolgen lässt.«

»Nein.«

»Und zu Ihnen?«

»Nein.«

»Ich gebe es weiter. Er hat mich auch gebeten, Ihnen etwas auszurichten. Sie sollen wissen, dass Sie getickt worden sind. Verstehen Sie, was das heißt?«

»Ja.«

Tyler Lawson saß in seinem Büro und fragte sich, ob er »Viel Glück« oder Ähnliches wünschen sollte. Während er noch überlegte, wurde das Gespräch beendet.

• • •

Bangles begann, seine Ausrüstung zusammenzupacken. Du fackelst mein Versteck ab, ich deins. Tick, du bist es. Er verfluchte sich dafür, seinen Gegner unterschätzt zu haben. Dieser Mann schien keine Schwächen zu haben, ließ sich nicht auf falsche Fährten locken, war einem immer ein oder zwei Schritte voraus, selbst wenn eigentlich er der Gejagte war.

Bangles hatte noch nie jemanden mit solchen Fähigkeiten verfolgt. Es gab viele, die spurlos untertauchen konnten, ja. Die tödlich reagierten, wenn sie gestellt wurden, klar. Aber jemanden, der immer einen Schritt voraus war, sich nie täuschen ließ, nie in die Falle ging, das hatte er noch nie erlebt. Wie bekämpfte man einen solchen Gegner? Seine ganze Planung war mehr oder weniger sinnlos gewesen.

Vielleicht konnte man bei diesem Kerl nicht planen. Vielleicht musste er ihn einfach aufstöbern, die Waffe ziehen und aufs Beste hoffen. Ein echter Showdown, und wer übrig blieb, hatte Glück.

Bangles hockte auf dem Dach des Lagerhauses, packte seine Tasche und dachte über all das nach, als ihn die erste Kugel traf.

...

Der Schmerz kam sofort. Und fast genauso schnell die Erkenntnis, dass er ausgetrickst worden war. Bangles kippte um, rollte sich aber weg. Die zweite Kugel schlug dort ein, wo sonst sein Kopf gewesen wäre. Er griff nach seiner Tasche, hielt sie sich vor das Gesicht und hörte das leise »Plop-plop«, als zwei weitere Kugeln in die Tasche einschlugen.

Er kroch hinter einen Lüftungsschacht. Kugeln rissen glühende Aluminiumsplitter heraus, die auf seinen Kopf regneten. Er wischte sie weg, öffnete die Tasche und holte das Scharfschützengewehr heraus, das er gerade erst zusammengepackt hatte. Eine andere Waffe wäre ihm lieber gewesen, aber er hatte eine recht gute Vorstellung, wo der Angreifer Position bezogen hatte. Er lud, nahm das Zielfernrohr ab und rollte sich aus der Deckung. Feuerte drei schnelle Schüsse in Richtung der Treppe des Gebäudes hinter dem Lagerhaus und rollte zurück hinter den Schacht.

Ein Fragment der zweiten Kugel hatte seine Schulter getroffen, Blut sickerte durch seinen Parka. Die erste Kugel hatte den Oberschenkel durchschlagen, was entweder gut oder richtig schlecht war, je nachdem ob die Arterie getroffen war. Falls ja, würde er hier auf dem Dach verbluten, vermutlich in unter zwanzig Minuten. Er betrachtete das Blut, das aus seinem Bein spritzte, und fragte sich, ob er sich Sorgen machen musste oder nicht.

Er lag mit dem Gewehr in beiden Händen auf dem Rücken, die Arme dicht an die Brust gezogen, zählte bis fünf und rollte wieder aus der Deckung.

Diesmal zwei schnelle Schüsse in Richtung Treppe, aber gezielt zwischen viertem und fünftem Stock, wie ihm der Schusswinkel verraten hatte. Er ging nicht gleich wieder in Deckung, sondern zählte reglos liegend bis zehn und rutschte dann zurück hinter den Schacht.

Er begann, seine Wunde zu verbinden, riss ein Hemd aus der Tasche in Streifen und fertigte eine Abschnürbinde an. Er gab sein Bestes, ohne zu wissen, ob es bereits zu spät war und er sein letztes bisschen Zeit vergeudete, aber wer in Burk's Fall aufgewachsen war, kannte das Gefühl der Sinnlosigkeit des eigenen Tuns, deswegen grübelte er nicht weiter darüber nach.

Sobald die Binde den Blutfluss in seinem Bein gestoppt hatte, packte er seine Tasche ein, kroch zu der Feuerleiter auf der Ostseite des Lagerhauses, schob den Gewehrlauf über die Kante und schoss blind, ohne sich zu zeigen, dann stand er schnell auf und feuerte in die Seitenstraße.

Niemand da.

Halb kletterte, halb rutschte er die Feuerleiter hinunter und biss vor Schmerz die Zähne zusammen, als er auf den Asphalt sprang. Er zog sich die Kapuze über den Kopf und lief die Seitenstraße entlang, nahm die Tasche in die linke Hand und ließ die rechte beim Gehen schwingen, die unter seinem Parka versteckte Uzi immer griffbereit.

Er musste von der Straße weg. Ein paar Stunden lang richtig tief untertauchen, um seine Wunden zu versorgen. Danach – und ihm war egal, ob halb Springfield dabei brennen musste – würde er den Hurensohn finden, und sie würden die Sache klären.

44

Donna Griffins Tonfall senkte sich am Ende ihrer Sätze, und Yakabuski wusste gleich, dass es ein Problem gab. Normalerweise klang
sie begeistert. Nicht aufgeregt, es war mehr als das, und nicht ge-
reizt, das wäre etwas anderes. Donna Griffin brauchte keinen Kaffee, um das Beste aus dem Tag rauszuholen. Sie begrüßte jeden
Moment mit offenen Augen und Armen. Yakabuski bewunderte
solche Leute.

Deswegen war offensichtlich, dass sie ein Problem hatte, und er
schnitt ihr nach zwei Minuten das Wort ab.

»Donna, warum überspringst du das nicht und sagst mir, was
ich wirklich wissen muss.«

»Du willst nicht den ganzen Bericht?«

»Die Fahrtroute des Jeeps bringt mir im Moment nichts. Sag
mir einfach, wie lange ihr ihn im Blick hattet und wohin er gefahren ist.«

»Gut. Wir haben ihn siebzehn Minuten und elf Sekunden
lang. Er ist auf den Highway 7 abgebogen und in Centretown
wieder abgefahren. Tatsächlich haben die Kameras am Revier ihn
aufgezeichnet, als er um zwei Uhr dreiundzwanzig hier vorbeikam. Die letzten Aufnahmen waren richtig gut, eine private
Überwachungskamera von Edelson's Jewellers in der Water Street
hat das Heck des Jeeps voll im Bild gehabt. Man sieht, dass das
Kennzeichen schlammbespritzt ist. Die beste Aufnahme, die wir
haben. Vielleicht lassen sich daraus ein paar Ziffern ziehen. Newt
ist dran.«

»Du sagst mir immer noch nicht, was das Problem ist.«

»Du meinst, dass es ein Problem gibt?«

»Ja«.

»Okay. Ja, es gibt eins. Ich weiß nicht, wie ich es dir sagen soll, Yak, aber die Edelson-Kamera hat den Jeep aufgenommen, als er in eine Parkgarage gefahren ist. Direkt gegenüber vom Juwelierladen.«

»Noch eine Parkgarage?«

»Ja. Und, Yak, das ist der Kracher. Der Jeep ist um zwei Uhr siebenundvierzig reingefahren und nie wieder rausgekommen. Wir haben ihn heute Morgen gefunden, im Bereich für Langzeitparker auf dem oberen Parkdeck. Newton lässt ihn gerade untersuchen. Die Kennzeichen wurden entfernt. Der Betreiber sagt, das ist auf einem Langzeitparkplatz nicht ungewöhnlich. Und es wurde bar bezahlt, letzten November. Die Unterschrift auf dem Vertrag ist unleserlich.«

Yakabuski schwieg. Er verstand das Problem allmählich.

»Wir durchsuchen den Jeep und das Parkhaus, aber bisher nichts«, fuhr Griffin fort. »Newton meint, die Aussicht, da irgendwelche Diamanten zu finden, liegt bei null. Er will, dass ich das im Lagebericht sage. Bei null.«

»Wahrscheinlich ist das noch optimistisch.«

»Kann sein. Yak, das überleben wir nicht. Ich habe den ganzen Tag gerechnet, und es ist unmöglich. Der Jeep steht da seit sieben Monaten. Seitdem sind Tausende Autos rein- und rausgefahren. Selbst wenn man davon ausgeht, dass der Dieb sich nicht lange im Parkhaus aufgehalten hat, ist es völlig aussichtslos. Schon nach den ersten drei Autos, die das Parkhaus verlassen, ergibt sich eine endlose Zahl an Möglichkeiten. Mehr braucht es nicht.«

»Drei Autos?«

»Zwei würden schon reichen. Ich bin noch nicht ganz fertig, aber ab drei sind wir auf jeden Fall erledigt. Und auch wenn es egal ist, aber um dir eine Vorstellung davon zu geben, wie sehr am Arsch wir sind, am Morgen nach dem Überfall sind zwischen zwei

Uhr siebenundvierzig und sechs Uhr siebenundzwanzig Wagen in die Garage rein und raus gefahren.«

Ihr Ton war so düster, dass Yakabuski den letzten Satz kaum hörte. Hatte sie siebenundzwanzig gesagt?

»Habt ihr irgendwelche Bilder vom Fahrer des Jeeps?«

»Nein. Die hat man bei Nachtsichtkameras nie. Die Person scheint einen Parka zu tragen. Wirkt ziemlich groß, aber es ist ein Parka, was lässt sich da schon erkennen? Wir wissen nicht mal, ob es Männlein oder Weiblein ist. Das ist eine Sackgasse, Yak. Tut mir leid, aber wir stehen wieder am Anfang und haben keinen Schimmer, wo die Diamanten sind.«

»Siebenundzwanzig Fahrzeuge, hast du gesagt?«

»Genau.«

»Ist irgendwer zu Fuß in die Garage reingegangen oder rausgekommen?«

»Auf den Kameras ist nichts zu sehen. Yak, ich weiß nicht, ob ich mich klar genug ausgedrückt habe. Es sind zu viele Fahrzeuge. Das kriegen wir nie hin.«

»Was, wenn wir nur nach einem suchen würden?«

»Ein Fahrzeug? Wie soll das gehen?«

»Warte kurz.«

Yakabuski schloss die Augen. Er hasste es, gute Arbeit vergeudet zu sehen. Und dass Donna Griffin klang, als würde sie kündigen wollen. Es war weit hergeholt, aber je länger er nachdachte, desto logischer schien es ihm. Mit geschlossenen Augen versuchte er, sich an die Zahlen auf dem Kennzeichen zu erinnern, dem er vor einiger Zeit durch den Regen gefolgt war. Als er die Augen aufschlug, sagte er: »Hast du was zu schreiben?«

»Ich hab den Computer vor mir.«

»Schreib auf – KZL 135.«

»Ein Kennzeichen?«

»Ein Schuss ins Blaue. Überprüf die siebenundzwanzig Fahrzeuge nach diesem Kennzeichen. Wenn du nichts findest, dann jedes weitere Auto bis neun Uhr. Das dauert wahrscheinlich nicht allzu lange, oder?«

»Wahrscheinlich nicht.«

»Melde dich, wenn du fertig bist.«

• • •

Yakabuski ging in ein Café neben dem Revier und bestellte einen mittelgroßen Kaffee zum Mitnehmen. Die junge Frau hinter der Theke fragte, ob er Venti meinte, und er sagte, nein, mittelgroß. Als sie wissen wollte, ob er entkoffeiniert wollte, lachte er. Dann hatte er ein schlechtes Gewissen und gab einen Dollar Trinkgeld.

Als er sein Büro betrat, klingelte das Telefon auf dem Schreibtisch.

»Es war der fünfte Wagen«, sagte Donna. »Ich hab das Kennzeichen bereits aus dem Computer gezogen und muss sagen – *holy fuck!* Was soll ich jetzt tun?«

»Verfolg den Wagen.«

45

Bangles starrte die Motelrezeption auf der anderen Straßenseite an und wusste, dass es nicht anders ging. Er hatte den Großteil des Tages in einer Schiffswerft im French Quarter verbracht, denn dort gab es immer Verbandskoffer für Notfälle. Tatsächlich hatte er einen gefunden, der mehr enthielt, als er gehofft hatte. Jod und Salzlösung, Spritzen, gute dicke Mullbinden und noch besseres Klebeband. Er nahm den Koffer mit, außerdem einige Wasserflaschen aus einem Kühlschrank und versteckte sich in der Vorderkabine einer vierzehn Meter langen SeaRay im Trockendock. Dort versorgte er seine Verletzungen und fand sogar einige Stunden Schlaf. Die Polizeisirenen, die durch das French Quarter und die Ladoucer Street rasten, störten ihn nicht.

Die Kugel hatte die Oberschenkelarterie nicht getroffen. Zum Glück. Aber als er jetzt die Motelrezeption beobachtete, wurde ihm klar, dass sein Glück vom Pech verfolgt wurde. Warum war das immer so? Wenn es doch nur einmal anders laufen würde. Er schüttelte den Kopf. Er vergeudete nur Zeit.

Er hatte es erst kurz vor dem Motel gemerkt. Als er den Zimmerschlüssel aus der Reisetasche holen wollte und ihn nicht fand. Was ihn völlig aus dem Konzept brachte. Was wiederum zeigte, wie schlimm der Verlust des Schlüssels war, denn wenn man nach einem unerwarteten gegnerischen Angriff untertauchte, durfte man nicht die Fassung verlieren.

Der Schlüssel musste während der Schießerei auf dem Dach aus der Tasche gefallen sein. Wieso hatte er nichts gemerkt? Er schaute hinüber zu dem rot blinkenden Neonschild mit *Geöffnet* im Fenster des Concorde Motels. In Zimmer 17 im Erdgeschoss im Ostflügel, letzte Tür, lag sein Notgepäck deponiert. Er hätte mit Leichtigkeit einbrechen können, wäre dabei aber ins Visier des Nachtportiers geraten, der von seinem Platz aus alle Zimmertüren im Blick hatte. Der junge Mann saß hinter dem Empfangstresen und schaute fern. Bangles ging seine Optionen ein letztes Mal durch. Nach ein paar Minuten schulterte er die Reisetasche, trat aus dem Schatten und überquerte die Straße.

Er musste den Nachtportier um den Ersatzschlüssel bitten. Damit begab er sich einige Minuten lang aus der Deckung, aber es war die sicherste Option.

• • •

Das Deckenlicht der Rezeption war aus, lediglich eine Lampe mit grünem Schirm auf dem Empfangstisch brannte, außerdem gab der 14-Zoll-Fernseher an der Wand flackerndes Licht ab. Bangles stieß die Tür auf und trat ein.

Der Nachtportier verzog missmutig das Gesicht, wandte sich vom Fernseher ab und sagte: »Guten Abend und willkommen im Concorde … Ach, Sie sind das, Mr. Bishop.«

Der Nachtportier war Anfang zwanzig, hatte fettige schwarze Haare und viele Pickel im Gesicht. Er hatte Bangles einmal nach seinen Tätowierungen gefragt und gesagt, er hätte schon immer ein Halstattoo haben wollen, könnte sich aber nicht entscheiden.

»Hallo, Matt. Tut mir leid, dass ich stören muss, aber ich habe meinen Zimmerschlüssel verloren und brauche Ersatz.«

»Natürlich, Mr. Bishop. Kein Problem.«

Der Junge stand auf und ging zu einer Holztafel mit Haken, an denen die Schlüssel hingen, jeder mit einem Plastikanhänger mit der Aufschrift *Concorde Motel* versehen. Er nahm den Schlüssel für Zimmer Nummer 17 ab und kam zurück an den Empfangstisch.

»Bitte sehr.« Er schob den Schlüssel über den Tresen. Als Bangles danach griff, sagte er: »Hey, Sie bluten ja.«

Bangles betrachtete die Blutstropfen, die auf den Tresen gefallen waren.

»Hab mir vorhin die Hand geschnitten. Ist wohl Zeit für einen neuen Verband.«

»Sie sehen nicht gut aus, Mr. Bishop. Ich mache mal das Licht für Sie an.«

»Nein. Alles in Ordnung, Matt.«

Aber der Junge knipste das Licht an, grell wie ein Stroboskop, das die Dunkelheit zerriss, als wäre in der Rezeption ein Meteor eingeschlagen. Und dann stellte er stotternde, besorgte Fragen nach Bangles' Zustand, riet ihm, sich untersuchen zu lassen, und Bangles wollte den Jungen abknallen, aber das hätte alles nur schlimmer gemacht. Endlich bekam er den Schlüssel und verließ das Büro.

· · ·

Wer im Krieg den Gegner aus der Deckung locken wollte, setzte einen gut sichtbaren Köder ein. Wenn man über ein entbehrliches Lockmittel verfügte, das vielleicht funktionieren könnte.

Bangles nahm den Ersatzschlüssel und wartete neunzig Minuten, bevor er auf sein Zimmer ging. Bis dahin versteckte er sich im Wald hinter dem Motel und behielt Zimmer 17 im Auge. Währenddessen zog er sich um. Beobachtete auch die umliegenden Zimmer mit seinem Nachtsichtgerät. Als er meinte, dass genug Zeit vergangen war, warf er sich die Reisetasche über die Schulter und ging auf sein Zimmer zu.

Das linke Bein winkelte er beim Gehen ab, damit die Abschnürbinde nicht scheuerte. Er hatte so viel Blut verloren, dass selbst hundert Meter ihm Mühe bereiteten. Vor der Zimmertür hielt er an, um Luft zu schöpfen, verlagerte sein Gewicht und schloss mit dem Ersatzschlüssel auf.

Er trat ein, zog die Tür hinter sich zu und lehnte sich dagegen.

Seine Wirbelsäule drückte gegen den Metallrahmen mit den Informationen zu Zimmerpreisen und Fluchtwegen durch die Treppenhäuser und Flure des Concorde Motels. Für den Notfall, für den Fall, dass man auf geordnete Weise fliehen musste. Sein Atem ging immer noch schwer, seine Augen gewöhnten sich allmählich an die Dunkelheit im Zimmer, als ein Mann sagte: »Ich hatte gedacht, du könntest schneller kriechen.«

46

Trotz des schwachen Lichts sah er Cambino grinsen. Der saß auf dem Bett, die Füße berührten leicht den Boden, die Glock in seiner rechten Hand zielte auf Bangles' Brust.

»Lass die Tasche fallen, Bobby«, sagte er. Bangles beäugte die Waffe und gehorchte.

»Schieb sie rüber.«

Er schob mit seinem gesunden Bein. Cambino deutete auf einen Stuhl am Fenster.

»Setz dich da hin.«

Bangles setzte sich. Auf dem Tisch vor ihm lag eine Tourismusbroschüre von Springfield, ein Sommerfoto der Kettle Falls, ein Rennkanu sauste über Stromschnellen. Unter der Broschüre lag ein dick lackiertes Holzstück. Er starrte die Bilder an. Die Puzzleteile wollten nicht zusammenpassen. Er fragte sich, was gerade passiert war.

»Magst du Strategiespiele, Bobby? Schach? Backgammon? So was?«

Bangles konnte ihn jetzt besser sehen. Er trug eine braune Windjacke, das schwarze Haar war nach hinten gekämmt und in der Mitte gescheitelt. Er sah nicht viel anders aus als bei ihrer letzten Begegnung.

»An diesem Punkt heißt es schachmatt«, fuhr Cambino fort. »Oder auch Backgammon. Was immer dir lieber ist, Bobby, auf jeden Fall hast du verloren. Du bist nur deswegen noch am Leben, weil ich es so will. Du weißt, dass das die Wahrheit ist. Leugnen ist zwecklos.«

Gesichtszüge wurden erkennbar. Die krumme Nase. Die tief-

schwarzen Augen. Keine Gesichtsbehaarung. Keine Falten. Bangles
schaute wieder den Tisch an. In der Schublade lag bestimmt eine
Bibel. Pizzaflyer. Weitere Teile, die nicht passten.

»Willst du wissen, wie ich dich gefunden habe?«

»Ich weiß, wie du mich gefunden hast.«

»Du denkst, es war der Schlüssel.«

»Ich weiß, dass es der Scheißschlüssel war.«

»War es nicht.«

»Blödsinn.«

»Hier, ich beweise es dir.«

Jetzt lächelte Cambino. Kein Zweifel. Er hielt die Waffe so sicher auf Bangles gerichtet, als würde sie auf einem Stativ sitzen,
kramte mit der anderen Hand in seiner Jackentasche und zog
schließlich einen gelben Zettel heraus. Er ging auf Bangles zu und
legte ihm den Zettel auf den Schoß. Dann kehrte er zum Bett
zurück und setzte sich wieder.

Bangles betrachtete den Zettel. Eine Zimmerquittung des
Concorde Motels. Offenbar war bar bezahlt worden. Zimmer 48.
Westflügel, erster Stock, letzte Tür. Bangles hatte das Motel mehr-
mals observiert. Er schaute die Quittung an und begriff, dass
Zimmer 48 seinem direkt gegenüber lag, ein Stockwerk höher.

»Einen Tag, bevor ich auf dich geschossen habe, hatte ich eingecheckt, Bobby. Übrigens – hast du wirklich gedacht, ich würde
verfehlen? Auf die Entfernung? Ich fühle mich gekränkt.«

Bangles betrachtete wieder die Quittung. Sie war vor drei Tagen
ausgestellt worden.

»Das ist irgendein beschissener Trick.«

»Mitnichten. Ich habe auf dich gewartet. Ich wusste, dass du
herkommen würdest, nachdem ich dich aufgescheucht hatte. Es
war das nächstliegende deiner Verstecke. Und dein Notgepäck ist
hier deponiert. Die Tasche da drüben, stimmts?«

Cambino zeigte auf die lederne Umhängetasche mit den Pässen, den Portemonnaies und dem Geld, die lag, wo sie nicht liegen sollte. Bangles schaute sie immer noch an, als Cambino sagte: »Dich zu töten hätte mein Problem nicht gelöst, Bobby. Wir müssen reden.«

Alte Gefühle kamen in Bangles auf. Er war unsicher, wie er auf diese Worte reagieren sollte. Dabei wusste er sonst immer, wie er reagieren sollte. Er starrte Cambino an wie ein kleiner Junge, der einen Zaubertrick nicht durchschaute, und genau so sah er auch aus, als Cambino sagte: »Es war das Mädchen, Bobby.«

...

Danach saßen sie lange schweigend da, gewöhnten sich an die Dunkelheit, erkannten allmählich alle Gegenstände im Zimmer, spürten den Rest, keine störenden hellen Farben, kein elektronisches Summen im Hintergrund. Saßen in einer Dunkelheit, die nicht mehr wirklich dunkel war, bis Cambino sagte: »Grace Dumont. Du hast ihr einen Diamanten gegeben. Was bedeutet, du empfindest etwas für sie. Vielleicht fantasierst du von ihr oder von ihrer Mutter, ich muss nicht alles wissen, die eine Tatsache reicht – dass du etwas für sie empfindest. Also habe ich draußen vor ihrer Wohnung gewartet. Nicht so lange, wie ich gedacht hatte. Dann bin ich dir gefolgt und wusste nach zwei Tagen alles über dich, was ich wissen musste. Sogar den Namen des Mädchens, das du in diesem Zimmer als letztes gefickt hast.«

Bangles versuchte nicht mehr, seine Überraschung zu verbergen. Er war schon drüber, wie die harten Typen in Billy Adams' Gang es ausgedrückt hatten, wenn sie auf den Krebsstationen abkratzten oder von einem Richter zum Tode verurteilt worden waren, um nicht »wir sehen uns drüben« zu sagen, weil das alle sagten.

»Wie zum Teufel hast du solche Sachen gelernt?«

»Ist nicht schwer. Je mehr man über jemanden weiß, desto schwächer wird er. Deinen ersten Mord hast du als Kind begangen.

Du warst etwa so alt wie Grace Dumont, als sie von dir entführt wurde. Ich weiß nicht, wann dir das klar geworden ist, aber irgendwann hast du begonnen, etwas für sie zu empfinden. Das wurde deine Achillesferse. Egal wie viele Menschen du seither getötet hast, du bist immer noch der Junge an der Holzwaage. Ein Junge, der nett zu einem Mädchen ist. So habe ich dich gefunden.«

»Wird ihr etwas geschehen?«

»Aah, schon wieder.«

»*Wird ihr etwas geschehen?*«

»Nein. Soll ich es versprechen?«

»Ja.«

»Grace Dumont wird nichts passieren. Sie ist ab sofort raus aus dem Ganzen.«

Bangles wirkte erleichtert, und Cambino sah ihn interessiert an.

»Fühlst du dich besser, weil du weißt, dass du deswegen stirbst? Wegen deines einzigen Aktes der Güte?«

»Wie viel Zeit bleibt mir für eine Antwort?«

»Bobby.«

»So endet es also, ja? Keine Chance, dass es anders ausgehen könnte?« Er musste fragen. Man konnte nie wissen.

»Nein.«

Er lehnte sich zurück und dachte über Cambinos Frage nach. Eine gute Frage für einen solchen Moment, und Cambino drängte ihn nicht. Schließlich richtete Bangles sich auf und sagte: »Ich finde, es ist nicht so wichtig, warum man stirbt oder wie man stirbt. Tot ist tot. Wichtiger ist wohl, wie man gelebt hat.«

Das Lächeln verschwand aus Cambinos Gesicht, er sah Bangles lange eindringlich an, es herrschte befangenes Schweigen, das endete wie so viele stille Momente, mit Traurigkeit und dem Wissen, dass etwas Unangenehmes bevorsteht und man es besser hinter sich bringt.

»Es ist schade. Manchmal ist das so. Man fühlt sich nicht gut, man wünscht, es hätte anders kommen können, aber etwas anderes bleibt einem nicht, stimmts? Ein Wunsch. Mehr nicht. Hast du einen letzten?«, fragte Cambino.

»Nein.«

»Bist du sicher? Ich nehme solche Dinge ernst.«

»Nein, wir sind hier fertig.«

Cambino nickte. Dann beugte er sich vor und kramte in Bangles' Tasche herum, bis er das gefräste Armeemesser fand, mit dem er gerechnet hatte. Er hielt das Messer in der einen Hand, die Waffe mit der anderen immer noch auf Bangles' Brust gerichtet, und stand aus der Hocke mühelos auf. Wenn Bangles nicht schon gewusst hätte, dass Gegenwehr sinnlos war, hätte ihn diese Bewegung überzeugt. Cambino atmete nicht einmal schwer.

Bangles starrte das Messer an und dachte: *mit einem Messer also.* Er hatte hin und wieder darüber nachgedacht. Ein Messer wäre nicht seine erste Wahl gewesen.

»Machen wir uns an die Arbeit«, sagte Cambino. »Ich habe ein paar Fragen wegen der Diamanten, die du gestohlen hast.«

47

Zu den vielen Paradoxen im Leben von Tyler Lawson gehörte, dass er großen Respekt vor dem Gesetz hatte. Mafiaanwalt mit Skrupeln, so nannten ihn manche im Gericht von Springfield, und Lawson schien der Sarkasmus entweder nicht zu treffen, oder er bemerkte ihn nicht. Er hielt sich an die Vorgaben für zulässige Beweise und vereinbarte Begrifflichkeiten, betrachtete die verschlüsselte Sprache der Gesetzgebung als heilig, ließ fünfe niemals gerade sein und verhielt sich im Gerichtssaal und anderen Anwälten gegenüber immer korrekt und untadelig.

All dies im Dienst von Männern ohne jegliche Skrupel, wodurch das Gesetz in Lawsons Händen immer gebeugt wurde, dennoch hörte er nie auf, an die grundlegende Richtigkeit des Rechtssystems zu glauben, gab nie den leidenschaftlichen Glauben auf an die Objektivität von sachlichen Debatten und syllogistischen Schlüssen, an die Überlegenheit und Allgemeingültigkeit des Gesetzes.

Der Anruf bei Bobby Bangs beendete den Irrglauben an den Mafiaanwalt mit Skrupeln. Vernichtete die lang gehegte Selbsttäuschung, dass es ihm gelungen wäre, eine Grenze zwischen sich und den Shiners zu ziehen. Wie sollte er das noch glauben, wenn er sich gerade zum ersten Mal in seinem Leben ein nicht registriertes Handy besorgt und Bobby Bangs die Nachricht übermittelt hatte – *Bobby Bangs*, Herrgott noch mal, das Lied kannten sogar seine Kinder –, dass ein Attentäter Jagd auf ihn machte.

Er hätte genauso gut sagen können: »Geht in eure Ecken.« Er war gerade zu einer Art Ringrichter geworden für den nächsten Mord in Springfield.

Das musste ein Ende haben. Es hätte schon lange ein Ende haben müssen, lange bevor Sean Morrissey ins Gefängnis gegangen war, aber jetzt konnte er es nicht länger leugnen. Das Handy. »Sie sind getickt worden.«

An diesem Tag löste sich auf der Fahrt nach Hause alles in Luft auf – die letzten zwanzig Jahre seines Lebens.

• • •

Trish Lawson saß am Küchentisch und musterte ihren Ehemann. Sie hatten gerade zu Abend gegessen, die Kinder waren oben und erledigten ihre Hausaufgaben – oder taten so. Sie aßen oft zu zweit, wenn Tyler erst spät aus dem Büro kam. An diesen Tagen machten sich die Kinder ihr Abendbrot selbst, sie waren alt genug.

Nur selten nahmen Trish und Tyler am Tisch im Esszimmer Platz, lieber saßen sie am großen Küchenfenster mit Blick auf den Garten und den Wald dahinter. In der Küche war es schummrig, draußen schimmerten die Birkenstämme hell.

»Du bist sehr schweigsam heute Abend«, sagte sie.

»Mir geht leider viel im Kopf herum.«

»Sean?«

»Klar, auch.«

»Als er letzte Woche aus Wentworth entlassen wurde, hat Frank mich angerufen.«

Tyler starrte sie an. »Das hast du mir nie erzählt.«

»Ich war nicht sicher, ob ich wollte. Er macht sich Sorgen um mich. Und um dich.«

»Das bezweifle ich.«

Sie nickt. »Doch. Er hat gesagt, du bist in Gefahr. Und Sean auch.«

»Glaubst du ihm?«

»Wieso sollte ich nicht, Tyler? Herrgott, letztes Jahr wurde Seans

Vater ermordet und an der North Shore wie ein erlegtes Tier an einen Zaun gehängt. Und der Sohn soll unbesiegbar sein?«

»Hinter dem Mord an Augustus steckt mehr, als die Leute ahnen, Trish. Frag deinen Bruder, wenn er wieder anruft.«

»Tyler, was ist los?«

Er wandte sich ab und starrte den Fernseher an der gegenüberliegenden Wand an. Acht Uhr abends, sie saßen immer noch in der Küche. Normalerweise würde der Fernseher laufen.

»Ich glaube, wir sollten eine Zeit lang verreisen«, sagte er, als er sich wieder seiner Frau zuwandte. »Wir sollten eine lange Urlaubsreise machen.«

»Genau das hat Frank auch gesagt. Dass wir in einen Flieger steigen und für eine Weile von hier verschwinden sollen.«

»Zur Abwechslung stimme ich ihm zu.«

»Die Kinder haben Schule, Tyler.«

Er hob die Hände. »Nimm sie raus. Ein paar Wochen in der Sonne tun uns allen gut.«

»Justin hat Hockey. Sarah nimmt in zwei Wochen an einem Tanzwettbewerb teil. Wann schwebt dir denn vor, Tyler?«

»Bald. So schnell wie möglich ... sobald wir ... ja, um ein paar Dinge müssen wir uns kümmern ... aber wenn wir ...« Er brach ab. Wusste nicht, wann der richtige Zeitpunkt wäre.

Seine Frau sah ihn traurig an. »Du kannst erst weg, wenn Sean irgendwas mit den Diamanten gemacht hat, stimmts? Du bist in all das verwickelt. Das ist, als hättest du sie selbst gestohlen.«

»Das ist nicht fair, Trish.«

»Aber stimmt es nicht? Mein Gott, Tyler, du bist Anwalt.«

Damit sprach sie es zum ersten Mal aus. Sie waren übereingekommen, nie über seine Arbeit zu reden, wobei das nicht ganz stimmte, es war nie entschieden worden, nur immer klar gewesen – Tyler vertritt die Shiners in Rechtsfragen, und wir reden nicht darüber.

Er wusste nicht, was er antworten sollte. Merkte, dass er verzögern wollte. Eine vertraute Reaktion für Tyler Lawson.

»Trish, das ist heikel«, sagte er. »Das musst du doch einsehen. Ich weiß im Moment nicht, was ich tun soll. Alles, was ich tue, könnte es nur schlimmer machen.«

»Es ist ein bisschen mehr als *heikel*, meinst du nicht, Tyler? Kennst du diesen Typen, der in der Stadt ist und Sean sucht? Und der Gabriel Dumont umgebracht hat?«

»Ich habe von ihm gehört. Übertriebene Geschichten. Eher Mythen.«

»Aber es gibt ihn?«

»Ja, es gibt ihn.«

»Frank meint, der Typ wird Sean Schwierigkeiten machen. Richtige schlimme Schwierigkeiten. Bist du anderer Meinung?«

»Ich weiß es nicht, Trish. Ich würde niemandem raten, gegen Sean Morrissey zu wetten. Aber diesmal … bin ich nicht sicher.«

Trish Lawson strich sich eine Haarsträhne aus dem Gesicht und sah ihren Mann wütend an, verspürte aber rasch Mitleid oder zumindest etwas Mitgefühl. Sie rieb sich mit dem Handrücken über die Wange.

»Verdammt, Tyler, ist es *so schlimm?*«

Er umrundete den Küchentisch und nahm sie fest in die Arme. Dann weinten beide, und als Julie in die Küche kam und wissen wollte, was passiert sei, sagte Trish, eine Tante von Tyler wäre gestorben. In Savannah, wo der Großteil von Tylers Familie wohnte, und vielleicht müssten sie alle zur Beerdigung fahren. Danach gingen sie hoch ins Schlafzimmer und redeten fast die ganze Nacht.

48

Wieder fuhr nachts ein Wagen durch eine grünlich gefärbte Schattenwelt. Yakabuski saß schon so lange vor diesen Videos, dass er sich langsam wie eingesperrt fühlte.

O'Toole war ebenfalls anwesend und stand neben Yakabuski, als Griffin das Video auf ihrem Laptop startete. Der Chief hatte extra den Besprechungsraum im dritten Stock reserviert, er wollte verhindern, dass irgendwer ungebeten in Yakabuskis Büro platzte. Oder in sein eigenes, denn auch seine Tür stand immer offen.

»Wir haben den Wagen dreiundfünfzig Minuten lang im Bild«, sagte Griffin. »Das ist länger als nötig. Einmal ist er auf den Seitenstreifen gefahren und hat da fast zwanzig Minuten lang gestanden. Direkt an der Auffahrt Mission Road am Highway 7. Die Kamera hatte ihn die ganze Zeit im Blick.«

»Was hat er da gemacht?«

»Lässt sich nicht sagen. Die Scheiben sind getönt. Den Fahrer haben wir nie zu sehen bekommen.«

»Ein Telefonat?«

»Möglich. Wenn nötig, können wir die Funkzellendaten abfragen. Aber vielleicht sitzt er auch einfach nur im Wagen, schaut sich die Beute an und denkt: *Heilige Scheiße!*«

»Spulen Sie vor, Donna. Wir müssen nicht die ganze Route sehen«, sagte O'Toole.

Griffin drückte eine Taste. Im Schnelldurchlauf sah das Video aus wie ein Ölfleck, der aus einem Zweitakter-Bootsmotor lief. Als sie das Video stoppte, drehte sie sich um und sagte: »Das ist eine solche Ironie, dass ich gar nicht weiß, wo ich anfangen soll. Die letzte Kamera, die den Wagen eingefangen hat, war genau die

Kamera, die den Econoline-Van in der Nacht des Diamantenraubs zum letzten Mal aufgezeichnet hat. Beide Fahrzeuge sind an derselben Stelle verschwunden.«

Sie drückte *Play*, und wieder tauchte der Wagen auf dem Laptop auf. Er fuhr eine zweispurige Landstraße entlang, gesäumt von Schneematschhügeln und kahlen windzerzausten Zedern, deren Schatten aussahen, als würden Menschen auf die Straße fallen. Die Scheinwerfer warfen sechs Sekunden lang Licht in die Dunkelheit, dann war der Wagen verschwunden.

»An derselben Stelle«, sagte Griffin erneut und klang so erstaunt wie beim ersten Mal. »Nach all der Arbeit und der Mühe in den letzten Monaten stehen wir wieder am Anfang.«

Weder Yakabuski noch O'Toole sagten etwas. Sie waren älter und nicht mehr so leicht zu überraschen.

»Ich glaube nicht, dass wir noch mehr rausfinden werden«, sagte Griffin und sah Yakabuski an.

»Sie hat recht, Yak«, sagte O'Toole. »Wir haben genug Beweise, um ihn zu befragen. Wie willst du vorgehen?«

»Ich hole ihn her.«

»Ich würde dir gern ein paar Polizisten mitgeben.«

»Mir wär's lieber, du lässt es.«

O'Toole öffnete den Mund, um zu widersprechen, schloss ihn dann wieder und schaute Yakabuski sekundenlang an. Schließlich sagte er: »Ich warte hier auf dich. Ruf mich an, sobald du auf dem Rückweg bist.«

49

Sean Morrissey saß in seinem Büro und wünschte sich, die Diamanten noch einmal sehen zu können. Vielleicht würde er dann denken, dass es das alles wert gewesen war.

Als er sie in den Händen gehalten hatte, hatte er überlegt, ein Foto zu machen, und bereute jetzt, darauf verzichtet zu haben. Ein unnötiges Risiko, hatte er damals gedacht, und es gelassen. Wer hatte das ahnen können? Hätte er der Versuchung doch einmal nachgegeben.

Er *erinnerte* sich, wie die Diamanten aussahen. Wie alle schönen Träume, die er je gehabt hatte, zusammengenommen. Die Flächen und Pastellfarben, nirgendwo etwas Dunkles oder Spitzes. Er hatte die Hände bis zu den Ellbogen in die Transportkisten gesteckt und die glitzernden Diamanten umgerührt, die ihm zuzuzwinkern schienen – violett, orange, gelb, blau. Die Farben rannen über seine Hände wie Wasser in einem Fluss.

Etwas Schöneres hatte er noch nie gesehen. Wenn die Diamanten jetzt auf seinem Tisch lägen, wäre es das alles wert gewesen. Fast war er davon überzeugt.

Er hatte seit vierundzwanzig Stunden nichts mehr von Bangles gehört und wusste, was das bedeutete, denn Bangles sollte sich eigentlich alle zwölf Stunden melden und Bericht erstatten. Immer zur gleichen Zeit. Mit demselben geheimen Handy. Ein verpasster Anruf konnte vorkommen. Zwei nicht.

Bobby Bangs. Er hatte fast gedacht, der Junge könnte Tommy noch übertreffen. Zuerst war ihm der Gedanke wie ein Sakrileg vorgekommen, hatte sich aber immer mehr verfestigt. Jetzt waren beide nicht mehr da, also hatte er sich wohl auch in diesem Fall geirrt. Er vermisste sie. Wie er seine Mutter vermisste, obwohl sie schon längst nicht mehr richtig bei ihm gewesen war. Ihre Beerdigung im vergangenen Jahr schien noch nicht lange her. Und überraschenderweise vermisste er Lucy Whiteduck, aber auch Lucy war noch nicht lange tot, daher war es vielleicht nicht verwunderlich.

Fast über Nacht war er sentimental geworden und wusste, was das bedeutete. Er hatte seinen Kampfgeist verloren, der war geflohen wie ein Dieb in der Nacht, als Bangles den zweiten Anruf verpasste. Eigentlich hatte Morrissey gedacht, er würde niemals aufgeben. Jetzt war er ein Mann, dem weder Familie noch Freunde blieben, und einsame Männer waren schlechte Krieger. Deswegen hatte die Geschichte Länder und Flaggen erfinden müssen. Damit die Toten irgendwo hingehörten.

Kurz vor neunzehn Uhr hörte er die ersten Schüsse. Sie kamen vom Hintereingang des Clubs, was klug war, dachte er. Cambino hatte sicher sofort erkannt, dass seine besten Männer vorn standen. Das Feuer wurde erwidert, aber nur kurz. Dann hörte er Schritte.

Ein Moment der Stille. Wieder Schüsse. Jetzt in den Clubräumen und viel lauter, wie Donner, der sich ins Haus geschlichen hatte. Als die Schüsse verklangen, hörte er große Gegenstände laut krachend zu Boden fallen. Glas splitterte. Schüsse. Dann Stille.

Einen Moment später klopfte es an die Bürotür. Morrissey blieb an seinem Schreibtisch sitzen, rief sich den Anblick der Diamanten ins Gedächtnis und überlegte, ob er tatsächlich »Herein« rufen sollte.

• • •

Auf der Fahrt grübelte Yakabuski, ob er es hätte merken müssen. Normalerweise vermied er Rückblicke, weil er keinen Sinn darin sah, aber diesmal zwickte ihn die Frage.

Mit vielem hatte er recht gehabt. Das durfte er nicht vergessen. Die Diamanten hatten die Stadt nie verlassen. Morrissey hatte sie versteckt, genau wie er gedacht hatte. Das Police Department hatte keine Zeit durch Gespräche mit Interpol und mit dem Durchforsten von Passagierlisten oder Banküberweisungen ins Ausland vergeudet. Sie hatten sich nicht austricksen lassen, selbst als die Suche kein Ende nahm und die Zahl derjenigen, die die Diamanten für vom Winde verweht hielten, die derjenigen, die dachten, sie wären immer noch in Springfield, schließlich überstiegen hatte.

Auch hinsichtlich der Mission Road hatte Yakabuski sich nicht geirrt. Darüber ließ sich vielleicht streiten, aber er hatte an keinem Punkt der Ermittlung im Abseits gestanden. Er war immer dicht dran gewesen.

Aber knapp daneben ist auch vorbei. Yakabuski lächelte bei dem Gedanken, was sein Vater sagen würde, wenn er jetzt neben ihm säße. Dicht dran, aber eben nicht ins Schwarze, und das löste keinen Fall.

Es hätten viele schlimme Dinge passieren können, die nicht passiert waren, auch daran musste man beim Rückblick denken – an das Nichtpassierte. Die Travellers hatten sich rausgehalten; vielleicht hatten sie das eh vorgehabt, aber dass Rachel Dumont es so wollte und das Gespräch mit Linus Desjardins hatten bestimmt nicht geschadet. Im Schatzsucherlager war nie Chaos ausgebrochen, obwohl damit eigentlich fast zu rechnen gewesen wäre. Die Streifengänge am Morgen und die ständige Polizeipräsenz hatten ihren Zweck erfüllt.

Und die ganze Gewalt? Er war nicht sicher, ob die sich hätte vermeiden lassen. Die Leute in Springfield sprachen davon, dass ein Fieber die Stadt überkommen hätte, irrer Wahn und nackte Gier. Etwas Unnatürliches. Sie vermieden es, der Gewalt, mit der sie lebten, ins Auge zu sehen.

Im ersten Winter von Quebec City, der ältesten Stadt im Land, hatten an den Toren Köpfe auf Pfählen gesteckt. Sie waren Verschwörern abgeschlagen worden, die Champlain hatten töten wollen. So weit zurück reichten Verrat und Gewalt in dieser Gegend. Heute kannte niemand mehr diese Geschichte. Sie wurde nicht gelehrt. Die gepfählten Köpfe waren damals nicht das Schlimmste; der Winter war so lang und erbarmungslos, dass siebenundzwanzig von Champlains Siedlern verhungerten, und auf dem zugefrorenen Fluss vor dem Fort versammelten sich die Mi'kmaq. Weil das Wild verschwunden war, verhungerten auch sie auf der eisigen Ebene. Dutzende starben. Aasvögel verdunkelten den Himmel, an dem sich seit Wochen die Sonne nicht gezeigt hatte.

Das war der erste Winter. Yakabuski fand nicht, dass diese Jahreszeit seither besser geworden wäre. Aber wenn er anderen die Geschichte von Quebec City erzählte, sah man ihn an wie einen Spinner, als würde er dement. Es war ihm egal. Er sah Gewalt immer nur als das, was sie war – als völlig normale menschliche Handlung, deren Anblick in etwa so erschreckend war, wie jemandem beim Kaffeetrinken zuzuschauen.

Die Ereignisse in Springfield waren nicht unnatürlich. Eins hatte zum nächsten geführt, wie Benjamin Chee es ihm beigebracht hatte. Dennoch konnte Yakabuski eins nicht leugnen. Er hatte etwas übersehen.

»Wem würde Sean Morrissey die größte Beute seines Lebens anvertrauen?«

Eine gute Frage. Er hätte die richtige Antwort ahnen müssen.

• • •

Der Sicherheitsmann am Tor winkte ihn durch. Yakabuski fuhr durch Alleen, an denen weit zurückgesetzt große Häuser standen. Vor Dreiergaragen waren Hockeytore aufgebaut, auch Basketballkörbe waren häufig zu sehen.

Der Frühling war unspektakulär gewesen und hatte wenig Begeisterung hervorgerufen, aber jetzt war der Sommer auf dem Weg. Yakabuski bog in eine Sackgasse ab, die Villen wurden größer, die Garagen waren nicht länger angebaut, sondern standen für sich wie alte Kutschhäuser. An einem Knick in der Straße bog er auf eine Einfahrt ab. Hinter diesem Haus lagen keine weiteren Straßen, dort erstreckte sich der Wald bis fast hinunter zum Findlay Creek. Yakabuski parkte und ging zur Haustür. Im Garten standen immer noch die Seitenwände eines Hockeyfelds. Er klingelte und wartete.

Nach wenigen Sekunden öffnete ein Mann die Tür, dessen blonde Haare im Gegenlicht seltsam abstanden, wie die Strohhaare einer alten Stoffpuppe. Tyler Lawson streckte die Hand aus und sagte: »Das ging schnell. Ich habe dir die Mail erst vor ein paar Minuten geschickt.«

50

Sie saßen am Küchentisch, Yakabuski, seine Schwester und sein Schwager. Erst nach einigen Minuten der Verwirrung war Tyler Lawson klar geworden, dass Yakabuski seine Mail noch gar nicht bekommen hatte. Und Sekunden später, was das bedeutete.

»Wie lange weißt *du* es schon?«

»Seit gestern.«

»Warum bist du nicht gleich hergekommen?«

»Ich brauchte Beweise.« Nach diesen Worten sah Yakabuski seine Schwester an. Sie wirkte zutiefst erschüttert. So sahen Menschen aus, die spät nachts auf Krankenhausfluren saßen.

»Seit wann weißt du es?«, fragte er.

»Seit vorgestern«, erwiderte seine Schwester.

»Wäre nett gewesen, es mir zu sagen.«

»Wir mussten ein paar Dinge organisieren, Frank. Es tut mir leid.«

»Wo sind die Kinder?«

»Sie sind heute Nachmittag zu Tylers Mutter in Savannah geflogen.«

»Das war klug«, sagte Yakabuski.

»Es war schwer, sie wegzuschicken, Frank. Ich weiß nicht, ob sie jemals wieder nach Hause kommen können. Oder es überhaupt wollen. Das ist schwer auszuhalten, wenn die Kinder keine Ahnung haben.«

»Sie sind hier immer noch zu Hause, Trish. Dad und ich sorgen dafür.«

»Ach, Frank«, sagte sie und begann zu weinen. Lawson stand halb auf, als wollte er zu ihr gehen und sie trösten. Dann zögerte er, blieb ein paar Sekunden lang unschlüssig stehen und setzte sich wieder.

Es gab nichts, womit er sie hätte trösten können. Er war klug genug, das zu wissen. Yakabuski sah seinen Schwager an und sagte: »Du kannst sie genauso gut holen.«

...

Sie füllten vier große Reisetaschen. Yakabuski hatte es vor Monaten überschlagen und vermutet, dass vier Taschen reichten. Höchstens fünf.

Lawson trug sie nacheinander aus dem Keller in die Küche. Nach der zweiten Tasche rückte Trish näher an ihren Bruder heran und legte ihren Kopf auf seine Schulter.

»Was sollen wir tun, Frank?«

»Du kennst die Antwort, Trish.«

»Nie aufgeben. Ich weiß. Nur weiß ich nicht, ob ich das diesmal hinkriege.«

»Das weißt man nie.«

Als die vier Taschen auf dem Tisch lagen, setzte sich Lawson und wischte sich die Stirn ab. »Da«, sagte er mit einem Lächeln, aber als niemand das Lächeln erwiderte, senkte er den Kopf.

»Warst du von Anfang an eingeweiht?«

»Nein. Sean hat mich in jener Nacht angerufen und mich in das Parkhaus bestellt. Ohne den Grund zu nennen.«

»Triffst du dich öfter um zwei Uhr morgens mit Mandanten in einem Parkhaus?«

»Nein.«

»Du wusstest also, dass irgendwas nicht stimmte. Warum bist du nicht zu Hause geblieben, Tyler?«

»Ich hatte keine Wahl.«

»Hat er dir gedroht?«

»Ganz im Gegenteil. Er hat mir etwas versprochen.«

»Was?«

»Meine Freiheit. Sean meinte, wenn ich die Diamanten verstecke, bis er sie wieder abholen kann, wäre ich frei. Könnte gehen. Die Shiners hinter mir lassen. Auch Springfield, wenn ich wollte. Ich wäre frei und unabhängig. Nur diese letzte Sache noch.«

»Hast du ihm geglaubt?«

»Ich wollte ihm glauben.«

Yakabuski schüttelte den Kopf. Mehr brauchte es nicht. In der Verzweiflung griff man nach jedem Strohhalm. Sein Schwager war ausgetrickst worden wie ein kleiner Gauner, der zitternd in der Verwahrzelle hockte. Der beste Strafverteidiger von Springfield.

Yakabuski stand auf und öffnete eine der Taschen. Selbst im schummrigen Licht der Küche funkelten und glitzerten die Diamanten, dass es aussah, als hätte er beim Aufziehen des Reißverschlusses ein kleines Feuer entfacht. Auch die Farben erinnerten an ein Feuer: das Violett und Zinnoberrot und Orange der Glut, das Gelb und Blau der Flammen. Ungeschliffen hatten sie noch nicht ihre spätere Brillanz, aber es waren gute Diamanten – die Farben waren alle da. Was für ein Anblick.

Aber Yakabuski sah nicht die Schönheit der Diamanten. Er sah den panischen Blick von Brady Dekker. Er sah Jason McAllisters Leiche am Ufer des halb vereisten Sees liegen. In der Nähe ein weiterer Toter, malträtiert und gefoltert, ein grauenhafter Tod, mit Sicherheit das Schlimmste, das ihm je zugestoßen war, wenn auch nicht mit großem Abstand, wie der Zustand des Körpers vermuten ließ.

Yakabuski betrachtete die Diamanten und sah dieselbe Gier und dasselbe Elend wie bei allen großen historischen Katastrophen, Kreuzzügen und Gralssuchen.

Er schloss den Reißverschluss und setzte sich. Sah seinen Schwager an.

»Ist dir klar, was du getan hast?«, fragte er.

• • •

Tyler Lawson redete. Yakabuski schien es, als habe er die Rede vorbereitet. Seine Treuepflicht gegenüber Sean Morrissey hatte geendet, als er ihn am Nachmittag nicht mehr hatte erreichen können, nachdem er ihm am Morgen in einer E-Mail davon informiert hatte, dass er sich der Polizei stellen würde. Nicht dass es einen großen Unterschied machte, er würde seine Anwaltszulassung verlieren; das Vertrauensverhältnis zwischen Anwalt und Mandant war gebrochen, sobald er eine vollständige Aussage machen würde, wozu er bereit war. Er würde ins Gefängnis kommen.

»Ich habe mit Trish alles besprochen, aber noch nicht mit den Kindern«, sagte er. »Ich weiß, was mich erwartet, und bin bereit, die Konsequenzen zu tragen. Ich will es wiedergutmachen.«

Eine gute Rede, und als er fertig war, sagte Yakabuski: »Du weißt, was dir bevorsteht?«

»Der völlige Ruin. Ja, ich weiß, was auf mich zukommt. Kennst du ein paar gute Anwälte?«

Yakabuski antwortete nicht. Er betrachtete seinen Schwager, dem es halbwegs gelang, dem Blick standzuhalten. Nach einer Weile sagte er: »Du hast Sean nicht erreichen können?«

»Nein … ich … habe ich nicht«, stammelte Lawson. Mit dieser Frage hatte er nach seinem großen Geständnis nicht gerechnet. Yakabuski zog sein Handy aus der Tasche und starrte es an. Dann stand er auf und ging zum Festnetztelefon auf der Kücheninsel. Nahm den Hörer ab und hörte die unendliche Stille, die er befürchtet hatte. Lawson hatte sein eigenes Handy hervorgeholt und betrachtete es mit seltsamem Blick. Trish sah von einem zu anderen und fragte: »Was ist los?«

»Ich glaube, dein Mann hat sich damit verkalkuliert, was als Nächstes kommt«, sagte Yakabuski.

51

Lawson hob den Blick von seinem Handy, in seiner Miene eine Mischung aus Überraschung und Horror, wie bei einem kleinen Kind, das zum ersten Mal in eine Achterbahn steigt. Er schwitzte stark, Strähnen seiner blonden Haare klebten an seiner Stirn.

»Stört jemand das Signal?«

»Jemand? Willst du behaupten, du wüsstest nicht, wer?«

Lawson warf Yakabuski einen gekränkten Blick zu. Dann schaute er wieder sein Handy an, und sein Blick wurde leer, kein Gefühl war darin erkennbar, ein freier Fall. Trish sah erst ihren Mann an, dann ihren Bruder, schließlich sagte sie: »Er ist draußen vor dem Haus? Wollt ihr das sagen?«

»Das wissen wir nicht«, sagte Lawson.

»Doch«, sagte Yakabuski.

Trish schlug die Hände vor den Mund und zitterte am ganzen Körper. Lawson wirkte über ihre Reaktion überrascht und verletzt. Yakabuski fragte sich, ob er ausgerechnet jetzt eine Diskussion vom Zaun brechen würde. Weil Trish ihrem Bruder glaubte, nicht ihrem Mann.

Aber er ließ es, ging zu seiner Frau und umarmte sie. Beide zitterten und versuchten, ihr Schluchzen zu unterdrücken, ein trauriges Ächzen, das Yakabuski an die Geräusche erinnerte, die man hörte, wenn man nachts an einer alten Scheune vorbeikam.

• • •

Das Haus der Lawsons bestand zu gleichen Teilen aus Glas und Ziegeln. Die Südwand des Erdgeschosses war gänzlich verglast, die Vorderseite des Hauses zur Hälfte. Oben lagen ein offener Wohnbereich und das Elternschlafzimmer, beides mit hohen Decken und bodentiefen Fenstern, auch die anderen drei Schlafzimmer hatten große Fensterscheiben. In diesem Haus konnte man in einer mondlosen Nacht herumlaufen, ohne Licht machen zu müssen, die Korridore wurden durch das von draußen hereinfallende Licht einer Straßenlaterne in Halbschatten getaucht. Zwar ging die Tiefe verloren, alles wirkte ein wenig eindimensional und verzerrt – Yakabuski fühlte sich an die Schneedecke auf einer Skipiste am späten Nachmittag erinnert –, war aber erkennbar.

Ein Haus aus Glas. Quasi eine Einladung.

Sie hatten sich in der Küche hinter der Kücheninsel versteckt, von außen nicht sichtbar. Yakabuski verfügte über ein gutes Situationsbewusstsein, wie Rachel Dumont gesagt hatte, und überlegte seit fünf Minuten, aus welcher Richtung der Angriff am wahrscheinlichsten erfolgen würde.

Das Haus war nicht zu verteidigen. Die Größe, die vielen Fenster und Seitenflügel, die möglichen Angriffslinien und Rückzugsmöglichkeiten, es war hoffnungslos. Außerdem verfügten sie lediglich über zwei Schusswaffen. Vielleicht. Yakabuski hatte seine Dienstpistole, und Lawson hatte im Keller eine Tontaubenflinte, vor Jahren gekauft und nie benutzt. Yakabuski glaubte nicht, dass sie funktionierte oder dass Lawson Munition dafür hätte. Als er danach fragte, konnte sein Schwager nicht sagen, ob auch Schrotpatronen in dem Waffenschrank lagen, den er sich zusammen mit der Flinte angeschafft hatte.

»Ich erinnere mich, dass der Verkäufer mir gezeigt hat, wie man das Ding lädt. Es könnten noch Patronen drin sein. Soll ich sie holen?«

»Nein.«

Eine geladene Waffe verkaufen? Sollte das je passieren, würde Yakabuski nach Norden ziehen und nie mehr zurückkehren. Die Schrotflinte war nutzlos. Jedenfalls lohnte es sich nicht, dafür zu sterben, und Yakabuski war langsam überzeugt, dass genau das passieren würde, wenn sie die Küche verließen.

Denn dabei mussten sie an einer Reihe von Südfenstern vorbei. Dass die Handys nicht funktionierten, ließ vermuten, dass der Eindringling sich keine zweihundert Meter weit entfernt aufhielt, und der Wald hinter dem Haus stand viel näher am Haus. Die Küche zu verlassen, wäre Irrsinn.

Es konnte eine lange Nacht werden. Yakabuski hatte das schon öfter erlebt, mit den Kameraden irgendwo in einem Gebäude verbarrikadiert und unter Belagerung, wenn jeder hoffte, den Sonnenaufgang noch zu erleben. Im Morgengrauen, nachdem man stundenlang in die Schwärze gestarrt und darauf gewartet hatte, dass grau daraus wurde, setzten dann die Halluzinationen ein.

Aber vielleicht würde es auch keine lange Nacht werden. Cambino Cortez hatte, wann immer es auf seiner Reise durch die USA erforderlich wurde, äußerste Entschlossenheit an den Tag gelegt. Er hatte den Vorteil auf seiner Seite, und das wusste er. Ins Haus zu gelangen war ein Kinderspiel. Alles Weitere erst recht.

Yakabuski tippte darauf, dass er sich in der nordwestlichen Ecke des Waldes hinter dem Haus aufhielt. Er würde wissen, wo sie waren, denn er hatte sie durch einen Feldstecher beobachtet, als er das Handysignal gestört hatte. Natürlich hatte er ein Nachtsichtgerät, sodass es sinnlos gewesen war, das Licht auszuschalten, trotzdem hatten sie es getan. Auch ohne Nachtsichtgerät wusste er, wo sie gewesen waren, als das Licht ausging, und dass sie sich seitdem nicht von der Stelle bewegt hatten.

Von draußen war das Gurren von Trauertauben zu hören, die sich zum Schlafen in ihr Nest begaben. Es war windstill. Kein Auto auf den Straßen. Nur das Gurren der Tauben, und dann hörte Yakabuski einen Mann rufen. »Glauben Sie an das Schicksal, Detective Yakabuski?«

52

Die Stimme kam aus dem Wald an der nordwestlichen Ecke des Gartens, genau wie Yakabuski erwartet hatte. Freie Sicht in die Küche und den Flur. Und mit ein paar Schritten auch auf die Hintertür. Er schaute Trish und Tyler an, dessen Gesicht krank und bleich aussah, wie Rosenwurz, den man in einer sternenlosen Nacht im Wald findet, etwas Zerbrechliches am falschen Ort. Yakabuski schloss die Augen, stellte sich noch einmal die Einrichtung des Wohnzimmers vor, suchte die beste Route für einen möglichen Fluchtversuch, als die Stimme rief: »Vielleicht ist Schicksal zu hoch gegriffen.«

Etwas weiter östlich. Cambino bewegte sich, er ging kein Risiko ein, selbst wenn für ihn keins bestand.

»Ja, zu hoch gegriffen«, fuhr er fort. »Fangen wir noch mal an. Glauben Sie, Detective Yakabuski, dass manche Ereignisse im Leben vorherbestimmt sind? Dass es Menschen und Orte gibt, die einem bestimmt sind? Sind Sie je irgendwo reingegangen, haben sich hingesetzt und erkannt, dass sie zur richtigen Zeit am richtigen Ort waren, dass es genau so kommen musste? Glauben Sie, dass so etwas möglich ist?«

Yakabuski lauschte mit geschlossenen Augen. Cortez schien alle zehn Sekunden die Position zu wechseln. So methodisch war er. Nach kurzem Nachdenken sah er keinen Vorteil darin, stumm zu bleiben, und rief: »Ich hab mich schon gefragt, wann Sie auftauchen würden.«

»Und hier bin ich. Genau das meine ich. Wir sind uns nie begegnet, Detective Yakabuski, aber uns verbindet eine Geschichte. Ich glaube, dieser Moment war uns vorherbestimmt.«

»So hochtrabend würde ich das nicht sehen. Irre wie Sie begegnen mir ständig.«

»Ach, Detective, das ist doch nicht nötig. Wenn Sie meine Frage nicht beantworten wollen, stelle ich Ihnen eine andere. Sie haben etwa fünfzehn Minuten Zeit, um darüber nachzudenken. Wie schätzen Sie die Lage ein?«

»Ich gehe davon aus, dass ich Ihnen in etwa zwanzig Minuten ins Maul pisse.«

»Das hatten Sie schon mal versprochen, wie ich mich erinnere. Hier ist *meine* Einschätzung, Detective: Sie und Ihre Familie, Ihre Schwester und Ihr Schwager – sind so gut wie tot. Und nur noch am Leben, weil ich es so will. Aus keinem anderen Grund. Sobald ich es nicht mehr will, sind Sie alle tot. Was halten Sie von dieser Einschätzung?«

Yakabuski antwortete nicht. Cambino zu widersprechen wäre dumm. Ein Zeichen von Schwäche. Er wartete. Nach einer Minute hörte er, womit er gerechnet hatte.

»Kommen Sie raus, Detective Yakabuski. Es ist Zeit, dass wir uns kennenlernen.«

• • •

Yakabuski näherte sich den Birken am Rand des Gartens, die unter dem sternenlosen Himmel so hell und groß wie Stabkerzen wirkten. Grillen zirpten im kurzen Gras.

Er schätzte Cambino auf keine eins achtzig, eher eins fünfundsiebzig, und nicht schwerer als fünfundsiebzig Kilo. Ein schmächtiger Mann, aber Yakabuski ließ sich davon nicht täuschen. Die legendären Straßenkämpfer im French Quarter hatten einen ähnlichen Körperbau gehabt. Und die besten Voyagers, weil lange Kanufahrten nichts für große Kerle waren. Dazu brauchte es Knorpel und Sehnen. Der Kleidungsstil überraschte ihn – braune Windjacke, weite Hose, weiße Sneakers –, die bequeme Garderobe alter Männer, die ihre Rente genossen. Allerdings hielt er eine Glock 17 in der Hand und sah nicht alt aus. Er hatte auf einem der schmiedeeisernen Stühle Platz genommen, die normalerweise auf der Terrasse standen. Cambino hatte zwei davon in den Garten getragen, um in der Nähe des schützenden Waldes zu bleiben. Er gab Yakabuski ein Zeichen, sich auf den zweiten Stuhl zu setzen.

Yakabuski nahm Platz und setzte seine Beobachtung fort. Cambino war glatt rasiert und hatte keine sichtbaren Tätowierungen. Keine Ringe an den Fingern. Keine Armreifen oder Ohrringe. Er trug das Hemd bis zum Hals hochgeknöpft, und seine Augen waren in der Dunkelheit nicht zu sehen, manchmal auch die Hände nicht.

»Sind Sie schon lange hier?«, fragte Yakabuski.

»Ein paar Stunden. Sehr angenehm. Keine Mücken. Auch keine Kriebelmücken. Ihre Schwester sprüht bestimmt.«

»Was wollen Sie?«

»Das wissen Sie doch. Und wie mir gesagt wurde, befindet es sich in diesem Haus.«

»Wo haben Sie denn so was Verrücktes gehört?«

»Von einem Mann, dem ich vertraue.«

»Sie wirken nicht wie jemand, der anderen vertraut.«

»Tue ich auch nicht. Aber die Umstände haben mein Vertrauen gestärkt.«

Yakabuski schaute Cambino an und wusste, dass Sean Morrissey tot war, und dass er auf grauenhafte Weise gestorben war. Er konnte in dem Moment nicht sagen, ob er das richtig oder gerecht fand, ob Morrissey es nicht anders verdient hatte. Ein Dieb, der zum Gangster werden musste, weil er in eine Gangsterfamilie hineingeboren worden war, aber die ganze brutale Gewalt hatte ihm nie so gelegen wie einst seinem Vater. Und Lucy, die Frau in Ragged Lake, hatte er gut behandelt. Er war zu weit gegangen. Eine einfache Geschichte, die kompliziert geworden war. Yakabuski war sich unschlüssig, was ein solcher Mensch verdient hatte.

»Sie wollten wissen, ob ich an Schicksal glaube«, sagte er und blickte in den Wald hinein. »Zwei Fremde, deren Wege sich eines Tages kreuzen müssen. Vermutlich glaube ich daran. Weiß nicht, wie man das nennen soll – Schicksal ist vielleicht ein bisschen zu dick aufgetragen –, aber ich müsste lügen, um zu behaupten, dass ich diesen Moment nicht habe kommen sehen.«

»Ich *wusste* es. Und haben Sie auch gesehen, wie es weitergeht?«

»Nein«, sagte Yakabuski.

»Ich auch nicht. Was für mich ungewöhnlich ist. Und für Sie?«

»Ich weiß normalerweise, was als Nächstes kommt.«

»Aber diesmal nicht. Macht Ihnen das Sorgen?«

»Ja. Wir wissen nicht, wem dieser Moment gehört.«

»Gut gesagt. Für den einen hat er immer mehr Bedeutung als für den anderen, stimmts? Das gebrochene Herz des einen ist die vergessene Unterhaltung des anderen. Und wenn es zwei Menschen bestimmt ist, sich zu begegnen? Dann weiß später vielleicht nur einer davon. Ja – wem gehört dieser Moment?«

Cambino hielt die Waffe so ruhig auf Yakabuskis Brust gerichtet, als wäre sie in einen Schraubstock eingelegt. Er schaute den Wald an, den mondlosen Himmel, das Haus hinter ihnen. Nach einer Weile sagte er: »Ich möchte Ihnen einen Vorschlag machen.«

»Das habe ich mir gedacht.«

»Holen Sie die Diamanten. Legen Sie sie da auf den Tisch. Ich nehme sie mit und gehe. Sie kehren ins Haus zurück und essen mit Ihrer Familie zu Abend. Wir werden die Dinge zwischen uns ein andermal klären, später. Geduld ist eine Tugend, selbst in Schicksalsfragen. Angeblich kann man seinem Schicksal nicht entkommen, aber das stimmt nur bedingt. Man kann sehr lange davor weglaufen.«

Yakabuski wartete nicht lange mit seiner Antwort. Er dachte an

Piers Grund, der nichts mehr von den Diamanten wissen wollte, an Jason McAllister, dessen Leiche den ganzen Winter am McGregor Lake gelegen hatte, an seine Schwester, die sich im Haus versteckte, mit mehr Angst in den Augen, als er je erlebt hatte, an seine Nichte und seinen Neffen, die in Savannah in einem fremden Zimmer saßen und sich fragten, was ihnen gerade widerfahren war.

»Das kriegen wir hin«, sagte er. »Geben Sie mir zehn Minuten.«

• • •

Keine zehn Minuten später lagen die vier Reisetaschen auf dem Verandatisch. Cambino öffnete eine und schaute hinein. Die anderen ließ er zu.

»Die Schätze der Erde.« Er setzte sich wieder. »Wer hat Ihrer Meinung nach ein Recht darauf, Detective Yakabuski?«

»Wer immer dort lebt vermutlich.«

»Eine gute Antwort. Und nah an der Wahrheit, denke ich. Nur Gott kann entscheiden, wer die Schätze der Erde bekommt. Das Problem ist nur, dass Gott seine Meinung ständig ändert.«

Yakabuski wusste nicht, was er dazu sagen sollte. Sie schwiegen. Schließlich fragte er: »Sind wir hier fertig?«

»Fast. Wie Sie sehen, kann ich vier Taschen nicht allein tragen. Ihre Schwester wird mir helfen.«

»Das war nicht Teil der Abmachung.«

»Es war nicht *besprochen,* gehört aber leider dazu. Ich brauche Hilfe, und Ihnen traue ich nicht. Es wäre für alle besser, wenn Ihre Schwester mitkommt. Ich lasse sie innerhalb von vierundzwanzig Stunden unbeschadet gehen. Sie haben mein Wort.«

»Ihr Wort?«

»Ja. Lassen Sie uns das nächste Kapitel unserer Geschichte ein andermal schreiben.«

»Es ist ausgeschlossen, dass Sie meine Schwester mitnehmen«, sagte Yakabuski.

»Ausgeschlossen?«

»Ausgeschlossen.«

»Aah, ich habe mir gedacht, dass Sie das sagen würden. Nun, Ihre Entscheidung.« Und damit hob Cambino den Arm und drückte ab.

53

Yakabuski rast durch einen dunklen Tunnel und schießt am anderen Ende heraus. Überall explodieren Lichter. Er dreht sich und fällt, funkelnde Lichtsplitter, dann zurück in den Tunnel, der kein Ende nimmt, er strudelt und stürzt, fliegt durch eine andere, neue Öffnung nach draußen, diesmal kein Kaleidoskop aus Licht, sondern eine große Kinoleinwand mit Bildern aus der Vergangenheit. Lake Dore im Spätherbst, das Laub eine perfekte Mischung aus Rottönen und dunklem Lila. Ein Biker, der kopfüber von einem Balkon in Laval hängt, das Gesicht direkt vor Yakabuski, der Mund zu einem stummen Schrei geöffnet. Papa Paquette, lachend, bestellt eine Runde für den ganzen Tisch, klopft Yakabuski auf die Schulter und nennt ihn Bruder. Sein Vater wird in der Spielzeugabteilung des Stedman's Department Store angeschossen. *My Little Pony*-Pferdepuppen fallen auf den Linoleumboden, landen in einer Blutlache.

Der Boden unter ihm ist hart, die Leinwand ist verschwunden. Seine Schwester schreit. Fast versteht er die Worte. Sein Name. Das ist doch sein Name? Er hat seine Schwester einmal vor einer Gang von Möchtegern-Shiners gerettet, Jungs, kaum älter als sie selbst. Nachdem Yakabuski sie rausgeholt hatte, wollte sie zurück und den Jungen, der sie mitgenommen hatte, verprügeln. Trish zu retten war leicht. Viel schwerer war es, sie nach Hause zu bringen.

Wieder Kaleidoskoplichter, dann Dunkelheit. Tyler Lawson steht auf einem Hügel, so weit weg, als wäre es eine Szene aus der Bibel, ein himmlischer Berg, in Wolken gehüllt, Lawson hält eine Art Metallspeer in der Hand und brüllt unverständliche Worte, der Speer fliegt über seinen Kopf hinweg, und Lawson fällt vom

Berg. Die Wolken werden dichter, der Berggipfel ist weg, dunkle Wolken senken sich auf ihn herab, wieder schreit seine Schwester ... was schreit sie? Ein letzter Lichtblitz, dann ist da wieder der Tunnel, und er fliegt hindurch, irgendwo singende Stimmen, eine Abwärtsspirale, alle Farben verblassen, alle Welten überwunden, er fällt und dreht sich in einer endlosen Dunkelheit.

...

Der Raum war der Inbegriff von Neutralität. Die Wände waren in Hellbraun oder Eierschale oder irgendwas dazwischen gehalten. Beige Jalousien an einem Doppelfenster. Apparate, die zischten wie Röhrenheizkörper. Am Fenster ein Strauß vertrockneter Blumen.

Seine Schwester lag zusammengerollt auf einem Stuhl und schlief. Yakabuski sah sie an und fragte: »Welcher Tag ist heute?«

Sie zuckte zusammen und öffnete die Augen. Starrte ihren Bruder an, sah, dass er ihren Blick erwiderte, sprang auf und lief zum Bett.

»Frankie! Frankie, wie schön ... das ist so schön ...« Aber sie konnte nicht weitersprechen, umarmte ihn und begann zu weinen. Eine Krankenschwester eilte ins Zimmer und zog sie sanft von ihm weg, kurz darauf traten weitere Krankenschwestern und eine Ärztin ein. Die Ärztin leuchtete Yakabuski mit einer kleinen Taschenlampe in die Augen und fragte: »Wie fühlen Sie sich, Detective?«

»Ging schon mal besser.«

»Kann ich mir vorstellen.«

»Welcher Tag ist heute?«

»Mittwoch. Kurz nach vier Uhr nachmittags. Sie sind seit neun Tagen hier.«

»Neun Tage?«

»Sieben davon im künstlichen Koma. Wir hatten nach der OP

keine andere Wahl. Heute Morgen haben wir die Medikamente abgesetzt. Sie sind recht schnell wieder bei uns.«

»Wie schlimm war es?«

»Ziemlich schlimm. Irgendwann erzähle ich es Ihnen. Jetzt brauchen Sie vor allem Ruhe.«

»Habe ich die nicht schon die ganze Zeit gehabt?«

»Detective, ich will von einem Mann, dem ich gerade das Leben gerettet habe, keine Widerworte hören. Klingt das fair?«

»Klingt fair.«

»Dann ruhen Sie sich aus. Ihre Schwester hat das Zimmer seit Tagen nicht verlassen, sie braucht ebenfalls Ruhe. Ich lasse Sie ein paar Minuten allein, aber wenn ich wiederkomme, ist Ihre Schwester weg und Sie schlafen.«

• • •

Trish beruhigte sich erst nach mehreren Minuten. Yakabuski wartete ab und stellte keine Fragen. Er hätte sie gern umarmt, aber in seinen Armen steckten Infusionsnadeln.

»Du und Dad«, sagte sie, als sie schließlich nicht mehr weinte. »Ihr seid beide solche verdammten Hünen, dass die Kugeln nicht durchgehen.«

»Er hat auf mich geschossen?«

»Ja.«

»Wie oft?«

»Ein Mal. Die Kugel hat die Pulmonalvene unten angeritzt.« Trish zeigte mit zwei Fingern auf ihre linke Seite neben dem Herz. »Er hat zu tief gezielt. Wie die Gangster im Stedman's auf Dad. Wenn du Durchschnittsgröße hättest, wärst du tot, Frankie.«

Wieder weinte sie. Als die Tränen nachließen, sagte Yakabuski: »Das ist doch komisch, dass er nur ein Mal auf mich geschossen hat. Was ist sonst noch passiert?«

»Im Fallen hast du den Tisch umgestoßen. Die Taschen sind

durch die Luft geflogen. Eine war offen, die Diamanten haben sich überall verteilt. Als ich den Schuss hörte, bin ich aus dem Haus gerannt, und der Mann … der Mann hatte sich gebückt und war dabei, die Diamanten einzusammeln. Ich bin ihm auf den Rücken gesprungen. Es ging alles so schnell, Frank, ich dachte, du wärst tot, und ich war so wütend. Ich hatte ihn ganz gut im Griff und bin auf seine Augen losgegangen. Ich wollte ihn fertigmachen.«

Er sah, dass ihre normalerweise langen manikürten Fingernägel kurz geschnitten waren. Ein paar mussten abgebrochen sein.

»Gut gemacht.«

»Ich hab's nicht geschafft, Frank. Er hat mich abgeworfen und auf mich eingetreten. Ich habe mich zusammengerollt wie ein Baby, die Arme um den Kopf, und als er aufhörte, habe ich den Kopf gehoben und ihn angesehen, wie du mir mal gesagt hattest. Hingucken und es den Mistkerlen schwer machen. Das hast du gesagt.«

»Ich erinnere mich.«

»Ich glaube, das hat ihn überrascht, er hat gezögert. Er hatte die Waffe in der Hand, stand über mir und hat mich seltsam angesehen. Und dann kam Tyler. Er war runter in den Keller gerannt, um die Schrotflinte zu holen.«

»Tyler hat ihn erschossen?«

»Nein.« Diesmal weinte Trish sehr, sehr lange, stand irgendwann vom Stuhl auf und umarmte ihren Bruder wieder. Yakabuski schaffte es, den rechten Arm um sie zu legen. Es fühlte sich an, als würden ihn Rasierklingen stechen, aber er hätte den Arm den ganzen Tag lang dort liegen gelassen.

Als sie sich etwas beruhigte, richtete sie sich auf, trocknete ihre Augen mit einem zerknüllten Taschentuch und sagte: »Der Mann hat Tyler sofort erschossen. Hat die Waffe auf ihn gerichtet und abgedrückt. Ohne ein Wort. Er hat nicht mal richtig gezielt. Ich hab's gesehen, Frank, alles. Mein Mann steht direkt hinter mir, und dann schießt Blut aus seiner Brust, und er ist tot. Einfach so. Tot.«

»Trish, es tut mir …«

»Er hat mir das Leben gerettet, Frank. Ich weiß, du hattest nie was für ihn übrig, aber das war Tylers letzte Tat.«

Yakabuski schwieg einige Minuten lang.

»Ich verstehe es immer noch nicht.«

Ein Lächeln blitzte unter Trishs Tränen auf. Ganz kurz nur, dann war es wieder verschwunden, und sie sagte: »Die Flinte ist losgegangen, als sie auf den Boden fiel. Das Schrot hat den Mann genau ins Gesicht getroffen. O'Toole meinte, es war ein perfekter Schuss.«

»Ein Unfall?«

»Ja, Frank – eine Waffe, die noch nie einen Schuss abgegeben hatte und die nicht geladen hätte sein sollen, fällt zu Boden, und der Mann ist tot. Eigentlich hat Tyler auch dir das Leben gerettet.«

Darüber dachte Yakabuski immer noch nach, als die Ärztin zurückkam und Trish nach Hause schickte. *Ein Unfall.* Er dachte den Rest des Tages darüber nach, auch am nächsten und in denen danach, manchmal war es nur ein Gefühl, das ihn immer wieder mal einholte, bis heute.

54

Die Diamanten lagen drei Monate lang im Beweismittelraum des Centretown-Reviers, dann holte De Kirk sie endlich ab. Die Wirtschaftszeitungen berichteten, dass die Firma das Einbrechen ihres Aktienkurses befürchtete, sollte sie die Diamanten zurücknehmen. Nach dem Raub waren die Aktien anscheinend in schwindelerregende Höhen gestiegen, weil dem Markt auf einmal Diamanten im Wert von über einer Milliarde Dollar fehlten. Angebot und Nachfrage. So wurden nach Raffineriebränden auch Ölkonzerne reich.

Erst als die Great North Insurance Company mit rechtlichen Schritten drohte, kehrte De Kirk nach Springfield zurück. Grund höchstpersönlich beaufsichtigte die Abholung, er fuhr in einem gepanzerten Transporter vor dem Revier vor und danach umgehend zum Springfield Airport zurück, wo ein Frachtflugzeug mit vierköpfigem Sicherheitsteam auf ihn wartete. Auf der Straße vor dem Revier begegnete er Yakabuski, ignorierte ihn aber. Als der Transporter losfuhr, meinte Yakabuski durch das gefärbte kugelsichere Glas hindurch zu erkennen, wie Grund den Stinkefinger hob.

Als das Flugzeug gestartet war, kam Yakabuski der Gedanke, dass all das, was in Springfield und an der Mission Road geschehen war, für die Diamanten nur ein neunmonatiger Zwischenstopp gewesen war. Am Tag danach fielen die Aktienkurse von De Kirk um zehn Prozent, aber gegen Ende des Monats hatten sie sich wieder erholt.

Sean Morrisseys Trauerfeier fand in der St. Bridget's Basilica statt, genau wie die für seinen Vater Augustus im Jahr zuvor. Doch während damals Gangster und Schwerverbrecher aus ganz Nordamerika zu den Trauergästen gezählt hatten, blieb das Begräbnis seines Sohns in einem eher bescheidenen Rahmen. Es kamen vornehmlich Lokalgrößen. Die Gangster, die vor neun Monaten extra eingeflogen waren, schickten diesmal Trauerkränze.

Tyler Lawson wurde zwei Tage nach Morrissey beerdigt. Genauso hatte sich Yakabuski die Trauerfeier für einen einst angesehenen Anwalt, der unter skandalösen Umständen ums Leben gekommen war, vorgestellt. Wenige Trauergäste. Befangen und steif. Niemand wusste so recht, was er zu Trish und den Kindern vor der Kirche sagen sollte, also sagte man gar nichts. Die Anwesenden saßen schweigend auf den Kirchenbänken, und niemand war sich sicher, ob der Tote die letzte Ehre wirklich verdient hatte. Tyler Lawson war tot, ihm konnte es egal sein, aber die Ächtung hatte begonnen.

Die Leiche von Bobby Bangs wurde nie gefunden. Die Cops suchten zehn Tage lang die Mission Road, Cork's Town und die French Line nahe der abgebrannten Hütte nach ihm ab, aber vergeblich. Dass er tot war, galt als sicher, aber seine Leiche würde wohl zu jenen gehören, die die Polizei in der Northern Divide erst fand, wenn das Land die Zeit für gekommen hielt. Yakabuski erfuhr, dass »The Ballad of Bobby Bangs« in diesem Herbst auf die Playlist eines lokalen Radiosenders gesetzt und zum zweiten Mal ein Hit wurde.

Nach einem kurzen, kalten Winter und einem wechselhaften Frühling erlebte die Northern Divide einen herrlichen Sommer. Der Himmel hatte an den meisten Tagen die Farbe von ausgewaschenem Jeansstoff, es gab wenig Wind, die hohen Kumuluswolken schienen sich über Tage kaum vom Fleck zu bewegen. Es war auch nicht so feucht wie sonst oft, und schon Mitte Mai verschwanden die Kriebelmücken. Der Wald blieb kühl und roch fast den ganzen Tag lang nach Fichtenharz und Zedern, die Kiefernnadeln waren dick und biegsam, und man wusste, dass sie erst im

Spätherbst, vielleicht sogar erst im Winter abfallen würden. Der Sommer war so angenehm und mild, wie er an der Northern Divide nur sein konnte.

Ein paar Tage nach dem Labour-Day-Wochenende rief Rachel Dumont bei Yakabuski an und bat ihn, vorbeizukommen.

••••

Auf der North Shore Bridge wurde Yakabuski klar, dass er diese Brücke nie wieder überqueren würde, ohne an die letzten drei Jahre zu denken. Tete Fontaine. Grace und Rachel Dumont. Filion's Field und die Leichen, die am südöstlichen Zaun gehangen hatten. Die Ölfässer, die am Tache Boulevard gebrannt hatten. Er würde die Brücke nie wieder so sehen wie früher. So war es mit Dingen, die sich in persönlichen Erinnerungen verhedderten. *Die einzige und beste Art von Zeitmaschine, die die Menschheit je erschaffen hat*, dachte er.

Er fuhr über den Tache Boulevard, wo die Sonne auf die Windschutzscheibe des Jeeps knallte, und parkte hinter Gebäude C. Bevor er ausstieg, sah er zum Filion's Field hinüber, betrachtete den Maschendrahtzaun und die Schatten auf dem Fußballfeld. Noch nie hatte er dort Kinder spielen sehen. Er stieg aus und ging durch den Hintereingang ins Haus.

Die Wohnungstür stand offen. Er trat ein, schloss die Tür hinter sich und ging durch das Wohnzimmer in die Küche. Rachel Dumont saß am Tisch und trank Tee. Vor ihr stand eine Teekanne, auf der anderen Seite des Tischs eine saubere Teetasse. Dazwischen ein großes FedEx-Paket.

Yakabuski nahm Platz und schenkte sich Tee ein. Weiße Zeder. Wie er geahnt hatte. Nach einer Weile sagte er: »Ist Grace noch in der Schule?«

»Sie hat heute Bandprobe.«

»Wann haben Sie das Paket bekommen?«

»Am Anfang des Sommers.«
»Sie hätten mich anrufen sollen.«
»Ich wusste nicht, was ich tun sollte.«
»Jetzt wissen Sie es?«
»Nicht wirklich. Ich dachte, Sie könnten mir dabei helfen.«
»Wer hat es geschickt?«
»Ihr Schwager.«

• • •

Yakabuski betrachtete den Brief. Verfasst auf Briefpapier von Lawson and Associates. Die geschwungene Handschrift war ausladend und präzise und floss fast rhythmisch über das Papier.

Drei Seiten. Weder Deckblatt noch Anhänge. Er las den Brief ein zweites Mal:

Ms. Dumont,

mein Name ist Tyler Lawson. Wir sind uns nie begegnet, aber ich war bis vor Kurzem Sean Morrisseys Anwalt. Ich war nicht sicher, wie ich diesen Brief beginnen und mich vorstellen sollte, aber schon aus diesen wenigen Zeilen wissen Sie alles, was Sie über mich wissen müssen. Mein Auftraggeber war ein Gangster, verantwortlich für die Entführung Ihrer Tochter und die Ermordung Ihres Vaters. Seine Arroganz und seine Gier haben viel Leid über Ihre Familie und über die ganze Stadt gebracht, und ich war bei all seinen Verbrechen sein Mittäter. Viele Jahre lang habe ich mir eingeredet, kein Mittäter zu sein, aber ich habe mich belogen. Sie haben sich nie so täuschen lassen. Wie mutig waren Sie, als Sie noch als halbes Kind ihr Elternhaus verlassen und sich gegen ein Leben als Traveller, als Kriminelle entschieden haben.

*Ja, ich habe mich erkundigt, Ms. Dumont. Ich weiß, dass
Sie die schwierigen Entscheidungen getroffen haben, die
ich mir erspart habe. Es macht mich traurig, dass ich
jetzt erst begreife, wie lange ich versucht habe mir schön-
zureden, was von Anfang an falsch war. Bis sich so viele
Verbrechen angesammelt hatten, dass der Versuch, jetzt
noch das Richtige zu tun, der Gipfel der Unaufrichtig-
keit, ja geradezu albern wäre.*

*Nachdem Sean Morrissey und Ihr Vater den Raubüber-
fall durchgeführt hatten, wurden die Diamanten noch in
derselben Nacht mir übergeben und waren seither in
meiner Obhut. Morgen werden meine Frau und meine
Kinder untertauchen, ich werde mich der Polizei stellen
und das Diebesgut abgeben.*

*In diesem Paket befinden sich die Diamanten, die ich
nicht der Polizei übergebe. Es sind zehn Prozent der insgesamt gestohlenen Menge. Sie sind nicht geschliffen und
daher, wie Sie sicher wissen, nicht nachverfolgbar. Der
Marktwert beläuft sich auf etwa einhundertzwanzig
Millionen Dollar.*

*Da ich ein wenig von Finanzgeschäften verstehe und den
Stand der Ermittlungen kenne, kann ich Ihnen mit einiger Sicherheit sagen, dass niemand diese Diamanten suchen wird. Sie gehören jetzt Ihnen, und Sie können
damit machen, was Sie möchten.*

*Ich habe mich aus vielen Gründen so entschieden, aber
vor allem, weil ich es leid bin, dass immer die Menschen
die Schätze dieses Landes bekommen, die sie nicht verdienen. Und nie die, die hart arbeiten, die sich engagieren,
die fleißig und anständig sind. Immer fallen sie Leuten
wie Sean Morrissey in die Hände, gerissenen, skrupello-
sen Schatzjägern und Plünderern.*

Ich will, dass das anders wird. Ich glaube, Ihr Vater und die Travellers haben rechtmäßige Ansprüche, und wäre ich ein besserer Anwalt und anständigerer Mensch gewesen, hätte ich mich vielleicht für ihre Belange eingesetzt. Sie verdienen das Geld, Ms. Dumont.

Auch Sie gehören in dieses seltsame Land, das meine Frau und meine Kinder so lieben. Ich habe nie hierhergehört. An manchen Tagen kommt mir die Northern Divide wie ein Märchen vor, ein verzauberter Garten, in dem die schönsten Blumen giftig und die ruhigsten Gewässer voller Untiefen sind. Wie habe ich Georgia mit seinen Flüssen und lichten Wäldern vermisst. Aber meine Frau ist ein Kind des Nordens. Ich sehe es in ihren Augen. In den Augen unserer Kinder. Wie sie die Jahreszeiten vorausahnen, wie sie sich im Wald bewegen. Sie gehören hierher. Mir war das nie vergönnt. Oder ich konnte es nie annehmen.

Was immer mit den Diamanten nun geschieht, soll durch einen Menschen mit Mut entschieden werden, für den dieses Land die Heimat ist. Ich habe Sie ausgewählt.

Ich hoffe, dass dieses Paket Ihnen keine zusätzlichen Probleme beschert, Ms. Dumont, und dass Sie mir meinen albernen Versuch der Buße verzeihen. Ich weiß, dass mir keine Gnade vergönnt sein wird. Ich hoffe, eines Tages meinen Frieden damit zu machen.

Bitte versuchen Sie nicht, mich zu kontaktieren. So gern ich Sie kennenlernen würde, dieser Brief und der Inhalt des Pakets müssen unser Geheimnis bleiben.

Mit größtem Respekt und freundlichen Grüßen
Tyler Lawson

• • •

Sie sagten lange kein Wort. Schließlich öffnete Yakabuski das Paket. Die Diamanten glühten in dem düsteren Zimmer wie ein heruntergebranntes Lagerfeuer. Nicht hell oder strahlend, sondern voller dunkler Gelb- und Rottöne, geschmolzenem Blau, funkelndem Lila. Als er das Paket schüttelte, rollten die Diamanten schimmernd übereinander. Es waren Hunderte. Er hatte keine Ahnung, wie viele. Schließlich sagte Dumont: »Ihr Schwager ist tot, stimmts?«

»Ja.«

»Wussten Sie davon?«

»Nein. Das war sein Geheimnis, wie er geschrieben hat.«

»Ich habe den Brief bestimmt hundertmal gelesen. Ich weiß immer noch nicht, warum er sie mir geschickt hat.«

»Weil er eine gute Tat begehen wollte, bevor er starb.«

»War er so schlimm?«

»Nein, in vieler Hinsicht ziemlich normal. Und er hat meine Schwester geliebt. Das wusste ich immer. Ich habe versucht, es zu leugnen, aber eigentlich wusste ich es immer.«

»Wie wäre es, wenn sie die Diamanten bekommt?«

»Sie gehören ihr nicht.«

Rachel richtete sich auf. »Mir gehören sie auch nicht.«

»Tylers Überzeugung nach mehr als jedem anderen. Er war ein kluger Mann. Wahrscheinlich hatte er recht.«

»Sollten sie nicht zurück an De Kirk gehen? Denen gehören sie doch, oder?«

Yakabuski berührte einen der Diamanten. »Wem gehören die Schätze der Erde? Das hat mich mal ein sehr böser Mann gefragt. Er meinte, die Frage ließe sich nicht beantworten, weil das nur Gott entscheiden kann, und Gott ändert ständig seine Meinung.«

»Daran glauben Sie? Sie wirken auf mich nicht religiös.«

»Ich glaube nicht, dass er von Religion geredet hat.«

Er klappte den Deckel des Pakets zu und stand auf.

»Was werden Sie tun?«

EPILOG

Yakabuski holte sie an einem Samstagnachmittag ab und fuhr mit ihnen zur Mission Road. Der Tag war warm, die Sonne stand hoch am Himmel, nur vereinzelt trieben Wolken vorbei. Vor zwei Wochen hatte die Sommerzeit geendet, aber der Herbst machte keine Anstalten, dem Winter zu weichen.

Fast eine Stunde lang wanderten sie den Pfad entlang, die Sonne warf filigrane Schatten auf den Boden. Die alte Siedlerstraße war so fest und trocken wie selten, und sie kamen gut voran. Als sie das La Vase Basin erreichten, verließen sie den Weg und erklommen eine Anhöhe, folgten einem Pfad, der abrupt nach Norden abbog, und erreichten nach einer guten halben Stunde Brenna's Hill, den höchsten Gipfel am Südufer.

Sie betraten eine windige Ebene aus Gneis und Granit und schauten auf den Springfield River hinab. Das Gestein war von dunkelgrünem Moos überzogen. Sie standen unter einer alten Weißkiefer, die Sonne ließ die Nadeln an den größeren Ästen golden schimmern. Dieses spätnachmittägliche Leuchten erlebte man manchmal in Mischwäldern, wenn selbst die Schatten luftig und durchlässig werden und wie langsam kreiselnde Formen an einem Kindermobile über den Boden huschen.

Der Fluss war in beide Richtungen meilenweit zu sehen. Yakabuski machte in der Warren Bay Boote auf Hechtfang aus und dahinter das Fährenkabel zwischen Masson und Farrleton, die Luft war so klar, dass man es über dem Wasser hängen sah. Er hörte das Platschen von Seeschwalben, die in irgendeinen entfernten Kanal tauchten. Das Kreischen von Meisenhähern und das Schreien der Gänse, die sich auf den Flug gen Süden machten.

Rachel hatte den Rucksack auf den Boden gestellt, jetzt öffnete sie die vorderen Schnallen. Grace steckte als Erste die Hand in den Rucksack, dann Rachel, dann Yakabuski. Dann stellten sie sich mit den Händen voller Diamanten an die Felskante und begannen zu werfen.

Yakabuski ist sicher, dass nur sie drei je so etwas gesehen haben. Hunderte von Diamanten, über einem breiten Fluss in den Wind geworfen, vor einem weiten blauen Himmel und einer goldgrünen Kulisse wirbelnd wie die Farben eines aufgeplatzten Kaleidoskops. Blau. Rot. Tiefrot. Gelb, so hell wie Butter. Lila, so dunkel wie reife Pflaumen. Die Diamanten drehten sich im Fallen, wurden immer kleiner. Als sie auf dem Wasser aufkamen, wirkten sie wie glimmende Asche in der Nacht. Die Farben tauchten in die Wellen ein, aber die kleineren Diamanten sanken nur langsam, sodass es eine Zeit lang so aussah, als wäre im Springfield River ein Regenbogen aufgegangen.

Yakabuski kann nicht sagen, wie lange es dauerte. Er hatte sein Zeitgefühl verloren, während er da an der Klippe stand und Diamanten in die Tiefe warf, Farbsplitter, die aus seinen Händen schlüpften, als wäre er ein verrückter Alchemist, dessen misslungene Kreationen glitzerten und schimmerten und das ganze Spektrum der Schönheit durchliefen, bevor sie in den Wellen verschwanden.

Danach blieben sie noch minutenlang stehen. Schließlich verschloss Dumont ihren Rucksack wieder und setzte ihn auf, dann machten sie sich auf den Rückweg. Während Yakabuski neben Mutter und Tochter herging, kam ihm der Gedanke, dass man auf dieser Welt das Gute nehmen muss, wie es kommt. Genauso wie das Böse. So hatte er das noch nie gesehen.

»Etwas Wirkliches erzählen«

Ein Nachwort von Günther Grosser

Vielleicht traut Ron Corbett dem linearen Erzählen nicht, dieser einen Geschichte, die wie die nackte Zeit wirkt, wie der reine klare ununterbrochene Verlauf. (Aber wir wissen ja, einem Witzbold zufolge ist Zeit bloß deshalb da, damit nicht alles gleichzeitig passiert.) Und vielleicht besteht daher »Mission Road«, genau wie der Vorgängerroman »Cape Diamond«, nicht nur aus der großen Leit-Erzählung von einem Diamantenraub und seinen Folgen, sondern auch aus sehr vielen einzelnen Segmenten, aus den unterschiedlichsten Geschichten, die sich überlappen, ineinander übergehen, aufeinander verweisen, sich ergänzen und erst so die wirkliche Erzählung ausmachen.

Und vielleicht traut er diesen einzelnen Geschichten auch eher zu, etwas Wirkliches zu erzählen, weil unsere Welt, unsere Leben auch diese Form haben: der Gang zum Laden, zehn Minuten, da ist dieser komische Typ, der sich mit der Verkäuferin an der Käsetheke herumstreitet wegen irgendwas; dann die Nachbarin auf dem Nachhauseweg, hatte sie nicht einen Unfall gehabt vor zwei Jahren mit dem Fahrrad? Ihre Tochter hat gerade das Abitur bestanden und fährt jetzt nach Australien; Australien, da war doch Adam letztes Jahr, dem im Outback alles geklaut wurde und der auf dem Konsulat dann ewig brauchte; dann ruft der Sohn an, er muss zum Arzt, das verstauchte Handgelenk beim Fußball neulich … und so weiter. Sechs Geschichten in zwei Stunden, die Segmentierung dessen, was dann als Ganzes ›das Leben‹ heißt.

Und mehr noch: Diese Erzählweise ist nicht nur die Struktur des Lebens, sondern auch das Erzählprinzip der großen Epen, der Odyssee, der Illias, der Edda und der Bibel: Geschichte aus Geschichten.

Und hier kommt der Zusammenhang von Story und History ins Spiel, das Historische. Die Segmente, die einzelnen Geschichten von Ron Corbetts Reihe um Frank Yakabuski sind allesamt historische Erzählungen; es sind die biografischen Geschichten der Figuren, die sozialen Entwicklungsgeschichten des Landes, die evolutionären Geschichten der Natur. Da ist Yakabuskis Geschichte vom Polizistensohn – und hier bekommt alles eine weitere Tiefe, denn Vater George hat im Vorgängerroman »Cape Diamond« seine eigene Cop-Geschichte – über die Zeit beim Militär, die Kriege in Bosnien und in Afghanistan, dann der Geheimdienst und schließlich Polizeiarbeit oben im Norden mit den (inzwischen vier) Romanfällen. Da ist die Geschichte von Bobby Bangs, einem aus einer ganzen Reihe von großen Gegenspielern Yakabuskis: in einer kleinen Hütte in Armut aufgewachsen, eines von dreizehn Kindern einer irischen Familie, Knochenarbeit im Wald schon mit acht Jahren, bis er eine Waffe im Unterholz findet und weiß, was sie für ihn bedeuten kann; und er wird es damit nicht nur zu einem der gefürchtetsten Gangster der Northern Divide, sondern zum mythischen Folklorehelden bringen, dem man sogar Lieder und Balladen widmet. Da ist die Geschichte von Sean Morrissey: Sohn einer alten Shiner-Familie, Juwelendieb, Gangster, der aber nicht so recht taugt für diese Rollen; da ist die der skrupellos-dümmlichen Watkins-Brüder, und so weiter bis hin zu den kleinsten Nebenfiguren, die ebenfalls noch breite Biographien bekommen.

Und weil wir es in »Mission Road« mit einer Geschichte voller Habsucht und Gewalt zu tun haben – was tut man nicht alles für eine Milliarde und mehr! –, streut Corbett noch ein paar kurze

Parabeln über das Wesen der Gier ein, von dem sechzehnjährigen etwa, der einen Gleichaltrigen wegen eines iPods ersticht, oder von der Frau, die ihren Mann für das Geld dreier Lebensversicherungen umbringt oder von dem Finanzplaner, einem Schlaumeier, der alle und jeden inklusive der Strafverfolgungsbehörden und des Hohen Gerichts tränenüberströmt belügt, ein paar Jährchen absitzt und schließlich mit seiner Beute grinsend auf den Bahamas verschwindet. Bloß damit wir nicht vergessen, wozu unsere Mitmenschen so in der Lage sind, wenn wir nicht aufpassen.

Zu diesen individuellen Biografien kommen immer wieder die historischen Erzählungen der sozialen Verbände und Gruppen und die Geschichten von der langsamen Entwicklung der Northern Divide und von der »Entdeckung« und Eroberung Kanadas durch die neugierigen Weißen von der anderen Seite des großen Ozeans. Aus den frühen Siedlern, Jägern und Holzfällern entwickeln sich Gruppen und Grüppchen, die North Shore Travellers etwa, die Corbett in »Cape Diamond'« so einführt: »Sie waren eines der größten Rätsel der Northern Divide ... Gypsies, die anderen Gypsies Angst machten, die in Pferdewagen mit schwarzen Flaggen herumreisten, im 17. Jahrhundert mit Expeditionen aus Frankreich gekommen waren. Fast zwei Jahrhunderte lang setzten die Pelzhändler sie als Guides, Kundschafter und Trapper ein und wenn Not am Mann war auch als Privatmiliz zum Schutz der Felle.« Jetzt bilden sie eine der gefährlichsten Gangstergruppen in Springfield, Ron Corbetts sozialem Mikrokosmos, der fiktiven Grenzstadt am Rande der großen Wildnis des kanadischen Nordens.

Und mit diesem Amalgam aus Mythos und historischen Fakten malt Corbett dann auch die großen Gegenspieler der Travelers, die Shiners, »irische Tagelöhner, die nicht mehr nach Hause kamen, wegen der Wirtschaftskrise der 1830er Jahre keine Arbeit fanden« und sich um ihren Anführer Peter Aylin herum zu gefährlichen

Banden zusammenschlossen, Holzfällercamps ausraubten, Bauholzlager in Brand steckten und die Gegend terrorisierten. »Es waren finstere Zeiten in der Northern Divide.« Anderthalb Jahrhunderte später gehört ihnen ein berüchtigtes Viertel in Springfield und wenn es nötig wird, lassen sie die Fetzen fliegen. Diamanten im Wert von mehr als einer Milliarde Dollar wollen sich natürlich die Shiners nicht entgehen lassen.

»Die Shiners hat es übrigens wirklich gegeben; die Travellers habe ich (größtenteils) erfunden«, so Ron Corbett in einem Interview, das auf der Homepage des Polar-Verlages zu finden ist.

Die mysteriöseste und damit interessanteste Figur der beiden Romane allerdings braucht keine breite Vorgeschichte, für Cambino Cortez reichen ein paar simple biografische Notizen – Sohn einer steinreichen Familie aus Heroica an der mexikanisch-texanischen Grenze, eiskalte Männer, die es mit Skrupellosigkeit und der »Macht, verschwinden zu können« zu Reichtum und Einfluss gebracht haben – denn Cambino Cortez lebt ganz im Hier und Jetzt, er gibt der Geschichte vom großen Diamantenraub eine seltsame Geschmacksnote und eine irritierende Rätselhaftigkeit. In »Cape Diamond« zieht er eine Blutspur durch das Herzland der Vereinigten Staaten, und bis zum Ende des Romans fragen wir uns, was ihn so magnetisch nach Norden zieht, dass er über viele Leichen geht. Kurz hebt Corbett schon früh den Schleier: Zwei Männer aus dem Norden »haben sich unabhängig voneinander mit demselben Plan an ihn gewandt. Jeder wollte den anderen übers Ohr hauen und umbringen.« Da fällt der Schleier wieder. Wer? Wen? Das erfahren wir später, viel später, in »Mission Road«.

Mit Cambino Cortez kommt im Übrigen eine Figur, ein Profi in die Geschichte, der den Bezugsrahmen des Menschlichen zu verlassen scheint, der über Fähigkeiten und Wissen verfügt, die sonst nur anderen zugänglich ist, den Figuren aus dem mythischen Raum des menschlichen Erzählens, großen Helden der Archaik wie Odysseus oder Halbgöttern wie Herkules. Cambino steht über den gewöhnlichen menschlichen Fähigkeiten, er weiß bereits, wo wir lediglich eine Ahnung haben, er hat bereits alle Register gezogen, wenn wir noch zögern, er agiert schon, wenn wir noch über Möglichkeiten nachdenken. Denn Cambinos Handeln ist bestimmt von einer Variante des Professionalismus – und die verschiedenen Arten des professionellen Handelns sind ein weiteres Thema in Corbetts Romanen – die aus dem Bereich des Gesetzlosen kommt, aus der Arena des Asozialen, wo die radikale Selbstbestimmung zugleich die allergrößte Verwundbarkeit bedeutet. Schutz bieten da nur Können, Wissen, Mut und rücksichtsloses Handeln.

Yakabuski hingegen ist der Profi des Legalen, er verteidigt die soziale Ordnung und das Gesetz, er muss effizient sein, aber sein Handlungsrahmen ist beschränkt. Sein Arsenal der Professionalität stammt aus den Organisationen der Ordnung und aus der Konfrontation mit dem Bösen: Militär, Geheimdienst und Polizei gegen Krieg, Terror und Verbrechen. Daher stammen sein Können, sein Wissen und Mut. Und rücksichtsloses Handeln hat er durch konsequente, mutige Präsenz ersetzt: Cambino ist nie zu sehen, Yakabuski immer.

Und so schnurrt die Geschichte vom großen Diamantencoup oben im Norden, an der Northern Divide, auch hier, wie so oft in den US-amerikanisch geprägten Varianten des Genre-Erzählens, letztendlich zusammen auf die Konfrontation dieser beiden Repräsentanten des Profitums. Beide wissen, dass es so kommen musste, beide halten es für Schicksal – und beide wissen nicht, wie es enden wird. »Und wenn es zwei Menschen bestimmt ist, sich zu begegnen? Dann weiß später vielleicht nur einer davon. Ja – wem gehört dieser Moment?« Wir haben da zwar bereits eine Ahnung, aber es kommt dann doch anders.